無字碑

蔡長明——著

目次

無字碑

興山僻處萬山之中，風氣淳樸，民性敦厚，屈平之忠烈，明妃之幽憤，遙遙數千載，遺風餘韻，猶有存焉。

抗戰軍興，興山為五六兩戰區前線交會之點，徵集之龐雜，運輸之頻繁，實為亙古所罕見。人民始終以全力相赴，羸膝履屩，胼手胝足，不稍懈怠，故鄂西之民伕隊，能蜚聲於全國，而數字龐大，實以興山為最。蓋興山地瘠民貧，人口僅十萬而強，飛崖峭壁，刀耕火種，平時終歲勤勞，樂歲每恆不獲一飽，況於戰時，庚癸頻呼，竟以血肉之軀，作舟車之代替，丁壯之不足，繼以老弱婦孺，忍饑寒，餐風雨，仆仆道路，絡繹不絕，前者仆，後者繼，與前敵浴血將士同艱苦，共犧牲，不矜不伐，其忠勇誠摯之氣，堅韌不拔之質，其來有自也。

……

由二十九年至三十四年抗戰勝利，興山動用伕力一千七百三十九萬二千九百一十名，計運軍米一千一百七十八萬零三百包，麵粉一萬三千九百袋，雲鹽一萬九千包，手榴彈四十二萬零五百箱，機槍子彈十一萬五千箱，迫炮彈六十一萬箱，步槍子彈五十二萬四千箱。

搶運軍糧途中發生疾病無法施救者和溪暴漲被水淹斃或沖去不知下落者一千一百九十人。

——摘自《民國・興山縣抗戰史料》

一

蔡家埡坐落在鳳凰山下。村前，沿著一道慢坡下行五里，便是古老的興山縣城。一條碧藍的香溪，打神農架莽莽叢山中蜿蜒流出，穿城而過，又打莽莽叢山中優雅地淌去。站在村口，城裏放廣播、打鼓吹號大聽見，倘若稍一注目，能看見街上的車行人動，穿紅戴綠。然而，這個活活千把人的大山村，儘管處在縣城的眼皮子底下，由於國道、省道都不打那兒過，不出名。

不過，陽世間的事情，上天總會給出一個公平。沉寂多年的蔡家埡，忽然間爆出來個特大新聞：有位臺胞要從遙遠的臺灣趕回來，與闊別四十多年的親人團聚！消息一傳十，十傳百，傳得蔡家埡一夜之間出了名。

「臺灣」在當時來說，是個敏感的字眼兒，說話做事須謹言慎行。那邊的臺胞還沒動身，這邊老早就有人跑上了門。首先到場的是鄉政府幹部，接著來縣上的大幹部：有統戰部、宣傳部的各位部長，對臺辦公室主任，還有文化和廣播部門的筆桿子、記者等，一撥一撥接二連三地趕來。他們拿著照相機、答錄機、採訪本，這裏照照，那裏問問，弄得村裏熱之鬧之。

我們的主人公——臺屬是一老一少的兩位婦女。老的叫嚴鳳三，八十四歲，裹副小腳，白髮蒼蒼；雖一身老態，但並不龍鍾，耳朵管事，眼睛能拿針，家務活兒照做。少的叫玖玉，說她「少」，只是相對而言，其實也是一位五十八、九的老姑娘了。玖玉的身世鑾苦。她原來是嚴鳳三的妹妹抱養的孩子，妹妹、妹夫福薄命淺，年紀輕輕的都先後病逝，妹妹臨終便將玖玉託付給姐姐。嚴鳳三生有三個兒子，想個女兒，加之親情所負，六歲的玖玉便正式成了蔡家的一員。

她們住的一間土坯老屋，當中破了格兒，裏頭支鋪，外頭牆角處立口罩灶，一張椿木桌兒，兩把椅子和一條瘸腿板凳。頭上鋪的半合木樓，從沒有樓板的檁木邊，看到天上有幾處漏子。整個屋裏，寒薄是不消說的，卻收拾得十分潔淨，體現出女人的細緻、精明；但也不難看出，這個家庭缺少一個男人的有力臂膀的支撐。譬如說那條瘸腿板凳，只需比著板凳的高矮鋸一截木頭，拿鐵釘釘上去，瘸腿便會站立起來。天上的漏子也是，只消扛來一架長梯，上屋蓋一下就行了。當然，這樣爬高負重的活兒，兩個老年女人也是無能為力的。

幹部繞老屋看了幾圈，隨即眉頭便皺起來了。他們在琢磨：倘若重新起屋，一是資金缺乏，再說時間也不允許。為了形象，大面子要顧，把老屋的外牆刷個白，天上的漏子修理好，門框傾斜得厲害，看著不安全，添兩塊方木撐住。另外，大隊用統調工把坑坑窪窪的機耕路填平，再將道路打通，讓車子直接開到嚴鳳三的家門前。

分派這些工作的同時，他們還肩負著一項重大任務，兼做思想政治工作。簡而言之，就是對臺灣方面來的人，話只能趕好的說，不准講政府的壞話。以往對待臺屬的政策和待遇，大家都心知肚明，開導嚴鳳三少提過去的事情，要感謝黨的英明，朝前看。

「有什麼壞話可說？歡喜就歡喜不過來哩！這幾年走好運：壞分子帽子摘了，趕上分田到戶，今年又遇到兒子回家，嚴婆婆真是個老來福！」村裏人這麼議論。

嚴婆婆閒著的時候，到簷坎根前一把老木椅上坐下來，那雙昏黃沉靜、飽含期待的目光，呆呆地望著遠方，這是幾十年養成的習慣。當她得知自己的兒子還活在世上的時候，一下激動得什麼似的，像往常一樣來到簷坎下，淚眼朝著遠方，默默地呼喚著兒子的小名兒：「峻兒，快些回來呀，再不回來你媽就看不見了。老天爺保佑，總算等到了這一天！」夜晚，通宵睡不著覺，她把躺在腳頭的玫玉叫過來，同她躺到一起，講峻兒小時候的頑皮，講他在家時的情形，講著講著就哼哼地哭起來了。

一個初夏的正午，吉普車在前，麵包車在後，將歸來的臺胞——嚴婆婆的么兒子蔡元峻直接送到了家門口。人們丟下手頭的活兒，扶老攜幼，口裏「回來了，回來了」地呼喊著，紛紛趕過來看稀奇。對於長年困守在土地上，沒有走出過興山縣界的蔡家埡人而言，渴望遇到一件新鮮事，碰到一個陌生人，評論評論優劣，增添生活內容；別說這是一位土生土長、離開家鄉幾十年的鄉親，當然有資格奔跑，有理由圍觀。他們要看看這位漂洋過海的蔡家埡後生長的模樣兒，是如何的出息，穿的什麼，戴的什麼，能聽聽他說話的腔調兒也是好的。

事實似乎又有些讓大家失望。蔡元峻穿戴普通：外頭套的藏青色的中山服，貼身一件白襯衫，腳上蹬的布襪布鞋。臉色紅潤，頭髮墨黑，聲如洪鐘，看相貌不像花甲老人。性情倒是開朗，不怯生，衝大家大聲講話：

「各位父老鄉親，我流浪在外幾十年，沒有一個時候不想念您們，想念蔡家埡，想念村中的大柏樹，還有大柏樹下的老水井。端起碗就想起家鄉的包穀飯，拿起瓢就想到老水井裏清涼水；做夢做的都是小時候的夢，夢到上鳳凰山砍柴，下城裏撿糞，香溪河裏摸蝦子。在外頭好比一匹落葉，漂來漂去，扎不住根。我們的根在哪兒？在蔡家埡！生活中遇到困難想到這個根，害起病來想到這個根，過年過節想到這個根；想起這個根，心腸發軟，就想長翅膀飛，飛不動就想哭，你怎麼忍也忍不住，越哭越想哭，越哭越好哭……」

一席話說得大家淚水花花的，他自己也流起了淚。

「現在，」他接著說，「我就站在根的懷抱裏，呼的是家鄉的空氣，踩的是家鄉的土地，看到的是親人們的笑臉，如同迷路的狗兒，終於找到了家，好歡喜啊好歡喜啊！」

人們的心情還沉浸在剛才的感動裏，忽而又被他末了兒的淳樸逗得開心一笑。

「六十出頭的人，打毛看至多五十歲，好經老。」

「人家保養得好，吃的油水均勻，不像我們。」

「說起來走四外，連皮鞋就沒弄到一雙穿，看到嗎？納幫子。」

「聽聲氣依舊一副蠻腔，話尾子都沒變。」

「你們只曉得消乾飯，這叫入鄉隨俗，人家沒忘本。披身洋服，說話刁起個腔兒，鄉親們跟前，酸不溜丟的，那才叫醜咧。」

這一向活動中心轉移到嚴婆婆那兒，村道邊，水井旁，到處能聽見這些拙樸而有趣的議論。家鄉的一山一水，一草一木，在蔡元峻的眼裏，都是那麼的可愛和親切。他到老水井裏喝涼水，拜訪健在的長輩，尋找著兒時的夥伴。碰見有晚輩喊他叫「爺爺」，他就問孩子的父親是誰，孩子說出父親的名字，一聽輩份，他便說：「『德』字輩的，應該喊爺爺。娃娃兒這麼有禮貌，爺爺不能給你什麼獎勵，望好生讀書，長大有出息。」

長輩關心晚輩是不講場合的，想到什麼就說什麼：「蔡元峻，怎麼不把媳婦和娃兒們帶回來我們看看？只顧你自己回來。」

蔡元峻回答說：「離得遠，一個在美國，一個在加拿大，臺灣還有個女兒，他們暫時還不能回來。」

「你的命好。」

都屬蔡姓子孫，只顧親熱，說話不忌嘴，有人直通通問：「拿的月級工資嗎？一月到手有多少？」

「我現在拿的退休金，不多，每月千把塊錢，」

「啊，還不多？我們這兒當個縣長也只有百把塊錢哩。」

「船大浪大，我理個髮就要八塊。」

「我們剃個腦殼只兩角錢。」

「是吧，那邊的錢不值錢。」

村東的廟埡，是小時候割草放牛的老地方，那條「之」字拐的小路幾十年沒有改變。路邊的小草結著晶瑩的露珠，橫到路當中的灌木枝子上，張著蛛網，情形證明，小路很少有人走動了。他奮力登上山包，氣喘吁吁，抬頭，一個黯褐色的碉堡靜靜地臥在眼前。儘管是專門來看一看它，初入眼簾，仍然給了他一個小小的驚訝。記得離開家鄉那會兒，工兵營正在裝模板，灌注需要砂石料，自己隨母親當伕，到香溪河背過三回沙子。他走進碉堡裏頭看，爬到碉堡頂上看，碉堡是按實戰要求設計的，也是完整的，盤踞在軍事要地上；身上雖說長滿淺淺的青苔，非龐然大物，卻顯得滄桑、凝重，堅不可摧。

回到家裏，蔡元峻發現母親走路腿子有點兒瘸，便問：「媽，您的腿腳怎麼了？」

嚴婆婆望了兒子一眼，沉默著。蔡元峻以為母親沒有聽清，跟著又追問一句。

玖玉在灶臺上切菜，刀功純熟，一陣嘭嘭嘭的刀響過後，細如花線的洋芋絲兒便出現在砧板上了。她停下刀，從旁邊插過話來：「打的。」

「打的？」蔡元峻迅速將驚疑的目光轉移到玖玉身上。玖玉正欲張口，嚴婆婆老眼一瞥，她立即住嘴。嚴婆婆自己補充道：「打跟頭的。」

「多長時間啦？」

嚴婆婆打個等，語氣平淡：「十來年了吧，也不疼，就是走路差一著。」

稍過片刻，他忽而又問：「爹的墳怎麼平了？」

「何止爹的，你大哥和二哥的墳都平了。」

「大哥跟爹的挨著，我曉得，二哥也安埋在那兒？」

「一起有個伴兒，儘管大哥只件把衣物，衣物上有他的魂魄兒。」

「墳前一棵油柿子樹，笸籮粗。」

「還在平墳的前頭，吃食堂那會兒，砍倒當柴燒。」

「媽。」他欲言又止，像有什麼心思，不過到後還是把話吐出來了：「我一直以為二哥還活著，想不到……」

當母親的不做聲了，定定地坐在老木椅上，彷彿一尊石雕；眼眶裏漸漸有了淚水，溢出來，浸洇到臉上的皺紋裏。玖玉往灶裏添上一把柴，轉身進房屋裏去，好半天沒有出來，待出來的時候，兩隻眼圈變紅。

蔡元峻在樓板上開的地鋪，中午睏覺，闖入夢鄉。他夢見父親，可又不確定，似乎是大哥，又像是二哥；無論哪一個，反正沒有交言，只是木訥地將他看著。一覺醒來，大腦亂亂的，心情十分沉重。床當頭立個榨菜罎子，借著亮瓦灑下來的光明，看見壇口上蓋塊一尺見方、像鏡框一樣的小牌子，翻過來看，上面寫著：

抗戰軍人家屬榮譽紀念
衛國捐軀
留得丹心照古今
中央執行委員會贈

牌子完好無損，只是舊了些。他心潮起伏，雙手抓住牌子，如同抓住了大哥的身子，緊緊地抱在懷裏，默默呼喚著：「大哥，我尊敬的大哥！」大哥的音容笑貌，大哥生前死後的情形，彷彿一組長鏡頭，由模糊到清晰，由清晰到動人，從記憶的深處徐徐走來。

……一九三六年春，陸軍九十八師第三營調興山圍剿川匪，大哥蔡元山應徵入伍。一九三七年抗戰全面爆發，「八一三」淞滬戰役打響，該營奉令守衛上海寶山一線。戰鬥異常慘烈，為擊退敵人進攻，蔡元山報名參加決死隊。他的前心後背綁著兩個炸藥包，將褪下的衣服交給營長姚子青，敬著軍禮道：「報告營長，自古說忠孝難兩全，今天特別請求，我捨身炸坦克是報效祖國；衣服炸掉可惜，請轉交我父親禦寒算敬孝心，想個忠孝兩全。」說完轉過身去，剛才的仁慈目光瞬間燃燒成憤怒的火焰，躍出戰壕，像離弦的箭，直飛敵軍坦克。人與坦克結合了，隨著一聲巨響，人與坦克毀滅了……

那天，縣長王勉沒有坐篼子，端著牌子，同聯保主任和幾個跟班，一隊中學生爬上蔡家埡。除轉交蔡元山的遺物，送上牌子外，還包了三百塊洋錢。母親當時什麼牌子、洋錢都沒管了，一把摟住大哥的衣物，坐門檻上哭得死去活來……

蔡元峻拿出相機將牌子拍成照片，回身向母親央求：「看到它就同看到大哥，讓我把它帶到臺灣去，放進軍事博物館。」

嚴婆婆的回答非常齊頭：「不行！你大哥只這點兒遺念了，我得留著，等我死後你可以拿走。」

「這麼些年頭，能保存住，不容易。」

「送回樓上去，別人看見不得了的。」

從說話的神態裏，使蔡元峻明白，為這塊牌子母親一定沒少擔驚受怕。他接著說：

「媽，您還記得吧？那年的秋天，山上的櫨木葉子紅了，種麥子的季節到來，您叫我到舅家拿麥種，回家的路上，讓他們抓了『飛兵』（即隨意抓人當兵）。那會兒二哥抽壯丁參了軍，八月十五回家我們還見了面，從此音信全無。」

「你在雲南的時候，二哥給你回過一封信，收到了嗎？」

「沒有，也許信到，我們的部隊早已開走。初到部隊，好想家啊，想跑又找不著路回來，日夜地哭。打仗不知打了些什麼地方，大地名曉得，湖南呀，河南呀，長陽呀，小地名記不清白。熬到抗戰勝利，第一個願望就是要回家看望我的媽，還有二哥和玖玉。沒想到內戰興起，接著又打了幾年仗，後來就到了臺灣。」

「仗打完了，應該回家。」

「由不得自己啊。媽，我一共寫過四封信，抗戰寫過兩封，後來寫過兩封，最後一封是到臺灣的前三天寄的，都收到了嗎？」

「一共四封信，沒錯，我一直保存著，想起你們，就拿手裏摸一摸。你們不明白老人的心，下人一出門，日夜地掛在心上，總想從信中多曉得一些外頭的情況，可讀起信來，就那麼乾巴巴的幾句。儘管只有幾句，當媽的也是樂意的，菩薩保佑，兒子還活在世上。那年月盼一封來信，不論是哪一戶的，全村人都會跑上門來關心。」

蔡元峻抑制住內心的激動，催促道：「媽，您把信拿出來我看。」

嚴婆婆沒有動身，反倒呆在那兒了，好久，才自語似地說：「信已失了。」

「怎麼失的？」

「紅衛兵沒收了。」

母子倆彷彿一齊失掉話頭，半天接不起來，到後還是母親打破沉默，歎道：「峻兒，當初信裏頭少寫兩個字就好了，那麼會少惹麻煩。當然，媽不怨你，寫信總想寫得詳細些，誰能料得到後頭的事呢？」

「兩個什麼字？」

「臺灣。」

談話中斷，母子倆重新歸入沉默。嚴婆婆這陣兒正在作難：大腦中浮現出領導幹部談話的影像和囑咐自己「朝前看」的指示，一時很有些缺膽。常言說豬嘴闇得住，人嘴闇不住。母子間的情感是人世間最真摯的，容不得半點虛假。離別幾十年，要說的話實在是太多太多，忍受多年的苦頭、屈辱，一次次往喉嚨上湧，憋得人吃虧，不說沒得法！於是便說：

「沾上『臺灣』，白布掉進染缸裏，說不清白了；什麼特務、壞分子、反革命……一頂跟一頂的帽子朝你媽頭上扣。頭幾年還算好，好的歹的媽承得起，後來興起破『四舊』，說我們家裏有洋錢，帶起人到屋裏搜。也是該犯，你大哥的那點兒撫恤金，我生摳死摳地摳點兒，一直裝在我的枕頭裏。聽說要抄家，我拿出來埋床底下，結果讓他們找到，信也被拿走了，那塊牌子蓋在罎子口上，反倒沒事兒。唉，床鋪草（墊在鋪板上的稻草）抖個稀巴爛，地上挖的大窟窿小眼的，翻箱倒櫃，真像來強盜的。事情才起頭兒，接下來開群眾大會，把我跟玖玉都一手剪把兒捆起，吊到倉庫八字木上。膀子反在背後，繩子一拉，疼得大顆子汗直滾。問我跟臺灣有什麼聯繫，兒子在那邊搞的什麼陰謀，藏洋錢有什麼用心，是不是配合國民黨反攻大陸……他們的問話我一句就答不上來，只好把嘴閉緊。玖玉見我不做聲，她也不做聲，棍子就往身上落。不知是哪個殺牛佬心，照我腳頸子一棍，啪嚓一下，心想我的腿子沒得好的了，果真是斷了。我挨打倒沒得什麼，帶連玖玉我難受。玖玉的膀子原本帶的有傷，疼得她的頭髮都汗濕了；身個子又重，繩子斷成兩截，叮噔一匍趴掉地上。我懸著腳，不能去拉她，看到她嘴裏來血，真是一下疼到我心裏頭去了。」

蔡元峻撫摸著母親那畸形如柴棍子般的病腿，流著淚說：「都是我的不是，當初不該寫那封信，沒盡到孝心不說，反倒給您和玖玉添這麼大的災難！」

「寫信有什麼錯？媽不抱怨你。抄家挨打不算甚兒，最難聽的是那些錐子話，動不動就把我們全家人拿出來糟蹋：說你爹是給國民黨背子彈累死的，大哥是給國民黨賣命死的，二哥死的不明不白，么兒子更反動，幫國民黨打共產黨。反正一家人沒得一個好的，說得我亂箭崩心！」

「其實，我在那邊一直惦記著二哥，凡是認得的人，興山的老鄉，我一個一個打聽，都沒得下落，心想一定是在某一次戰役中……那次見最後一面，二哥叮囑我的話至今記得，他說『爹跟大哥都不在了，我們要擔起責任來。兵荒馬亂的，家中連失兩個親人，把媽的心傷得太狠，打頭一雙小腳。你在身邊，好生招呼媽，聽媽的話，沒有媽，這個家就散了。』」蔡元峻眼睛漸濕，將母親端詳會兒，接著問：「二哥到底是怎麼死的？為什麼又被說成不明不白呢？」

當母親的歎口長氣，低下白髮蒼蒼的頭，彷彿在苦吟一首古老的歌謠，半天才抬起頭來，淒淒然道：「有什麼好說的呢，提起來你媽就直想哭。」

下面就是嚴婆婆講述她二兒子蔡元柱的故事。

二

蔡家埡的狗子撲連撲地咬了一個通宵。沉沉的夜色裏，陣陣惡聲大嗓不時從老天井屋裏傳出，裏頭夾雜著一位女人淒淒慘慘的哀哭。人們聽不下去了，坐不住了，紛紛走出家門，到保長五爺家裏求情。

嚴鳳三門口架著好幾支槍，軍隊裏來了七八個，前來捉拿蔡元柱這個逃兵。蔡元柱是個大個子，他們把他往天井屋的橫樑上吊，費很大工夫，勉強吊懸腳。領頭的大約是個班副，拖過酒杯子粗一根木棍，滿勁滿力往蔡元柱身上劈，吼道：「打是便宜你，依我的火性，一槍崩了還不解恨。」待他打個氣醒，把木棍朝嚴鳳三遞過來，命令道：「教育你兒子安心保家衛國，再不當逃兵，當逃兵不光彩。」

望著懸在梁上的兒子，嚴鳳三淚水連滾直滾，心想：「什麼三丁抽一，五丁抽二？專門整窮戶。大兒子捨命在外，生不見魂，死不見屍；丈夫活活累死，墳土未乾；么兒子又被你們抓去，剩下這麼一條根，照例不放過。媽養的個個疼，走，捨不得，打，下不得手。真叫人左右為難啊！」但眼前的情形告訴她，不打也是不行的，她只好舉起棍子跟兒子說：「聽媽的話，二回莫跑噠，跑也跑不脫，挨些打，媽心裏過不得。畝把課田，我跟玖玉倆種得出來，莫掛牽屋裏，安心當兵。」

嚴鳳三腿上挨了一棍：「使力打，不要做樣子！」

蔡元柱怒吼起來了：「各人犯法各人頂罪，誰個再跟我媽行兇，老子跟他拼。你們不是抓我回去了差嗎？鬆繩子，跟你們走！」

軍隊裏挨的有個把月時間，利用一個站夜崗的機會，與一個同謀合作開了小差。當時即被發覺，追趕一程，並響了槍。子彈從耳邊擦過，發出口哨似的尖嘯，但他們還是奇跡般地逃脫了。

這次他沒有直接進屋，先到舅舅家躲兩天，打聽到村裏無事，才回家往辦公處見五爺。保辦公處設在蔡家祠堂，去時五爺正在開會，警衛幹事、糧征幹事、戶籍幹事都在場。一進門，五爺就站起來了，睜大眼睛將蔡元柱瞪著，說：「蔡元柱，我看到的是你的人還是你的魂？」

「五爺，是我的人，不是魂。」

「是——開小差還是有什麼公幹？」

「不瞞您說，開小差。」

「真是一個打不死的程咬金。」

「五爺，我不是貪生怕死的懦夫，若是元峻在家，我會安安心心當我的兵。我們這個家庭您是清白的，大哥跟爹那麼去了，剩下我媽和玖玉，屋裏沒得個男子漢總是差一著。全民抗戰，人人有責，前方後方都要人，早已想好，我爹是當長伕累死的，我願意把我爹的那份職責承擔起來。」

五爺臉上起先還有一層陰鬱，被蔡元柱一說，漸漸轉為晴朗。殊不知，剛才開會正為派不著長伕而發愁哩。大凡保裏公務，一提到長伕，大家都禁不住直打寒戰，僅村裏已活活累死三人。前不久，嶺上的方代雄如同一匹騾子，背上的軍米——馱子沒來得及卸下，暑熱而去，當了累死鬼的第四名。蔡元柱血氣方剛，是出力氣的年紀，自願補個長伕名額，正好給五爺解了個燃眉之急。五爺內心感激，但形跡不露，倒是說出一番旁的話來：「那天軍隊上門捉人，大夥兒求我去給你說個情，前思後想，不能去。如今國難當頭，你卻當了逃兵，我若說情，那明明是去討他們的指教。眼下這麼『轉個彎兒』，上頭再來抓人，我也有話好給你搪。」說完，又從面子上賣個人情，將警衛幹事叫過來，當著面說：「蔡元柱的兵役給他免掉。」

三

一九四〇年宜昌失守，日本鬼子水路打到三斗坪，旱路打到霧渡河。興山、秭歸、長陽劃為第六戰區，五戰區淪陷，戰爭的火焰一下蔓延到了家門口，原來的後方一變為抗戰前沿，陪都門戶，戰略要地瞬然間突現出來。

二十六集團軍總部移住興山，所轄三十二軍、七十五軍、預備四師等七個師的兵力，計七萬多人，沿長江、香溪至霧渡河一線駐防。重兵壓境，加上武漢、沙市、宜昌等地湧來的難民，可謂人滿為患，兵氣沖天。按當時市秤十六兩制計，每人每日吃米二十四兩，折合一斤半，僅軍隊這一項，每天吃米就得十一萬斤。另月發食鹽三千擔，槍支彈藥補給，如此情形下，儘管全縣人民要承擔兵、伕、糧、款、馬乾（飼料）、副食六大義務，轉運軍糧卻是壓倒一切的任務，成為民伕肩上的最沉重負擔。

那會兒交通閉塞，除開盤山小路，剩下水路一條。軍隊的槍械糧餉，都得經興山這一交通孔道輾轉東運。來自湖南的，從三斗坪入長江往上，來自四川的，順長江而下，均彙至香溪口起坡，轉木船逆香溪上行九十里，抵達興山縣城，再由民伕使背子打杵運往前線。

自香溪口上行六十里至大峽口，由於有條香溪支流羊道河，便於轉運，這裏也是一個儲運軍糧的重要口岸。運輸分東、北兩線：往北「香南」線，即香溪至保康、南漳、老河口，達三十軍池鳳城部；往東「香霧」線。即香溪至界嶺，達宜昌霧渡河。往北的民伕在縣城啟運，往東的民伕在大峽口啟運。蔡元柱屬十三保，派定在「香霧」線當伕。

黎明竭力驅趕著黑暗，大峽口由模糊而慢慢地明白起來。綿延的香溪只因水面上浮著一層棉紗似的霧靄，暫時還看不見它的身影，可霧靄下的勞動早已開始。隨著人們的喧嚷，霧氣漸漸蕩開，沸騰的勞動場面出現了。幾十隻柏木船在水中交錯穿梭，卸完貨物的，邀齊夥伴，把船撐到河心，艄公扳著舵把，一路吆喝著往下游漂去。沒走完水程的，相繼拔錨開頭；縴夫們周身赤裸，將肩上的纖帶往纜繩上一掛，整個身子傾斜到河灘上，等待攬頭的一聲長吼，渾厚高亢的扯船號子便在峽谷間迴響起來。

岸上照例一片繁忙。爭取時間，上千的民伕一大早趕來，這當中有固定在船上啟米的民伕。他們把軍米大包小包地磊在肩上，沿著駁岸的臺階，入庫上碼，身上被麵粉米灰糊得白蓬蓬的。更多的民伕則是領米出庫，往前線轉運。領米發包還需簽字畫押，呼名喚姓的高聲不絕於耳；人們爭先恐後，儘管倉庫的八扇大門都一齊打開，情形仍顯得有點兒混亂，許多人米包還沒落到背上，臭汗已出了一身。軍米小包四十斤，中包六十斤，蔡元柱領取三小包，趕肩起見，背子上碼個「品」字形，融入運糧隊伍。

在蔡元柱的想像裏，他把運糧的隊伍形容為螞蟻搬家：打蟻穴裏出來，個個頭上頂著米粒大的蟻蛋，沿路走成一條白線。可是，由於人們的力氣不等和腳步的快慢，這條白線很快就像斷了線的珍珠，變成無數個小串兒，散落在長長的峽谷裏。

興山成立「軍運代辦所」，縣長任所長，下設「聯運站」；三十里一站。「香霧」線共設大峽口──羊道河──黃家祠──界嶺──楊家大廟──霧渡河六個聯運站。方便民伕不走長路，運輸軍米一般固定在某個聯運站；倘若遇到情況緊急，或槍械炮彈什麼的，那麼就得背通站──從起點站一直運抵前線。

這段三十里的路程險峻、難走，攔中要過九道水，走多半的棧道。幾處地名十分有趣，都與山羊有關：傳說山羊經常打那兒下河飲水，就取名「羊道河」；有人在地裏看見山羊路過，那裏就被稱作「見羊坪」；山羊從懸崖上掉下來摔死，自然就叫成「掉羊崖」了。

掉羊崖嵯峨雄奇，龐大的山體相峙相逼，寸步不讓，彷彿要把河水關起來不准流走似的，擠得河床又細又窄。矗立到半天雲裏的、赭褐相間的削壁上，不知營養何來，橫空長出一些青枝綠葉的雜樹，猴子在高頭打秋、長嘯；嶙峋的山石間，有棕褐色的山羊立在岩頭上呆望。脖子再仰一點，就能看到一線明朗的藍天，看到白雲移過和飛鳥的剪影。

世界上有什麼比背上壓著沉重的負擔走路而吃力呢？有的話，除非是打仗衝鋒和運動員跑步，那麼不過只是一陣子。蔡元柱這麼地默想。他和民伕們從早晨米包一來到肩上，便一直這樣地走著。累極了打一杵，喘口氣又走。涉水過河，人人都把褲腿捲起來，露出的半截腿子上的肌肉緊綳綳的，看得出是在奮力地趕路。上坡和走棧道，步子消緩些，遇到平展的河床，速度明顯加快。肩膀在背子繫子長時間地勒磨中，疼痛的感覺上來了；伸手到背子腳肚子上稍稍抬一把，痛苦得到減輕，發脹的眼珠也會跟著好過點兒。

見羊坪是一片開闊地，住著幾十戶人家，水田旱田成片成廂。緊靠路邊的土牆上用石灰水刷著一幅幅標語：「為張自忠將軍報仇」、「國家興亡，匹夫有責」、「搶運軍糧，支援前線」、「前方流血，後方流汗，不當亡國奴」。對河板壁崖高頭赫然寫著「背子打杵趕日寇，煮熟掉羊慰三軍」，字有屋大，分外搶眼。

大家將米包齊齊地往簷坎上靠穩，拿出中飯來吃。這時蔡元柱才看清，揹運軍米不止是男人，還有婦女和兒童。他們的衣服破爛，個個背上掛著一塊濕透的汗斑。上點兒年紀的，脫下濕衣服，搭到柴柯上曬；裸露出來的兩肩同脊背呈板栗色，從磨傷的痕跡來看，已經脫掉了好幾層皮。很多中飯是從家裏帶來的包穀漿粑粑，包些雜菜，一口下去，粑粑上留個大豁口，不餓發急，這種吃相難得見到。

二十里路下來，蔡元柱同樣餓得發慌，打背子裏拿出兩個粑粑，差不多一斤半重，恨不得吞整的。吃粑粑的時候，他想起母親跟玖玉烙粑粑的情形：玖玉拿桐葉包，母親上灶烙，累了，母親換著包，玖玉又上灶烙，三十多個粑粑烙到半夜。

蔡元柱粑粑下肚，喝下半瓢涼水，到河裏抹把臉，接著又上路。待走攏羊道河，太陽才剛剛偏西。適時督運員正好在場，還當面誇他幾句：「今天你打頭一炮到站，況且背的三包，小伙子好力氣。」

四

大峽口對岸有個岩洞，有幾間堂屋大，傳說屈原小時候放牛曾在這裏頭讀過書，往後讀書人便把它敷演為「屈洞含煙」，列入興山「八景」之一。屈洞鄉鄉政府設大峽口，名字也是由此而來。武漢失陷，湖北省圖書館館長談錫恩是興山人，將圖書館的書籍裝了四木船，藏在洞裏。亦因戰事吃緊，地方上兵多將廣，不保險，又搬遷至恩施。書籍一走，正好給民伕騰個安身之所，紛紛住進洞裏。

那天蔡元柱吃過晚飯到河裏涮碗，聽傳呼有人要會他說話。

當時的民伕仿軍隊「一三」建制編排，鄉、保兩級管理：即一個大隊管三個中隊，一個中隊管三個分隊，一個分隊管三個民伕班，每班十至十二人。當天領的米務必當天交清，風雨無阻，哪一級出了問題，就傳哪一級問罪。來人是二分隊的黃隊長。黃隊長是個中年人，高個子，一副「國」字臉上透露出英俊和剛毅。分隊長是個脫產的差事，但黃隊長不脫產，見到他時，肩膀上總是扛著個米包，匆匆地打你身邊走過。他為人既和藹又活潑，一攏面便拍著蔡元柱的肩膀說：「這回我盯到個好班長，你猜是誰？」

蔡元柱把黃隊長瞅著，猜不出。

「蔡元柱。」黃隊長話一出口，兩個人都笑起來了。

話來得突然，蔡元柱難免有些靦腆，趕忙應道：「感謝您的抬舉，沒得那個能力。我保證管好我自己，按時把任務完成。」

「莫拉鬍子過河——牽須（謙虛），我沒看錯人。你年輕、耿直，穩得住。其他的像走馬燈，今兒換這個，明兒換那個，我搞傷腦筋。」

「黃隊長……」

「少推辭，十個人交給你，有開差的就跟我說，由我找保長，不要你出面，行嗎？」黃隊長見蔡元柱仍舊一副搖擺不定的神態，接著說，「有錢出錢，有力出力，全民抗戰。你爹跟你大哥，一個在後方貢獻，一個在前線捐軀，是民眾學習的榜樣，我們做的正是他們還沒做完的事情。如今豺狼來到大門口，年輕力壯的不挺身出來打，難道忍心讓婆婆兒老頭兒上前打嗎？我說的情形你想，看是不是這麼一個。」

當了班長，事情稍稍多點兒，一早趕到六號倉庫大門前，招呼手下十個「兵」領米出庫。交米那一面不必掛心，有問題督運員會通知你前去核單。惱人事兒還是黃隊長說的——人員更替。那會兒成年勞力規定一月六天的長伕，造成花名冊，誰也跑不掉。十個「兵」收攏，剛剛混熟，六天期滿；接下新到一批，又得重新登名字、掛人頭兒。有時要簽字畫押，人本當站在跟前，由於面生卻害得你大聲呼喊。

不過這裏頭還有個長伕嚴大雲，跟蔡元柱結成忘年交。嚴大雲身材瘦小，腿子、手臂沒得一把粗，卻緊骨緊棒的。清臞的臉上長著一撮山羊鬍子，濃黑的臥蠶眉毛中，有幾根寸把長；面皮釉褐，顴骨突出，彷彿一尊鐵打銅鑄的雕像。

嚴大雲當伕有了三個年頭，看樣子起股大風就會把他吹倒，然而他仍堅持一天一趟。見天領一中包和一小包的軍米，不增也不減，呈「十」字架在背子上，像一頭老牛，山道上緩慢移動。當卸掉身上的重負，往回走的時候，竟比一隻山雞還快，連蔡元柱有時也跟不上來。他常常告誡大家：「背腳（揹運貨物），尤其走長路，莫急，腳步須迎到氣走，亂來不得；看到慢，實際快。」他的老伴兒在去年的春荒中死去，家中無田，兒子當兵兩年沒得消息，但他卻滿懷希望，說：「還想什麼？不想金不想銀，只想早點兒把狗肏的鬼子趕出去，盼兒子復員。」

爬過一道長坡，到一處山石後面，嚴大雲使手中的杵子指著個青苔斑斑的石礅跟蔡元柱說：「你爹就是在這兒出的事，是他今生今世的最後一站。那天我們同路，好不得聽到他一聲喊：『嚴大雲，我不行嗟。』待我轉身，看見他人跟米包合身往礅子上一仰，溜下地，『哇』了好幾口血，我抱著他喊了幾大聲，不應，兩眼朝我一睖，調臉就去了……」

聽嚴大雲講完，蔡元柱低著頭，瞅住那塊地方不做聲。打這兒，那塊青苔斑斑的石礅，彷彿一塊沉重的畫面，永遠嵌入到蔡元柱的心底。

太陽沉下去了，山巒轉暗，只有高聳的掉羊崖的山頂上，照例享受著從西天火燒雲的縫隙裏照射過來的陽光。一天的勞累結束，人們在岩洞前的河床上，三個卵石一支，架起銅罐煮晚飯。這樣的鍋灶，沿河一溜有幾百個。炊火四起，狼煙冒冒，深深淺淺的火苗，夾雜著劈里啪啦的爆裂聲，在薄薄的暮靄裏連成一片紅色的海洋；適時上行的木船陸續攏岸，此起彼伏的扯船號子震天撼地而來，有如「吹角連營」的古戰場。

吃飽肚子，河面漸歸平靜，嚴大雲順嘴哼了一首民歌：

香溪水呀水流長
九十九彎下長江
水打昭君門前過
流給昭君洗衣裳

「香溪的由來是因昭君引起的，是這樣嗎？」蔡元柱問。

「當然。」嚴大雲回道，「老輩子講，王昭君身上是香的，穿的衣服也生香，年長日久下河洗衣服，把一條河的水都給染香了，從此便成了香溪。」

「要說神奇也的確神奇，屈原讀書的場子跟昭君村相隔不過三十里，一個溪溝出這麼大兩個人物。」

「香溪不是普通的溪，它有靈性。一個伴王，一個伴君，屈原忠心耿耿為朝綱，昭君娘娘和北番，都為國家做大事。尤其昭君娘娘，使國家不打仗，甘願去和番，免得老百姓流血。」

蔡元柱想了想，說：「昭君娘娘在世才好哩，請她去和番，不打仗。」

嚴大雲瞥了蔡元柱一眼，來了點氣，說：「昭君娘娘去和日本？想就不該這麼想。昭君和番是我們自家人，洋鬼子可惡，只配攆，不配和。」

「您說的對，日本鬼子罪惡大。說實話，我又想當兵，殺幾個鬼子解恨。」

「好鐵要打釘，好男去當兵，你怎麼要當逃兵？」

「唉，」蔡元柱歎道，「怎麼說呢？起先蠻安心，自從我爹和我大哥去了，跟著兄弟被抓，家中剩下我媽和小妹，叫我怎麼安得下心？一天想一百個『跑』。」

「上過火線嗎？」

「上過。」

「怕不怕？」

「開始有點兒怕，槍一響，搞不清子彈打什麼方向來的，只要弄清楚敵人來的方向，不怕了。前線修的有壕溝，在裏頭跑來跑去的靈活得很。連長看見我身個子大，派到機槍班裏當射手。我把機槍架在一個岩包下面，瞅見鬼子冒出高粱地就打，冷一槍熱一槍蠻好玩兒，後來鬼子頂住往上衝，我的槍筒打紅了，陣地還是丟了。撤的時候，有個戰友是秭歸人，叫舒德寬，腿子一僵，一個塄坎沒爬上去，子彈穿了背心。我還想拉他一把，鬼子哇啦哇啦衝上來了，班長將我拽進壕溝，一起往後跑。到現在，一想到那個戰友，心裏過不得，我應該丟掉機槍上前湊他一把，可是我沒有那樣做……」

「子彈沒長眼睛，這不能怪你。在外頭想家嗎？」

「怎麼不想？想又怎麼辦呢？」

「寫信呀。」

「今天在湖南，說不定明天又上了四川，天南地北地跑。再說，年輕人懶筆，體會不到父母的心情。」

「我兒子兩年零三個月，不來一封信，她媽臨死不閉眼睛。」嚴大雲說完，低下頭。

「他一定好好的，說不定這陣兒正在行軍趕路。」

「唯願如此。」

「軍隊裏不算苦，早晚操練，命令一到，打起背包就走。說苦，我們背軍米才算苦。」

不知怎的，他們都不做聲，想著各人的心事。沉默使人難受，過了好一陣，嚴大雲的歌聲又響起來了：

正月是新春，
聽唱辦公人。
如今的公事麻煩得很，
辦事要公平。

保長把信傳，
甲長把伕辦，
班長帶到聯運站，
開始運子彈。

嚴大雲有俗才，不光會唱，還會作。他說：「我把眼前的情形，依照『月歌子』的樣式，編了一首〈當伕歌〉。這個日程好艱難，想把它記下來，讓大家傳唱。」

「調子我聽到過，但沒得你唱的好聽。」蔡元杜還想繼續聽下去，問道：「二月間怎麼唱的？往下唱。」

嚴大雲清了清嗓子，開始了他的歌唱。他唱得十分認真，神情莊嚴，下頜上的山羊鬍子，隨著嘴唇的翕張不停地顫動著。調子奇特，帶著濃重的喉音，時而如老婦泣訴，低沉哀婉；時而如山洪暴發，洶湧咆哮，迴旋起伏。在歌聲的感染中，蔡元杜抬頭遠視，眼前儘管是穿刺不透的暗夜，胸襟卻感覺到無比的開闊，像一隻鷹，在原野的上空飛翔。鳥瞰下的香溪、長江、群山，在雲霧繚繞中是那麼的宏大、壯美。他彷彿看到了母親和玖玉在田間忙碌的身影，看見了大哥在槍林彈雨中，背負著炸藥包的脊背，看見了軍民並肩抗擊倭寇的戰火硝煙。浸漬著父親鮮血的那塊青苔斑斑的石塊，戰友舒德寬在子彈穿過背心時所表現出的痛苦模樣兒，皆異常清晰地從腦海中浮現出來。此時的內心，彷彿從一個迷茫的荒野來到充滿陽光的草原，明朗而遼闊；倒切實覺得自己稍稍懂了點事，如同黃隊長的開導：該盡的責任要盡，該擔當的義務要擔當。想到這裏，他往嚴大雲身邊靠了靠，將手伸過去，在他那鐵骨似的手背上一陣摩挲，像晚輩在長輩跟前討好賣乖似的說：「我不三心二意了，再苦，跟你在一起，聽你唱歌，安心背米。」

五

玖玉過來了，跟蔡元柱在岩洞跟前見了面。她穿件藍底白花的偏大襟上衣，頭上包紫紅色花頭巾；背隻八成新的花背籠，裏頭裝著洋芋和一個濾豆腐的白口袋。蔡元柱從玖玉身上接過花背籠，心疼道：「家裏有事，無論什麼人，帶個口信我就回來。幾十里路，背這麼重，只有媽想得出。」

「沒煩你便是好事，還埋怨媽！一去幾個月，也不回家視會兒，你不念媽媽念你咧。」玖玉說完，含羞帶笑地把蔡元柱瞅著。

蔡元柱打開口袋，裏頭是蔥花炒豆渣，聞到好香，撮些到嘴裏嚐，驚道：「有味兒，鹹津津的，在哪兒弄的鹽？」

「這麼大的事，還沒聽到說？」

蔡元柱搖頭。

「失宜昌那年，川軍撤退，好亂。媽時常講，掛在外頭的紅辣椒串兒都被他們取走了。

他們回川後，想到糟害了我們這兒的老百姓，撥了一百萬斤大米，秭歸五十萬斤，興山五十萬斤，外帶十萬斤鹽，表示賠償。我們家秤五斤鹽，三十斤米。」

「我回憶起來，那不是川軍，是十九集團軍，長官司令王贊緒。」

「這個長官有良心。」玖玉把岩洞看看，回頭問：「你們住的崖屋？」

「是啊，天生的，享老天爺的福。這算好的，沿路棧道上，簷坎下，只要淋不著雨的地方，都住的有人，房子要騰出來軍隊住。」

玖玉掏出個小手巾，到河邊澆水洗了一把臉，接著蔡元柱的話題說：「到處是一樣，三十二軍的野戰醫院搬到了蔡家埡；老天井屋裏住的軍醫官，五爺的房子寬展，做醫院，還有擔架排，挨門擦戶住的兵。院長叫張文斌，大家喊的張院長，他請媽打豆腐，豆渣歸我們，豆腐送到食堂裏去。春上的日程你曉得，青黃不接，指靠豆渣接濟。」

「我領的有伕米，在這兒飯有吃的，就是沒得菜。你來了，燜一罐子晾水乾的米飯，下豆渣，好生吃一頓。」

「走的時候媽交待，幫著背兩趟米，換你回去耕麥茬。本來不想攀扯你，可村裏找不到個掌犁頭的人。」

「要你背個什麼米，苦得要命，吃了飯，連夜送你回去。」

「我不回去，怕媽吵。」

「亂糟糟的，看你在那兒打住。」

「別人怎麼住跟到怎麼住，我也不是官家小姐。」

在蔡元柱的眼裏，玖玉是個溫順的小妹，現在人大了，開始學強嘴；有時不止是強嘴，強了嘴還拿雙嬌嗔的目光把你瞅著。使得蔡元柱反倒害臊，臉上發燒，連忙將目光移到別處。

玖玉今年十七歲，的確長成個大姑娘了。姣柔的身材漸漸地豐滿起來，相貌端正，脖子同臉蛋白乾白淨，使皂莢洗出來的黑油油的秀髮，從頭巾中掉出幾縷來，披散在臉上，黑白相襯，嫵媚動人。一對杏眼裏頭像含的一包水，亮閃閃的；彷彿會說話，看誰誰都感到溫情和親切。

吃罷飯，正是傍晚時分，蔡元柱帶著玖玉去找張巧英。

張巧英是班上唯一的一個女性，性格開朗、大方，但言語不多。人長得漂亮，銀盤臉，桃紅色，身段也十分迷人。起先不願同她接近，待慢慢地瞭解到她的家境，便非常地憐惜她。對婦女有所關照，聯運站依河邊用竹子支架，天上苫的茅草，四周夾起籬笆壁子，裏頭堆放著稻草，供她們過夜。

張巧英同玖玉一見面，像熟人熟事，一把將玖玉摟起來，臉貼臉地親熱，隨後衝蔡元柱道：「這麼一個好妹子，從來沒聽到你說過。」

棚子裏大約有二十多個婦女，沉默寡言。有坐著的，躺著的，有的站在壁子前朝外頭呆望。角落裏幾個在說話，聲音非常小，像說私房話。夜蚊子倒像打鑼的，特別多，一不注意就被叮上一口。睡覺不脫衣服，合身滾；怕貪涼的拿一塊板油似的破棉絮，搭著肩或腿，有人將稻草攏些到身上，跟豬子過冬的情形差不多。

玖玉躺在張巧英的身邊，眼前的情景使她心情沉重，喉嚨哽哽的。心想，難怪爹逃不出來的，這哪裏是人過的日程！爹死後，假若不是二哥出來頂住，自己和母親會跟這些人一樣拱草窩。身邊這個人兒——張巧英如此美貌，什麼原由被派到這裏來的呢？想問個究竟，可又怕撞到人家的疼處，話到口邊咽了回去。這陣兒聽張巧英說：「你睡覺喜歡擇鋪是不是？我開始也是睡不著，後來疲勞得要命，往下一倒就睡著了。」

「巧姐姐。」玖玉的好奇心又冒上來了，忍不住問：「出門吃這樣的苦，受這樣的罪，家中沒有其他人嗎？」

「小妹，我的命苦，前生註定的，躲不脫。」

「原諒我，不該問得這麼突然。」

「不，不，你沒成家，體會不到做女人的苦處。」張巧英停頓會兒，歎道：「丈夫打仗打死了，甩下個三歲的娃子和公公，好狠心。公公今年六十出頭，體子又不好，能忍心讓他來嗎？一個人除背六天的軍米，還有其他的雜伕，跟公公倆加起來，每月當伕十八天，雷就打不脫。你累個死，前腳還沒跨進屋，保長後腳跟上門催你的伕。再說我這孤兒寡母的，落屋人家說閒話，不如千斤的重擔一人挑，不回去。當女人難，當寡婦更難，好事輪不到，壞事都照顧我，我前思後想，不知怎麼走到了這一步……」說著，將玖玉往懷裏摟，一陣泣咽。

黑暗中，玖玉感覺到張巧英的身子在不停地抽搐，聯想到爹跟大哥的遭遇，眼眶裏開始流淚。

淡淡的月光漏進棚子裏來，落到稻草上，昏昏慘慘的。河水不停地流淌，夜晚聲音特別大，濤聲如咽。

裏頭河裏昨夜落了雨，河裏淌著淡渾水。過水的時候，男人把褲子一捲，草鞋不脫，直接過。女人不行，得把布鞋脫下來，拿手裏，赤腳過河。從前女人穿的衣服，老輩子有規矩，「前頭遮羞，後頭遮溝」，要縫得長，把屁股和大腿都要蓋住。女人是一身的羞肉，露不得。不得已，倘要露出點把羞肉來，真叫又白又嫩，不管什麼人見了，惜香憐玉之情會油然而生。見玖玉打著赤腳，蔡元柱心疼得要命，不便表露，憋得他只好拿眼狠狠地將她瞪著。玖玉抬頭看到蔡元柱那麼副神態，不知做錯什麼事：「我怎麼啦？」

「叫你不來你要來，以為吃肉，割破腳片我是不管。」

「我要你拉我。」

「把米包加到我背子上。」

「不，背著米，腳板穩沉些。」

「把杵子給我拿著。」回頭一聲喊：「張巧英，過來，我們一同過河。」

蔡元柱一手拉一個，像端的兩碗油，小心翼翼地往對岸走去。

前頭一段河水落了槽，渾水中見不到深淺，蔡元柱先過，河水齊了大胯，女人自然是過不成。蔡元柱往路邊靠穩米包，回頭將兩個女人的米包合總架上背子，一次背過河，再轉身背人。

張巧英趴在蔡元柱的背上，雙腿朝後一屈，兩手緊緊扳著那副結實的肩膀。蔡元柱反過手臂，攀住張巧英的屈腿，一步一探地往水中走。張巧英的身子暖烘烘的，就像冬天裏披上了新棉襖，渾身萬般舒坦，每次的感覺都是這樣。扳在手中的腿子同樣是溫柔無比的，手感說不出，生怕捏疼了人家。

「回回麻煩，這是當班長的好處。」背上的人兒說。

「無怨，這個好處班長願意得。」

「拿甚兒感謝你呢？」

「莫這麼說，不是為抗戰，我們走不到一起。」

「你的心孌慈。」

她的一綹頭髮掉到了他的脖子裏，他說：「女人身上是香的，聞到好舒服。男人身上一股汗臭氣，你怕不怕？」

「不，男人的汗臭氣，女人聞到也是香的。」

張巧英在這個班裏，的確得到過蔡元柱的不少幫助：有時見她走不動，他就把她背上的米包拎一包過來，加到自己的肩上。他說：「女人生來不是背腳的料子，一看到背子繫勒到女人的肩膀上，心裏就不是滋味兒。」

漸漸地，玖玉落下一段距離，蔡元柱跑回去接她。玖玉吃得起苦，不讓他接，眼睛紅紅的，說：「肩膀腫得放光，自己橫直看不到。」剛才蔡元柱背她過河時，看見他一雙肩膀腫得紅糖糖的，心裏非常難過。

蔡元柱說：「腫算個甚兒？許多人肩膀、背心磨掉好幾層皮，我一層就還沒蛻。」

「我記得爹以前的背子繫，用構樹皮纏些稻草，到底軟和些。老林裏有構樹枝子，撇兩根剮皮，我幫你纏。」

「玖玉想得周到，晚上我們幫忙，都來纏。」張巧英這麼說著，忽然發現前頭一塊山田下面圍了好多人。

蔡元柱一杵打著，喊著問，原來一個伕子死在那兒。

事情是昨天出的，通知家裏來收屍，那邊回話，家裏沒得人了，這邊保裏才派來幾個男人，挖個土坑，就地掩埋。

早半天還有點晃晃太陽，這陣兒天空突然烏黑陡暗，飄起一陣細雨，彷彿是老天爺在為著這可憐的伕子悲傷落淚。面對這個突入其來的場景，玖玉情感一時控制不住，淚水從臉上掛下來了。張巧英見玖玉哭，心中一湧，跟著哭。蔡元柱清楚她們哭的什麼，也不相勸，低著頭想：前面就是那塊青苔斑斑的石磡，原想告訴玖玉，父親就是在這兒出的事。這麼一看，打消念頭，視力跟著也模糊起來……

六

蔡元柱掌犁頭，嚴鳳三播種子，玖玉打疙瘩，太陽還有竹竿高，一畝半的麥茬就耕完了。嚴鳳三四十搭點兒年紀，一副小腳，挺能做。春爭一日，夏爭一時，半夜起床，跟玖玉推豆漿、點豆腐、上牛草，接著吃飯出坡。忙了一整天，並不叫累，犁完地，到山坡割束艾蒿，回家掛在門框外邊，說：「端陽掛艾，避邪氣。他爹、元山在陰間裏保佑元柱、元峻平安，本來你們曉得，但我還是提個醒。」

「媽，您在跟誰個說話？」蔡元柱安置好耕牛犁頭，過來衝他媽問，見沒答應，說：「過端陽粽子吃不起，新麥子出來，發頓粑粑吃。」

「是這麼想的。粑粑好吃磨難挨，你跟玖玉打晚工上大磨推。」

「媽，您莫答應，讓二哥拄一鼻子灰。」玖玉說完，瞅著蔡元柱笑。

「多蒸兩個，讓你二哥帶點兒。」

「不帶，在外頭夠吃。心想攢點米回來，肚子不爭氣，攢不住。」

「背腳苦，饢不得幾碗飯不行。又學你爹擠惜，顧這個顧那個，到頭自己就沒顧住，我勸你不要接你爹這個代。」過會兒，又說：「今年的年成還不打離兒，風乾揚淨差不多四百斤麥子，五五分成，我們和田老闆兒各得兩百斤。若不是完畝捐，我跟玖玉倆管到九月間夠。」

「什麼畝捐？」蔡元柱問。

「起先完錢糧，現今興完畝捐，改錢糧為實征，就是過糧食。馬乾副食，糧啊款的，這個去了那個來，刮一道又一道，一棵樹剝得幾層皮？他們曉得你大哥有點兒撫恤金，保甲費、什麼什麼市政建設費、商募捐，還有同盟勝利公債、戰時救國公債，有些名目我記也記不清，說也說不明，反正隔那麼幾天就有人上門催，文進武出地要，不打發又說不過。」

「蔡元柱！」

正說著，聽到門外有人大聲狂氣地叫喊。蔡元柱欲拿腳出門，五爺帶著糧征幹事走過來，進門就一陣指教：「你個娃子，看到你在水井裏飲牛水，臉就不調一個，喊一聲五爺把你舌頭割噠？」

嚴鳳三代兒子賠不是：「五爺，您莫起氣，興許沒看見。」

五爺把手掌一豎：「嚴丫頭，你不要護短。」

蔡元柱一時呆著，辯白道：「五爺，確實沒看見，我賭咒。」

五爺奓開手掌，招呼蔡元柱坐下來，笑道：「我逗孫娃子的，莫當真。賭你媽的什麼咒？賭揚州。」

氣氛頓時緩和下來，現出一屋的笑臉。

五爺屁股沒坐穩，衝蔡元柱道：「孫娃子不錯，在民伕隊裏混個一官半職，當的個班長是吧？別看芝麻大個官兒，權力大得很咧。害得你五爺在馬圈裏過夜，曉不曉得？」

大家摸不清五爺說話的真假，腦袋瓜兒一嗡，放下的心陡然又提了起來。

「他媽的個巴子，」五爺接著說，「那個柳鄉長柳麻子，十個麻子九個怪，不是好東西，當著面我就敢撅他。運米的伕子要辦五個，像催命的，我頭天辦三個，還差兩個，說清白第二天辦。他說不行。我說不行我生兩個。柳麻子說我氣相不對，當到眾人屈他的面兒，張口閉『誰敢違抗怠慢，軍法從事，馬圈裏關起來。』圈裏五六匹洋馬，抬頭有丈把高，據說周岩總司令到縣城『鴻運樓』吃酒就是騎的它。看見我這個不速之客，鼻子幾皺，嘟連嘟地叫，屁股往我這邊車。我縮旮旯裏，不敢動，生怕彈我一蹶子。那個蹄子有海碗大，掛的鐵掌，彈身上肋巴骨少說也得斷三根，彈腦殼上腦殼要搬家。寸把長的牛蚊在我臉跟前飛，叮一口疼死人，可不敢打，打牛蚊又怕招來馬蹶子，大顆子汗直滾，比關禁閉的還狠些。我朝外頭喊，你們到底是要人還是要命？要命有一條，要人我回去辦。」

經蔡元柱回憶，曾經有這麼一回，說：「我找的二分隊的黃隊長，當時的任務分得重。」

「當然，你找黃隊長，黃隊長就找到我，你沒錯，說半天我是誇獎你，證明你辦事盡職。我們保裏黃隊長、嚴大雲、張巧英、你一個，幾個人救了我的大駕，假若不是你們頂住，我天天哭也哭不出那麼多的伕子。大家背米，黃隊長催伕，我蹲馬圈，目標只有一個：打敗日本侵略者，挽救大中華。」

玖玉站在灶門口，專注地聽五爺講著，心裏卻是十五隻吊桶打水——七上八下，生怕引出個不測。

五爺打陣官腔，大家心情漸趨平和，忽又有人呼著五爺進來。來人是保裏戶籍幹事，送過一張字條。五爺拆開看，是鄉政府寫的，眉頭皺了皺，從糧征幹事手裏要過紙筆，照葫蘆畫瓢寫道：

「仰該民伕，著即辦民伕十名，自備乾糧，於明早來辦公處集合，前往大茶埡破路。」

寫畢，遞給戶籍幹事，吩咐道：「送到五甲，叫李甲長速辦。唉，如今的公事多不過，忽而修路，忽而破路，牙刷掉毛——光板眼兒。」說到這兒，五爺突然話鋒一轉：「嚴丫頭，登門沒有別的，公事公辦，你的田畝捐——麥子寫兩斗；馬乾寫五升豌豆，合總二斗五，後天上門征。」

糧征幹事在冊子上填數目，填好後要嚴鳳三畫押。五爺制止道：「不忙。」接著把臉轉向嚴鳳三，態度稍微溫和些，以商量的口氣說：「上頭要征航空費，中央號召大家捐款買飛機，打日本鬼子。給你寫五塊，怎麼樣？嚴丫頭，不是我心狠，保甲裏誰個拿得出錢來？全是些『苦瓜皮』，你找他要，他恨不得倒過來找你要。怎麼辦呢？眾人合心把鬼子趕跑就好了，日程才自在，到時候國家會記得你。」

嚴鳳三想說話，嘴唇動了動，沒說出，轉身到房裏，摸出五塊洋錢，遞過來：「五爺，為著抗戰，這個錢我捐。可依往年的定例，畝捐是不是過重，帶馬乾寫兩斗，您看……」

「唉喲，莫說我說，你嚴丫頭就是不聰明，九十九根頭髮都拔嗟，一根頭髮喊叫疼。不改，就這麼定，你忙我也忙，好多公事等到我。」說著站起身，往玄色的馬褂襟子上彈了兩指頭，匆匆離去。

是夜，村裏狗子一聲趕一聲地咬。這種咬法通常衝生人，興許又在「有吏夜捉人」——抓兵。蔡元柱肩膀上跳膿，疼得左一個翻身右一個翻身睡不著。隨著夜色加深，狗吠漸漸平息，倒有傷病員的呻吟時強時弱地傳來。認真聽下去，似乎有人敲木魚、磕鑔子。蔡元柱喊著樓下問：「媽，哪個屋裏在敲點子，出了什麼事？」

樓下應道：「嶺上補鍋佬的兒子三福子在火線上被飛機炸死了，信得到一大向，明兒天是三福子的生，家裏請道士給他做個法事。唉，沒得法，有法還不是想給你爹和大哥一個人做一個。」

蔡元柱打個盹兒，醒來時玖玉已經起床了。玖玉洗臉、梳頭、淘黃豆，聲音弄得很輕，但每個細節都被他聽見。玖玉能幹、會做，是母親用心調教出來的「得意門生」。老輩子說：清早起床，首先三光：手、臉洗得光光的，頭髮梳得光光的；接著就是掃地、挑水、燒火做飯。女子坐有坐相站有站相，大人說話不許插嘴，不准瘋瘋傻傻，不准打響哈哈……非常嚴厲。原聽母親說過，把玖玉當姑娘養，按媳婦兒教，給大兒子配婚姻。而今大哥已去，不知母親怎麼打算：放玖玉出門，還是給她的老二、老三做配偶？玖玉我喜歡，也愛戀她，就因母親說過『配大哥』的話，一想到她，當中總像隔著層什麼，不好意思。

他睡不著，索性不睡，便起了床。輕手輕腳，待他來到地上，才被玖玉發覺。

玖玉小聲說：「多睡會兒，起這麼早，沒得事你做。」語氣充滿關愛。

「我幫你推磨，讓媽歇著。」

「媽閒不住。」玖玉說話的當口兒，嚴鳳三已經出了房門。

平常玖玉推磨，嚴鳳三餵磨，攔中換換手。今天蔡元柱抓住磨拐子不放鬆，一氣將四升半的黃豆推了下來。

嚴鳳三上灶燒豆漿，玖玉跟手將豆漿灌進口袋裏濾，外頭鍋裏燒汁子。汁子一開，嚴鳳三和好石膏水，往汁子裏沖，稍候，一鍋汁子便成了一鍋白淨淨的豆腐花兒。

母女倆就在這白氣騰騰的灶前灶後忙碌著，一直忙到大天亮。嚴鳳三一邊往桶裏舀豆花，一邊把話說給蔡元柱聽：

「天天是這麼忙的，半夜起床，四升半的黃豆，玖玉喊道膀子推脫節。橫直推磨她扛大頭，濾豆腐也是她扛大頭，我膀子沒得力。」

豆腐剛起鍋，接著又煮了一鍋懶豆腐（豆漿不過濾，燒開，放進青菜，煮熟即成）。蔡元柱不解：「這懶豆腐……？」

「還不是給醫院打的。」玖玉說：「媽說病人天天吃豆花兒，打點兒懶豆腐他們嚐嚐，一嚐好吃，天天要。這事是媽自找的。」

嚴鳳三側身倚著灶臺，說：「再好吃的東西，天天吃也傷人，換個口味兒。傷病員可憐，有的拿發糕換我們的包穀麵飯吃。玖玉，拿袱子把豆腐搭好，怕落蚊子，跟二哥倆快些送過去。」

食堂狹窄，屋裏擺有幾張桌子，多數蹲在稻場裏吃。傷病員頭上、身上纏著繃帶，有的用繃帶吊著肘子，腿子負傷的撐著拐棍，行動極不方便。看見豆腐到了，大家臉上皆生動起來，有人喊著玖玉說：

「小妹妹，天天打豆腐，你也快變成豆腐花兒了。」

這個話玖玉不知怎麼回答，臉龐泛紅，背過身去。

他們把目光投到蔡元柱身上，誇「好小夥兒」，回頭又把玖玉瞧瞧，嚷道：「小妹妹，把身子車過來，這是你什麼人？」

「他是我二哥。」

一聽說二哥，止住玩笑，衝蔡元柱說：「小伙子，這麼英俊怎麼不去當兵？可惜。」

「我在聯運站背軍米。」

「那可是個苦差事。你這個小妹不錯，我們想把她弄到醫院裏來，當個護理員，你捨不捨得？」

「為國家服務，捨得。」

回家路上，蔡元柱問有不有這麼回事，玖玉說張院長曾經提過。

「你願不願意？」

「媽不允許，我也不想，自己沒得文化。有幾次看見張院長上課，掛副骨頭架架，真人那麼高，眼大窟窿的，旁邊有張圖。他邊講邊做，下頭男的女的拿筆往本子上記。看情形，文化淺噠還不行。」

回來天把，盡量攬負重的活路做。打豆腐要柴火，吃過早飯，蔡元柱同玖玉一道上山砍柴。

廟埡上頭的第一座碉包完工，許多男工婦女在軍人的指導下，以碉堡為中心，往四下裏挖壕溝。碉堡隔裏把路修一座，沿著山梁，一共要修三座。

縣城修工事的民伕，成路成行的上鳳凰山伐木，砍樹的斧斫聲，聽到嘭嘭響，望不見人。

抬木頭的吆喝著，從老林裏鑽出來，一根一根往山下移動。

山林近幾年殘破不堪，山腳下成片的花櫟樹、馬桑樹、松樹都不見了，撂下的斷枝殘葉，被太陽曬枯，這兒一塊，那兒一塊，看到像花狗子屁股。

先是修碉堡砍樹做模板，往後破路（把山路的險要處挖斷，搭木橋供行人通行，戰事一來，抽掉木橋，阻止鬼子進軍）搭橋要木頭。野戰醫院進村後，不光燒柴、搭棚要木頭，更大開銷是釘匣子。村中雇用十多個木匠，一頓毛斧將伐來的木頭砍出四條邊，彈上墨線，四五把解鋸成天呼嚕呼嚕解板子。

「心疼不到那裏是。」玖玉說：「老墳園裏那棵管籮粗的黃桷樹，也被他們放了。倒的時候沒注意，一根枝椏把旁邊的照碑打倒。四爺氣得沒得法，跟張院長交涉，張院長賠小心。照碑圮成幾塊，說也說不回來，到底沒弄出個落頭。」

「那是我們蔡家的古蹟。江西填湖北那會兒，姓蔡的逃難到這兒，買田、扎根、興家的一些經過，還有老輩子制下的規矩，都刻在高頭。幾百年的事，陡然毀嘍，叫四爺不氣！前幾年你忘記了？交清明會，從祠堂出發，鼓樂開路，抬的整豬整羊，鑾傘執事，幾百人到墳園裏祭祖，在照碑前讀祭文……現今好，照碑倒嘍，祠堂拿來做辦公處。不交清明會，若是交的話，爹跟大哥的名字都要往清明纘子上添。」

說話間，五六個伕子緩慢地朝村外走，橫在背子上的東西擺成一溜，在太陽的照耀下，白晃晃的分外刺目。沒待蔡元柱發問，玖玉說：

「給死人釘的匣子。首先把匣子背坡裏放好，死了人使擔架抬過去，只往裏頭裝。人裝熨貼，合上蓋子，掩瓜皮子厚一層土，木牌上寫死人的姓名，往匣子前頭一釘，完事。兔兒坡那邊魼出三個長墩，一個挨一個，像排藕節的，看到心裏過不得。」

「怎麼不深些埋？」

「防備有親人前來奔屍。」

聽完玖玉的述說，蔡元柱一陣沉默，憋著一股勁兒砍柴。此時他想：「這些來自東南西北的將士，保家衛國，一副身骨送到這青山腳下；噩耗正在向著他們的家鄉傳遞。父母拆開信封，免不了悲天慟地一場痛哭……天下這麼大，各有名分，日本是個家，中國是個家。鄰居處得好，賽如撿個寶。無故生端，憑什麼要侵佔人家？真是三歲的娃娃長楊梅瘡——沾的媽的毒氣。老鼠子找貓鬥，偏生不自量，你占得了中國！山這麼雄壯，溝這麼深幽，還有千千萬萬的中國人。嫌活夠了就快些來吧，不說使槍動炮，光滾木礌石就能置你們於死地。」

他們大多撿的乾柴，玖玉剁節子，蔡元柱往回背了七八捆，門前堆成個大柴垛。

「三個紅花女，趕不上個癩蛤漢。男娃子到底出力些，一天砍上這麼大碼的柴。玖玉也吃了苦，都有功。」嚴鳳三笑盈盈望著柴堆誇獎，調頭看見蔡元柱光著上身在稻場邊洗澡，發現他肩膀又紅又腫，過去扳著細看，碗大個紅瘡，禁不住嗔道：「這麼大個瘡，長在牛身上？不喊叫疼。化膿啦，娃子！」

吃過飯，嚴鳳三把掛在門框上的艾葉掐兩匹，熬上半瓢水，給蔡元柱洗瘡。蔡元柱跪在地上，裸著背心，玖玉端著油燈照亮，嚴鳳三用棉絮蘸艾水洗，很有點兒像「岳母刺字」的情形。洗畢，她事先砸個瓷針（鋒利的瓷片）捏手裏，含口冷水照瘡一噴，猛的一瓷針，沒等蔡元柱感覺到疼，膿血已翻湧出來。流有碗把膿血，可膿根沒出來，膿根不除，在裏頭繼續壞事。肩頭上的肌肉擠又不好擠，嚴鳳三看見老中醫用嘴吮過膿，想試探一下玖玉，說：「玖玉，使嘴給他拔。」

「放了膿已經住疼，不拔。」蔡元柱說。

嚴鳳三道：「想留病養身。」

玖玉把油燈交給嚴鳳三說：「長疼不如短疼，二哥你忍著些，我來拔。」一嘴下去，狠狠一吸，膿根出來了。

嚴鳳三端過半碗水，要玖玉涮嘴，說：「帶他過天井屋裏去，請軍醫官打個巴子，怕反。」

家裏養隻大白狗，說來巧奇，白狗不知從什麼地方跑來，來了就不走。嚴鳳三說白狗子到家是元寶滾進屋——財喜，就一直餵著。白狗蠻精靈，玖玉走哪兒它跟哪兒，玖玉找軍醫官它也寸步不離地跟著，像個警衛員。

打過巴子回來，蔡元柱走得快，玖玉在後頭喊著說：「二哥，你搶火去？」

蔡元柱不解，問：「哪裏失火？」

「沒失火跑那麼快做甚兒？」

「玖玉，你也學會使促狹。」

「這兒一步坎，拉我一把。」

蔡元柱伸出手，夜幕裏撈著對方的手拉過來。說實話，他們長這麼大，還從未拉過手。當他接觸到她的手時，熱呼呼、軟綿綿，感覺真好。但他彷彿被開水燙了一下似的，迅速丟開，丟開後又覺得失悔，說：「玖玉，膿瘡那麼臭，弄嘴拔，不怕髒嗎？」

「髒什麼？照你這麼說，我生了瘡要你拔，你會拒絕。」

「只要你病好，我什麼都能做。」

「為什麼？」

「喜歡你。」

「既然這麼說，髒不髒，這話就問得老實。」

聽了這話，蔡元柱想重新撿起玖玉的手來，剛剛接近，白狗在中間躥了一下。

「前不久舅舅到我們家。」玖玉說。

「有事嗎？是不是打聽蔡元峻的消息？」

玖玉停頓會兒，回憶那天的情形：玖玉本當睡了，但沒睡著，人在床上，耳朵卻放在外頭。聽舅舅說我請人「排」一下，玖玉跟蔡元柱的「八字」相合。母親說好，把玖玉許出門我捨不得，這丫頭心裏有貨，是個當家理治的樣子。待到明年，看個日期把他們推攏，了個心願。玖玉聽得心裏蹦蹦跳，母親的心思被她探到，只是蔡元柱還蒙在鼓裏。但她自己不好跟他過話，這會兒趁著夜色，輕聲說：「媽說商量事情，商量什麼不清白，你去問媽。」
回到家中，蔡元柱直截了當問：「媽，舅舅來過，有事嗎？」
「玖玉呢？」
「白狗給她做伴兒，給豬子墊窩。」
「商量你們的終身大事。」
「什麼終身大事？」
「玖玉你喜不喜歡？」
「喜歡。」
「怎麼喜歡？」
「反正喜歡。」
「給你配媳婦，同不同意？」
「同意。」
做母親的見兒子回答得異常乾脆，忍不住笑道：「好大個年紀，就在想媳婦，不害羞。不過也不算小，明年吃二十二歲的飯。」
適時玖玉進門，嚴鳳三心想，都男大女大了，正式提出來，鍛煉鍛煉，不壞規矩，便衝兩個年輕人道：
「玖玉、元柱聽著，人人都說你們倆是個對象，我也這麼看的。兩個人的年齡說大不大說小不小，是談婚論嫁的時候。俗話說歪鍋對歪灶，臭蟲配虼蚤，請人給你們合個『八字』，蠻符合。」稍稍打個等，回頭叫著玖玉道：「男大當婚，女大當嫁。剛才我問過你二哥，這宗婚姻他沒得意見，你也得當面表個態。」

玖玉坐在灶門口，拿著柴撇，羞得抬不起頭，應道：「難為父母把我養這麼大，我既是您的閨女，也是您的媳婦兒，聽從您的。」

玖玉亦因激動，眼眶裏噙滿淚水。很早就從母親口中明白了自己的身世，自來到這個家庭的那一天起，她就預感到這裏就是自己的家，是自己人生的歸宿。多年的相處，親情的溫暖，越發證明當初預感的正確，並產生出強烈的願望。「合八字」是婚姻中的一個重要環節，由於自己身世特殊，今天母親發的話，算得給自己訂了終身。突然到來的幸福塞滿了她整個的身心，似乎有些承受不住。但從內心深處又萌生出另外一個念頭：事情來得太突然，應該再延宕一些。先前跟元柱的那種似兄似妹的纏綿之情，帶給自己好多的甜蜜和朦朧的想像。現在三人當六面的把話說穿，反倒覺得少了許多的詩情畫意，竟害臊起來，連正眼望一望蔡元柱的勇氣也沒有了。

人的心理非常微妙，不止是玖玉害臊，蔡元柱也感覺到拘謹。他們誰也不說話，把幸福、愛慕、激動等複雜情感糅合在一起，掩藏心底，以沉默的方式來對待、享受。

夜深了，蔡元柱坐灶門口加火，玖玉上灶蒸粑粑、炒豆渣，準備著伕子明早上路。

七

這次一去就背個通站，從大峽口，經過五個聯運站，一直背到霧渡河，回轉三百多里路程。去背子彈，回轉也未空手——敵、我交火，繳獲很多戰利品，張巧英背的子彈殼，蔡元柱、嚴大雲背的鬼子的軍衣、軍刀、鋼盔什麼的，上頭沾滿著烏黑的血跡。這些東西分別運至大峽口、二十六集團軍總部和興山縣城，待他們三人在大峽口會面，時間整整過去一個半月。

嚴大雲回趟家，背來一大堆東西：一捆齊草（割下的稻穀脫粒時，稻草不弄亂，捆成一束一束的），一個棒頭，一卷青篾片，外帶一口袋柚子。他的一頭毛毿毿的亂髮剃掉，山羊鬍子照例蓄著，稍顯清爽些，可面色鐵然。

蔡元柱將棒頭握在手裏，瞅住那捆「齊草」道：「預備打草鞋賣？缺個草鞋耙子，我明兒回家帶一個來。」

「我打草鞋不要耙子。」嚴大雲的口氣有點兒傲。

「不要耙子打得攏？不光耙子，還需一條長板凳。」

「你等著瞧。背腳一會兒過水，一會兒上坡，壞草鞋的祖宗。一雙草鞋頂多穿五天，你算，一月要幾雙，還有賣的！」

「家裏……？」

「什麼家呢？」嚴大雲將手中的短煙袋往石頭上磕了磕，「挨正屋的那間偏廈，簷水泡趴後牆，塌了。荒田的戶數逐漸多起來，滿地的雜草、刺蓬，躲得住兔子；馬桑樹長到酒杯子粗，進不去人。園子裏兩棵柚子樹，新柚子、陳柚子吊樹上，沒得人下。我揪幾個，把外頭的青皮一削，剝的殼煮熟，除兩道水，可以做菜。屋裏打住一夜，眼睛橫直閉不得，一閉兒子和老伴兒就過來，站床面前。忽而又同兒子到坡裏薅草，老伴在屋裏弄飯，包穀麵飯好香好香，一起圍著小桌兒吃。我們好像還是說了話的，說的甚兒沒記住……醒來時肚兒轟隆轟隆響，倒真的覺得餓。我把老伴墳上的青草扯掉，掊幾捧土，當時心裏一湧，便倚著墳頭唱了一首招魂歌。這首歌據說是屈原大夫為衛國捐軀的將士作的，屈原大夫死後，人們用這首歌招引他的魂魄歸來，千年的古風。我從我門前的山埡望過去，望到遠處的雲彩，心裏感覺得到，兒子聽到了我的呼喚，歌聲引著他回到了家鄉。」

聽嚴大雲說完，蔡元柱沒有做聲，一直瞅著他的臉，到後用了一種請求的口吻道：「傳說屈原大夫的招魂詞很靈，您能為我的大哥唱一首嗎？還有我們那兒野戰醫院裏面死了好多的傷兵，埋在荒草坡裏。送他們一首招魂詞，讓歌聲引路，使他們順利回家，免得成孤魂野鬼。」

嚴大雲臉上添幾分肅穆，抬起頭，打掃一下喉嚨唱道：

哀哀子靈兮，歸去來兮。
天不可上兮，上有雲層萬里；
地不可下兮，下有九關八極……

身既死兮神以靈，子魂魄兮為鬼雄！
惟願其魂兮，返回故里。

唱著唱著，起先幾個人聽，後來洞裏的幾十條漢子都圍上來了。喑啞的歌聲，如同田野的老牛在呼喚它失去的犢子，衝出洞口，迴響在山谷雲間。冥冥中，他們好像看到了失去的親人的面孔，正在循著招魂詞的引導，日夜兼程地朝著家鄉飛奔。

時令入夏，山雨多起來，雨水順著陡峭的山谷，彙集溪溝，形成山洪。以往平靜、清澈的香溪，在連日的陰雨中變得暴躁起來：渾黃的河水暴漲，河面加寬，水流湍急，濤聲震耳。停泊在岸邊的木船黑壓壓一片，被纜繩牢牢拴住，風雨中漂搖。

這種天氣，也是伕子們歇肩卸疲的日子。安身在崖洞裏的伕子，躺在稻草堆上，長長地睡個懶覺，起床煮早飯。一縷一縷的青煙冒出洞口，再現「屈洞含煙」美景。到這兒來的男子，個個都是當家人，天晴有天晴的事，下雨有下雨的事，手腳閒不住。大家漸漸喜歡上嚴大雲這個瘦老頭了，不光會唱歌、會作歌，更大的功勞是發明了打草鞋的簡便方法。大凡打草鞋的人都曉得，打草鞋的傢伙一大堆：草鞋耙、長板凳、腰襻子、拔板、拔板梯、棒頭……可在嚴大雲手下，這些傢伙都可省去，一根棍子解決問題。

河灘上生有一蔸蔸的芒草，採來它的莖悍兒，剝掉上頭的一層皮，搓成繩，做草鞋筋鑾結實。平時大家搓繩子、捶草，做好準備工作，遇上雨天，把四股鞋筋穿到一根木棍上，一頭腰裏繫好，雙腳將木棍兩端一蹬，打起草鞋來。

勞動過程中，有人聽嚴大雲唱歌，有人講背腳子的笑話，還有捶草和搓繩子的，嘴裏講古，手裏動武，把苦難、沉重的生活場景調弄得異常輕鬆、愉快。這時有人叫嚷著打盤花鼓，盤兵點將，丑角多，缺旦角。不知誰個叫道：「蔡元柱，把你們班的張巧英請來，裝旦角。」一陣齊聲哄，蔡元柱拗不過，冒雨去請張巧英。

打花鼓對張巧英來說，倒不是新姑娘上轎頭一回，村裏正月十五玩燈，花鼓隊裏就有她的影子。大家用嘴巴敲著鼓樂，花鼓子合著節拍走上場。張巧英手裏拿個洗臉袱子當手巾，蔡元柱拿著草帽做摺扇，手舞足蹈，野趣無窮。張巧英柔柔的肩膀，一副小蠻腰，屁股生得大；含羞帶笑，步動身搖。鼓樂緩一陣緊一陣敲得熱熱鬧鬧。蔡元柱放開舞步，跳躍屈腿，大膽誇張。旦角意欲離去，丑角一個前弓步，草帽劃個半邊月，攔住不讓路。旦角細腰輕扭，移步轉身，屁股故意往丑角懷裏一挺，這個動作不僅優美、大膽，且有很強的挑逗性。一個撩撥，一個賣俏，激烈處，旦、丑角哐當一合，玩個「牯牛搔癢」。大家住了手腳，有的將搓繩子的大手停在半空，眼睛直勾勾集中在旦角那迷人的身段上，呆若木雞；有幾處唏溜唏溜吞口水的聲音，十分不雅地傳到人們的耳邊，立即招來一陣會心的大笑。

上山採野菜的皆陸陸續續回到洞中。他們把採來的花菇菌、老鴰蒜、馬齒莧、天蔥、蕨菜苔拿到河裏洗淨，脫掉淋濕的衣服，打著赤膊，點火安鍋，預備做晚飯。男人們切菜手下得重，陣陣刀切斧剁，鍋磕碗響，山洞裏奏起「廚房」交響曲。

大夥兒執意留張巧英吃晚飯，張巧英要走，有十雙大手上前拉她。別看這些粗人，心倒也細，吃飯時都把好吃的菜往張巧英碗裏夾。

八

雨過天晴，霧氣上升，收攏，束成一條玉帶，繫在大山腰上。河水退去不少，現出來的芒草匍匐在地，一時半時還伸不起腰來。河道幾處被山洪沖出齊腰深的水槽，望到對岸丈把遠，可就是過不去。蔡元柱帶著幾個年輕伕子，砍來幾棵濕松樹，往河上搭橋。橋的兩端須砌上垛子，折騰小半夜，大約水裏淘的時間過長，蔡元柱突然病倒。

起病就把寒作冷，如同打擺子，渾身發抖。他從未感覺到這麼冷過，好像身上裏著一層雪，融化一層又裹一層，到後全身掉進了冰窟窿。他的意識清醒，想找個人撿來大堆的柴，點燃後讓自己烤。首先想到嚴大雲，繼而想到張巧英、黃隊長，可他們都不在，正忙著背軍米。岩洞裏空闊寂靜，比地窖裏還冷。他鑽進稻草堆，把稻草上的板油似的棉絮拉幾塊過來，搭到身上，渾身照例發抖，連稻草堆也跟著一起抖動。他掙扎著往洞外爬，慢慢地移到河灘上，陽光熾熱，河床上的卵石曬得發燙。他將身子攤開在卵石上，然而，發燙的卵石對他來說，仍舊是割人的冰塊。從對岸頻頻傳來的扯船號子，也感到了害怕，彷佛是朝他颳來的砭骨的冷風。

傍晚，伕子們回來了，蔡元柱燒得人事不醒。大夥兒圍在一起，想不出辦法，乾著急。嚴大雲說：「若是中暑，我可以給他刮痧，或者放血，但症狀又像害寒病。」有人提議連夜送他回家，有人說送野戰醫院。猶豫間，黃隊長過來了，摸摸蔡元柱的額頭，叫著「燙手」，說：「往香溪下行五里，遊家河駐的兵站醫院；往上五里，有二六總部醫院，隨便哪一家，給他討點兒退燒的藥來。」

「我去。」嚴大雲說。

「您歇著，年輕人腳步蹽得快，還是我去。二六總部醫院我曉得，設在香溪邊上，經常打那兒路過。」張巧英說著起身往洞外走。

黃隊長追出來：「張巧英，派個伴兒跟著？」

那邊沒有回音，只有遠去的腳步在石子上磕響。

身邊有人說話，蔡元柱聽得見，可顧不過來——早半天跟「寒王」作戰，晚半天跟「火王」作戰。全身的骨頭先是被冰塊凍僵、凍硬，現在是讓烈火給燒碎了。一心只想找個雪堆鑽進去，讓冰凌凍，讓寒風颳，驅趕身上的火焰。他忽而覺得身子在高燒中胖開了，胖到多大自己也不可知，反正指頭有柱頭粗，腦袋比城隍廟還大。似乎成了精，如同孫大聖，龐大的身軀輕若毫毛，跨洋過海，在雲霧裏遨遊；遊來遊去，想涼水喝，可到處找不著。他餓極了，但什麼都不想吃，倒想吃口菜糊粥。一次耕田回家，母親端碗冷糊粥，吃下去一飽二解渴。現在找回到那個感覺，央求母親：「快些端冷糊粥我吃，給肚子裏頭降降溫，渴得快要死了。玖玉，到井裏提兩罐涼水，往我身上潑。」

眼睛裏布滿血絲，放出去的光，收穫回來的皆為紅顏色：天上的雲是紅的，溪裏的水是紅的，吊羊崖是紅的；他看到了戰友舒德寬，子彈穿過他的背心，流出來的也是紅的。「舒德寬，來，我拉你，趕快撤，讓我來對付這群狗雜種。」他丟掉槍，拾起一把軍刀，去找放槍的那一個。鬼子嚇得四處逃竄，放槍的是個矮子，見蔡元柱認出了他，沒命地奔跑。蔡元柱幾個飛步過去，嗞地一刀，捅個二面過。他朝天大笑：「烏龜王八蛋，原來你們只是些膿包，還想侵佔人家。老子今天做回閻王爺，勾你們的簿子——一個就莫想跑掉……血債還要血來還，看你爺爺的刀，哈……」蔡元柱打草堆上站起來，飛出洞口，在河灘上亂奔。

「捉住他，捉住他，」嚴大雲邊追邊喊，「蔡元柱轉了狂了，快來幫忙捉住他。」

聽到叫喊，人們前後跑出來，黑暗裏把人逮住，制回洞中。適時張巧英討藥回來，五六個漢子，捉的捉腿，拽的拽膀子，將蔡元柱呈大字按倒在草堆上。弄的西藥片，擂碎摻水，張巧英捏住蔡元柱的鼻孔眼兒，像對付嬰兒似的，一勺一勺地往嘴裏灌……

常言道：好漢怕的病來磨，一場病把蔡元柱這個鐵打的漢子給害下了山：心肺似乎燒枯，呼吸乾燥短促；喉嚨乾炸裂，一咳就疼；嘴裏吃什麼都嚐不出味兒，兩眼發花；走路頭重腳輕，腿不聽使。

「黃隊長曉得你的情況，歇兩天，班裏的事情我幫忙照著。反病難看，你害病好駭人。」早晨，嚴大雲一邊緊腳上的草鞋一邊跟蔡元柱說。

「我自己有個譜兒，不要緊。」蔡元柱應道，「病這個東西，你怕它，找到你；來硬的，它就躲，試得不試的。」

背著一小包軍米，放在平時如同掛個尿脬，但今天卻特別的重。他三步兩打杵，一步小坎，在杵子的支撐下，撐著髁膝包才登得上去。棧道上更慢，靠裏走，不敢朝下望，狹窄處，須伸手扶著崖壁過。他隨時準備讓路，聽到後頭上來了，閃到一邊，讓人家上前。

黃隊長過來了，硬要把米包給他卸下，他給黃隊長說好話：「我這是鍛煉，不鍛煉恢復得慢。黃隊長，等會兒我求您，背我過河，怕暈。」

太陽漸漸曬到河心，崖壁上那些橫生的雜樹，綠油油的葉片在陽光下發亮；鳥兒在枝椏間跳躍、翻飛，交喙鳴囀。今天，眼前的山、石、田、土，一棵小草，一片葉子，一隻小蟲，在蔡元柱看來，都是那麼美好、可愛、親切。他暗自默道：「自古至今，萬物皆然，我卻如同瞎子。事非經過不知難，我或許體驗到了什麼，體驗到什麼呢？不過害了一場大病。是啊，當生命強大時，一心向著目標，情感粗糙；生命一旦脆弱時，情感細膩，識得生命的寶貴，這才感覺出。」

山路上，堅硬的石棱，被人們的腳板走平、磨光，像玉石一樣綻放出藍幽幽的光澤。磨壞多少雙草鞋，磨破多少人腳板，誰也計算不出。雨水淋得到的地方，將磨下的草鞋灰沖掉，但在岩石突出的棧道上，它卻完好地存留著，足有五寸厚，拿腳上去，似乎行走在糠灰裏，泛起一片塵煙。人們打杵的窩子，像山羊走過的千腳跡萬眼兒，布滿在道路的兩旁。緊挨路邊的石坎、土墩，凡能歇著背子的地方，都被背子磨平，寸草不生。

這時一老一少抬著一包軍米過來，蔡元柱趕緊讓到一邊。興許是爺孫倆，高低懸殊很大，為使擔子平衡，老的須躬下腰去；小的太嫩，扁擔老是斜著，搭配不當，兩人的步子始終踉蹌。

又過來一對，似乎是母與子。母親背子上背著一個中包，手裏還配合兒子抬著一個小包。他們的扁擔比較平衡，走得平穩，但母親吃力。

以往碰到這種情況，蔡元柱會不容分說，抓過米包，幫上一手。可眼下不行，行動上幫扶不上，內心卻深深打動，彷彿有一股滾燙的東西在胸中流淌、激蕩。他抬頭朝天默道：「老天爺，發生在你眼皮子底下的情形你看見了嗎？吊羊崖，成天回蕩在你身邊的打杵的吶喊（打杵時，嗨的發一聲喊，以洩胸中淤氣）你聽見了嗎？還有親人們尋找死去的伕子的號哭，磨破的肩膀，崖屋裏的呻吟……你們都得記住，這是一筆帳，冤有頭，債有主，要同日本鬼子算，要那些王八蛋的還！」

捱近見羊坪，蔡元柱冒點兒虛汗，堅持一段，大汗湧出。汗水鑽進眼窩，暖得眼珠子酸疼；掉到地上，將塵灰砸個小窩兒。他暗自高興：「出汗就好，排除內部寒火，身子才能復元。」漸漸地，身上找到了背腳的感覺，腿腳伸出去是實在的，不像早晨放漂。但每行進一步，仍然要付出很大代價。背腳就是這樣，重負來到肩上，別人幫不上忙，全憑自己承住；它沒有集體性協作，拿出一股力，更進一步，無力付出，停止不動，道理十分簡單。

膿瘡長在承力的場子，儘管擠了膿，卻癒合得很慢；加上請嚴大雲換的背子新繫子，擱得傷口上的嫩肉生疼。他將米包往路邊的土墩上靠穩，捧出一碗豆渣來吃。豆渣是昨天家裏託人捎來的，吃著豆渣，想到母親，想到玖玉，一片巨大的溫情籠罩到心頭上，暗暗叫道：「媽，我小死一回，難為大家弄藥，今天好些啦。」一時淚眼濛濛，低頭視地……

七月是月半，
米也無一碗；
甲長上門把伕辦，
吃的也不管。

保丁來辦伕，
棍子直在拄；
不分男女要辦足，
餓死要當伕。

九

籠罩在香溪上的霧氣逐漸蕩開，勞動的場面出現，大峽口新的一天又開始了。水上的船隻，朝上走的，在扯船號子的催動下動身上行；朝下走的，同樣在一片叫嚷聲中尾尾而去。啟運軍米的，照例入庫；轉運軍米的，照例出庫。運送軍米的隊伍彷彿一根白色的蛛絲，從大峽口牽出，源源不絕往吊羊崖延伸。蛛絲彎彎曲曲，很長很長……

人們並沒感覺到今天與往天有什麼不同，肩上的軍米依舊沉重，照樣走棧道、過河、爬坡；天氣也是晴朗的，河水淙淙流淌，鳥兒歡唱。但誰也沒有想到，一場滅頂之災正以翻江倒海之勢向他們襲來。

原來昨夜裏頭河裏下了暴雨，沿河的莊稼沖洗乾淨，高嵐河邊一片人家被捲走。洪水裏漂著人、畜的屍體，各式傢俱，椽子檁子……一丈多高的水頭，裹石挾泥，奔湧在狹窄的河道上，如萬馬嘶鳴，直撲吊羊崖。

這陣兒民伕正在沿著彎彎曲曲的河道涉水過河，洪水從天而降，一聲叫喊沒來得及，便葬身水底。

一名伕子剛剛過河，搶慢一步，被洪水淹沒。他揪住一根樹枝，假若背上的軍米能迅速卸掉，也許爬得上岸，但無情的背子卻緊緊地套在他的肩上。情急之下，黃隊長摔掉肩上的米包，折身過去拉他，一個排浪打來，二人皆捲入水中。

今天就像鬼使的，黃隊長追上蔡元柱，並不同以往那樣上前離去，倒跟在屁股後頭說話。說到洪水的無常，搭的木橋經常衝垮，河水改道，給大家帶來麻煩等等，正在說如何重新搭橋，災難臨頭。蔡元柱沒有猶豫，黃隊長摔米的那個瞬間，他已經卸掉米包，準備救人。

黃隊長抓住那位伕子，洪水中冒了一下頭，伸出一隻手在空中亂抓。此刻蔡元柱大腦裏什麼都沒有了，一個念頭，救人上岸。他不怕水，街上撿糞下河練的有一套，縱身一躍，急速向黃隊長泅去。潛水摸一陣，沒撈到人，抓住一根柴棍。水勢翻滾，大浪套小浪，稍稍延遲，就很難找到人，一時發急。從上漂來一棵連根拔起的大樹，伸手抓住樹椏，接著往前探。忽然探到一個東西，軟呼呼的，使腳沒有勾住，正準備潛身下去，一隻手向過伸來。他趕緊抓住那隻手，拼命往上拉。心想：「這下好啦，拉上來，讓黃隊長換口氣，抓住樹椏，尋找上岸機會。」然而，不知為什麼，這隻手如千斤巨石，怎麼也拉不上來。他使出渾身力氣，終於拉動了那隻沉重的大手，就在黃隊長即將冒頭的那一刻，大樹的身子打橫，緩慢地沉下去了。蔡元柱丟開樹椏，騰出雙手撈人，這下糟糕：分不清是黃隊長，還是那位伕子，忽然攔腰將他死死抱住。憑著感覺，抱他的不止兩隻手，似乎有三隻、四隻；不僅是抱身子，連他的兩隻手臂也一同抱住。情形如同鷹子抿了翅膀，天大的本事也飛不動了。水中彷彿有萬石滾動，頭上、背上不時有浮物擦過，眼下即使有一根木頭漂來，他也伸不出手來抓它。他們抱成一團，在生命本能的驅使下，仍舊沒有忘記掙扎。「掙扎不了啦，這麼下去我們會同歸於盡。」蔡元柱這麼想著，一轉念頭，還想跟親人告個別：「媽，我沒有照護好您跟玖玉，更沒為爹跟大哥報……」他腳板接觸一個堅硬的東西，狠命一蹬，頭臉衝出水面。這是老天爺賜給他的一次機會，吸上一口氣，裝做一動不動，隨他們一同下沉。此招十分有效，不知為什麼，箍在身上的手不約而同地鬆開。這一鬆正好還給他活力，一手撈住他們不放，一手奮力往上劃。眼下已無力將他們托出水面，只是死死地拖住，同浪濤博擊。離他不遠是一堵石壁，無地方抓手，一個浪來，重新將他們推入河心。蔡元柱辨別一下方向，繞過絕壁，就勢往下泅了一段。前面有片雜樹林子，樹梢在洪水中搖晃，他遊過去，揪住樹梢歇會兒，待體力稍有恢復，趁著一個浪頭，撲到岸邊。蔡元柱力氣耗盡，儘管立住了腳，一步就能上岸，但他依舊喘了好久，才將黃隊長拖到坡上。

黃隊長躺在一棵老橡樹蔸根前，他和那位伕子的手腳相互絞纏，緊緊結成一體。蔡元柱欲將他們拆開，手腳僵硬如柴，半天拆不動。他拆一拆，帶著一副哭腔：「黃隊長，不能這麼抱著，你們在互相要命啊；鬆鬆手，說不定救得出來，可是……我對不起你們……黃隊長……」

黃隊長臉上有道長口子，被洪水洗得白生生的，眼睛閉著，嘴也閉著。蔡元柱抱住這團屍體，拼命地搖晃，拼命地呼喊。黃隊長不會答應了，永遠不會答應了，只有他痛苦的悲號，在峽谷裏撞擊、震盪，折射出長久的回聲。

洪水過後，各班清人，死亡民伕，包括黃隊長，共計二十八人。

八月中秋明，
苦處說不盡；
指望伕糧來度命，
萬事不能行。

隊長不是人，
他今黑良心；

民伕的食糧都吃盡，
又把運費吞。

十

年關逼近，蔡元柱這個班陡然增加到二十人，突擊幾天軍米，過年好放假。

回到家，蔡元柱發覺屋裏少了個活物件兒——每次第一個歡迎他進門的那隻白狗不見了。玖玉說：「不只是我們家白狗，村裏的狗子都不在了。」

「走症？」

「不是，有幾條狗子賤氣，到兔兒坡刨傷病員的屍體，扯得翻屍翻叉的，有的還把膀子叼到家裏啃。醫院裏沒得法，找到五爺商量，不問青紅皂白，村裏狗子一律槍斃。端槍的上門，白狗往我腿下鑽，可憐巴巴地望我，以為能救它。媽說狗肉是補，剁成四隻膀，讓你在外頭煮吃，我強著拖坡裏埋了。」

「無聊，吃傷病員的屍體，活該！」

「我們的白狗沒吃。」

「一個老鼠壞鍋湯，受牽連。」

「你們在爭什麼？」嚴鳳三點著豆腐朝這邊說，「元柱，就人手，把殺豬佬請來，殺年豬。玖玉找兩把大竹篩洗乾淨，準備空豆腐。張院長吩咐，除一擔豆腐花兒外，榨兩個乾豆腐，過年好做菜。」

玖玉空滿兩篩子豆腐，上面搭層紗布，壓塊小木板，抱來碓嘴往木板上一榨。弄妥當，就鍋燒開水，預備撏豬。

年豬不大，肉嫩生，撏起來快，砍下半邊過秤，不多不少五十斤。

嚴鳳三瞅了瞅年豬肉，見玖玉和元柱在跟前，說：「豬腦殼過年吃。老輩子說過年吃豬頭是起個好頭。剩下的兩半邊肉，給醫院送半邊去，那半邊留著，過端陽給你們辦喜事。你們看看，我這個安排合適不合適。」

玖玉微笑著瞥了蔡元柱一眼，意思是讓他發表意見。

蔡元柱：「我一沒端瓢糠，二沒餵口食，無資格，你說。」

玖玉笑道：「媽這個安排蠻好，沒意見。」

嚴鳳三：「張院長把豆腐交給我們打，落豆渣跟洗磨水，才餵得起豬。雖說出點把力，力氣對我們來說值個甚兒呢？人要曉得感恩。好，就這麼說，元柱，趁早給他們送過去。」

少頃，蔡元柱送肉回來，說：「張院長不收，硬要我扛回來。我說你們有話會我媽說，我只執行任務。」

「肉丟那兒就行啦，別的莫管。張院長喜歡講客氣。」

說話間，只見三個士兵扛著兩包軍米和一袋麵粉過來。他們好像同樣在執行任務，二話不說，放下軍米車身就走。

嚴鳳三從士兵身上收回目光，衝蔡元柱說：「張院長對老百姓的態度溫和，對士兵嚴格。前不久，司務長上嚴大旺家辦一頭豬，按官價付的錢，嚴大旺不服氣，找到張院長說。張院長喊過司務長，當著面按市價給嚴大旺補錢。事情本當了了，張院長說不行，叫司務長自己端板凳，躺上頭挨二十個板子。」

望著送過來的米麵，是送回去呢還是留下來呢？一家人正在犯難，張院長一步進門：「大娘，謝謝您謝謝您。您為我們起早貪黑打豆腐，夠辛苦了，我們不知怎麼報答；今天又送上這麼多鮮肉，更叫我們過意不去。想照價付錢，怕您不收，乾脆拿點兒米麵，作算我們一點兒心意。」

「張院長，送點兒肉不是換米來的。我是想到我的兒子也在外頭……」嚴鳳三淚水掉下來了，趕忙揩了一把，接道：「看到你們就像看到我的兒子，給你們吃就當是我兒子吃，這麼我心裏安然。」

張院長中等身材，面龐輪廓分明，眼睛特別有精氣神。這時他也動了感情，雙眼發紅，表情變得剛毅起來：「大娘，您說得對，我們都是您的兒子，您是我們的好媽媽。您們一家人為抗戰作出的貢獻和犧牲，我們記得，全中國人都記得，歷史也會永遠記住。眼下我們和您的兒子有家不能歸，是在履行軍人的職責，保衛國家。不過離別是暫時的，有您這樣的媽媽，有千千萬萬個中華兒女，日本鬼子的末日遲早會到來。等到戰爭勝利，您的兒子，包括我們，都將回到各自的家鄉去，建設新家園。」

張院長走後，嚴鳳三說：「糧食倒好哦，再多在得著。今年大秋作物假得很，原想五百斤包穀要收，結果不到四百斤，不如麥季。打頭下半年的畝捐又寫得重，三斗，真是捨得寫。我求半天，五爺捏尺不放寸，一升就沒矮下來。後來穿包噠才曉得，五爺從中做的有手腳，為這件事，差點鬧出人命。」

「貪污？」蔡元柱問。

「縣政府下的畝捐一百市石，五爺把它改成一百老石。大路不平，旁人鏟修。我們說不出話，還有人敢說。教私塾的亮先生，聯合幾個人往縣衙裏一告。告詞是怎麼寫的？我記不住，玖玉記得，說給你二哥聽。」

玖玉兩眼向上，腦海裏打個轉兒，說：「這麼寫的：天見五老爺，日月不明；地見五老爺，草木不生；人見五老爺，死裏逃生。市石變老石，百姓把冤伸。」

嚴鳳三笑道：「看，一些人有才嗎？一老石抵市石一石五，你算，要多收好多的糧食！狀子告響，沒得二話說——槍斃。唉呀，這下鬧慌手腳，害得四爺也坐不住了，跑街上找他的親家白拔貢說情，光白拔貢還不行，要動家族，蔡家一門出面取保，這麼才把人保出來。」

「糧食還退不退？」

「老鼠子洞裏拔得出蛇來？上頭通通沒收。」

「平時五爺屁眼兒就是嘴，會教育人家。」

「俗話說，說人前，落人後，就是這個情形。」

「想方設法謀人家的命，保自己的命，這樣的人不值得一保。」

「事情已經過去了，你少說些，我們得罪不起人家。」

老輩子的前傳後教不能丟，逢年過節，給死人做不起法事，紙要燒兩張。蔡元柱把打紙凳搬到稻場裏，一手握棒棰，一手執錢鑿（鐵打的銅錢模子，鑿到火紙上，落下錢印），往火紙上打。

戶籍幹事匆匆過來：「蔡元柱，你們的家書。」

蔡元柱接過信，未待說出謝忱的話，嚴鳳三這陣兒耳朵尖爽，一手撐在門框上，跟外頭打招呼：「張幹事，有話屋裏坐著說，外頭冷。」

「恭喜，看番號興許是你家三相公來的信。」

「但願報喜不報憂。這年月，天天盼他們寫信，可又怕他們寫信。信沒打開，心裏跳得叮啦嗵的，把我駭怕了。」

「屋裏掛牽外頭，外頭想念屋裏。年前能得到這麼一封家書，比您吃肉喝酒幾個好。人們說的家書抵萬金，眼下倒真的應了這個說法。」張幹事說完離去，剛走出不遠，趄了回來，喊著嚴鳳三說：「玖玉的軍鞋做起沒？做起噠就趕快送到祠堂裏去，慰問大會晚半天開始。」

「幫子上還剩下兩針，晚半天趕得出來，請張幹事放心。」

張幹事一走，一家人圍在屋裏看信。拆開信，蔡元柱預先溫習一遍，待到念得通順，才說：「媽，老三還好，我讀給您聽。」

「你快點兒念，媽心裏急腫噠。」

蔡元柱清清嗓子，念道：

母親大人膝下敬稟者：

您的身體還好嗎？二哥和玖玉都還好嗎？二哥的部隊不曉得駐在什麼地方，一直沒得聯繫，如果家裏有聯繫，寫信向他問好。

媽，以前在家裏，說當兵當伕餓肚子，恨甲長，恨保長。我現在明白了，根源不在甲長、保長，在日本鬼子！是他們侵略中國，燒毀我村莊，屠殺我父母，姦淫我姐妹。只有齊心協力把他們趕走，我們才有好日程過。

自從太平洋戰爭爆發以後，日本鬼子遭到世界人民的反對，他們倡狂不得多久了，就跟西山的落日那樣，快要入土了。我們每天的任務就是行軍、打仗、操練。我現在一切都好，班長、排長、連長都很關心我，請不要掛念。我們被編入遠征軍第六十六軍，現駐雲南龍陵一線，開年以後，就要進入緬甸，同英國聯軍一起，共同打擊日本鬼子。

媽，您跟玖玉多保重，聽我們的勝利消息吧，打敗鬼子，我跟二哥都會回家看望您的。

敬祝

福安！

兒：蔡元峻叩

民國三十一年　冬

聽完信，嚴鳳三歎道：「好，總算告個平安，媽心裏落腸。吃的什麼，穿的什麼，冷不冷？捨不得多寫幾句。剛才你念到太平洋，什麼緬、緬甸，還有英國，這是什麼意思？」

「就是很多國家跟我們一道聯合起來打鬼子。上次背子彈到霧渡河，我看見美國人幫我們中國軍人訓練打高射炮；白眉毛，高鼻子，真正的洋人。」

「給他寫封回信，就說我們都還好，不要掛念。你當伕的情況，家裏殺年豬的事都說一說，你跟玖玉倆的事也寫上，使他在外頭安心。最後加一句，媽望他早點兒回來。」

嚴鳳三說完，往灶門口走，低下頭，扯起圍裙到眼角上搌。

蔡元柱衝著他母親背影道：「媽，什麼事？老三不是好好的嗎？」

「老三是好好的，不錯，可我擔怕他……你們理解不到當媽的心情。」

「我猜得到，您又想到爹，想到大哥，是不是？人死不能複生，哭得轉來？哭得轉來我們都來幫你哭。新年大節的，不興哭。」

「看你這個態度，像吃生飯的，言語軟和點兒不行！」玖玉衝蔡元柱怨了幾句，轉身蹲到灶門口，使手絹兒給母親揩淚：「莫哭，眼淚水泡噠臉喜歡皺，人家看見要說的。三哥曉得您哭，他也不安心。三哥不是說了嗎？仗一打完，就趕回家看您，叫您多保重。」

人們正在忙著年飯，一陣軍樂聲飄上蔡家埡，大家都跑出門看熱鬧。從武昌搬到興山的大公中學計三十多個學生，扛著「慰問演出隊」的紅旗，前來慰問三十二軍野戰醫院全體官兵。

醫院食堂門前的稻場上，一會兒便圍滿了人。

五爺的保長沒有撤，人算精神，依舊穿著長袍馬褂奔前忙後。這陣兒他跟張院長比比劃劃，說的什麼鬧哄哄聽不清，然後便走進人圈當中，向大家講話：

「今天是大年三十，又是勞軍活動，可謂雙喜臨門。三十二軍野戰醫院全體官兵，為抗擊倭寇，保衛國家，血灑沙場，戰功顯赫。我謹代表十三保民眾，衷心祝願各位傷兵，早日康復，重返戰場，殺敵立功。三十二軍野戰醫院駐紮蔡家埡，這是蔡家埡的光榮。為表達我們對廣大官兵的崇敬之情，我老孺婦女做了幾雙草鞋，不成禮儀，望官兵笑納。獻鞋——」

一時間，皮鼓、銅鑼、嗩吶齊鳴，人圈開處，十個年輕姑娘配成五對，各抬著一根長竹竿，上頭搭著一竿子布鞋，顫顫悠悠抬上場。玖玉包著頭巾，穿的蠟染家機布藍底白花偏大襟，蔥綠色土布褲子，腳下白底黑面納幫鞋；身腰靈巧，步履輕健，走在最前頭。夾在人圈中的蔡元柱，看到玖玉的美貌，心兒跳跳的，一股暖流遍布全身，感到無比幸福。

鼓樂中，張院長同五爺握手，命戰士接過布鞋，並致答謝詞，向大家行軍禮。

接下來是大公中學的學生表演節目。

學生剛才穿的很雜，眨眼間換成全一色校服，男生如同軍隊打扮，戴著制帽，打著裹腿，一身深灰色服裝。女生留短髮，淺藍色襯衫，醬紫裙，布鞋白襪。前女後男，整整齊齊列成兩排，人們的眼睛陡然一亮。

一位漂亮、矯健的女老師在隊前打拍子，兩手一揮，嘹亮的童音飛揚起來了：

民族英雄上戰場，
我們在後方，
青布鞋兒做幾雙；
底子密密紮，幫子牢牢緔。
弟兄們看見鞋兒好，
歡歡喜喜穿腳上；
勁頭足，去拿槍，
從容不迫上戰場……

這時天空飛起雪來，大朵大朵的雪花落在人們身上，可誰也不願離開，反倒越聚越多。學生們的歌聲更加激昂、動情、好聽。唱完〈送軍鞋〉，又唱〈義勇軍進行曲〉和〈大刀進行曲〉：「大刀向鬼子們的頭上砍去，全國愛國的同胞們，抗戰的一天來到了……」重傷員不能起床看節目，學生便走進病房，站在床前為他們唱歌。傷病員拉住學生的手，這些鐵打的漢子，戰場上沒有流過淚，這時卻熱淚雙流，泣不成聲。他們把過年分發的餅乾送給學生，學生也感動得哭。張院長見這般場景，帶頭呼喊「打倒日本侵略者，收復大好河山，奪取抗戰勝利」的口號。屋裏屋外，頓時群情激奮。張院長接著宣佈：「下一個節目——團年！」

大家還以為真的有節目，支起耳朵聽，當聽到「團年」二字時，轟笑著散開了。

雪花飛舞，天地混沌，稻場裏酒菜熱氣升騰。軍人、鄉親、學生，這些來自全國各地的兄弟姐妹，走到這個特殊的酒桌跟前，為著抗戰，共同飲下一杯軍民合心酒，迎接新春的到來。

十一

「媽，我今兒天要走。」蔡元柱說。

嚴鳳三瞅著兒子嗔道：「一年上頭苦得跟牛樣，初一的守財門，哪兒都不准去。」

「聯運站好多事等著我。有的任務完不成，臘月三十還在當伕，人家還不是人。」

「腿子長在你身上，要走，我也不能拴住。」

「以前發伕米，後來發包穀，聽說今年包穀也不發了，全靠伕子自己帶。媽，這可是個大問題。」

這話把母親駭得一怔：「沒得伕糧，餓起肚子怎麼背？這是個狠事，怎麼辦呢？你也不能特殊，隨大勢囉，人家帶你也帶，屋裏外頭扯到過。」

「米跟包穀麵一樣的弄點兒。多炒些乾豆渣，這個天氣三天五天不會壞，摻到吃。」

嚴鳳三起身園子裏拔些蔥、蒜苗，剝皮，洗淨，預備上灶炒豆渣。母親眼活兒差，玖玉找出蔡元柱的幾件換洗衣服，當補的補，當連的連。蔡元柱整理他的背子和打杵。他拿起破背子左一相右一相，聯想到嚴大雲的破背子，往地上一摔，說：「背腳沒得個好傢伙，人吃死虧。

幾根主篾壞了，米包一上去，壓得啪啪響，往一邊歪，半邊肩膀木鈍鈍的，杵也打不穩。肩膀磨得化膿，就是它作的怪。」

「把話說給媽聽，想買新背子，是不是？」嚴鳳三說。

「大峽口有背子，五吊錢一個，您給一塊錢，跟他講個價，買兩個。」

「如今的物價貴得燙手，買一個用到再說。」

「媽，我想一便給嚴大雲買一個。孤寡老頭造孽，背子鎖口篾全爛了，篾籤子戳背心，還在背。」

「說別的媽聽著，一說到錢心裏一蹦。你跟玖玉都這麼大，要學著管事。你大哥的幾個錢說給你們倆聽，這裏捐那裏要，整整的剩下一百塊，心想這一百雷就打不動。我摳的目的有兩個：一是想把我們課的那一畝多田買過來，前些時討老闆兒的口氣，上說下說五百吊，折成洋錢作八十塊。剩下的二十塊錢給你們辦喜事。今後成了家，有畝把田，靠一雙手，日程能過，我也就放了心。裏頭沒搭蔡元峻的米，他的事情往後有你們哥嫂湊合。你們掂量，這就是我要當的家。」

母親把帳算得這麼清白，一時對不上話，蔡元柱只好劃篾片，重新拾起破背子鎖口。他抬頭看見玖玉拿銅罐裝菜，跟過去小聲說：「把乾的多挖點兒。」

玖玉用疼人的目光瞅著他說：「幾坨肉都舀給你了，剩下的全是湯。」

蔡元柱向玖玉擠眼兒：「今兒天晚上城裏玩龍燈，跟媽說，我帶你去。」

激動起來，玖玉擱不住話，車身向母親一說。嚴鳳三反駁道：「正月十五玩龍燈，初一的玩什麼龍燈，糊別人糊不著我。」

蔡元柱趕忙打補釘：「城裏有駐軍，建議過年玩，過元宵大家都忙。我打聽到的。」

這陣兒玖玉放低聲氣跟母親說話：「二哥的兩件褂子補巴摞補巴，肩膀上腐得很，受不住針，扯幾尺布縫件汗褂子。」

嚴鳳三說：「背腳穿不出個好的，盡他扯到穿兩天，端午節一晃就攏來嗟，辦喜事你們一路縫。」

玖玉臉上泛起紅暈，不敢抬頭，鑽到灶門口撇柴加火。

糧食、豆渣、蘿蔔、白菜收拾一大包，蔡元柱背到背上，取過丁字拐的杵子：「媽，想得開些，不要一天到晚眼淚婆娑的。我走嗟。」

嚴鳳三看見兒子單薄的補巴衣服，的確早該換季，但她還是狠了狠心，沒有按玖玉說的辦，只是掏出一塊錢來：「拿著，買背子的錢。」

蔡元柱本當不想接，遲疑會兒，還是接過去了。看見母親流眼淚，伸出粗大的指頭到她臉上刮了刮：「無事哭得七八天，眼睛哭瞎嗟看你怪誰個！」

嚴鳳三看見他們一前一後往村外走去，喊道：「玖玉，寫給三哥的信莫忘記寄。晚上有蔡家埡的人看燈，跟他們一路早點兒回來。」

「曉得。媽，到屋裏去，外頭颳風冷。」

街上的人多得像螞蟻，來來往往擠不開，不時夾有劈哩啪啦的鞭炮聲。商鋪、居民幾乎都貼著春聯，通街一片紅。有副對聯寫道：「軍人嚴守南津關（地名：長江西陵峽出口處），百姓歡度自在年。」河街上起先是個冷街，如今搭蓋好多草棚，也是人聲喧嚷，熱鬧非凡。蔡元柱把背子往開茶館的王聾子屋裏寄好，消消停停帶著玖玉逛街。首先跑到中山公園抗日烈士紀念堂看展覽。抗日烈士紀念堂有「正氣亭」、「紀念碑」、「紀念堂」等建築，占地十多畝。陸軍十三師師長朱鼎卿眼見興山山清水秀，鄰接屈子，王嬙故里，民性敦厚，猶有古忠烈風，堪為英靈安息之所，故將該師烈士紀念堂奠定興山。

展覽廳陳列的大都是繳獲日本鬼子的戰利品，有大炮、機槍、軍刀、鋼盔和靴子，門外拴著幾匹繳獲的戰馬。蔡元柱一宗一宗指給玖玉看，並輔以解說：「鋼盔上有子彈穿過的窟眼兒，看見了嗎？衣服上留有血跡。這些都是我們上次背通站背過來的。」語氣中無不流露出一種自豪。

目睹眼前血淋淋的東西，玖玉潔白的臉上籠罩一層憂鬱神色，看到刀刃上的血污，像被涼水浸了一下似的，出聲地吸一口氣。看得出，她單純善良的心受到極大刺激和震驚。出展覽廳好半天，心情彷彿還沉浸在剛才的情形裏，半天不吱聲。到後發陣感歎：「他們跑這麼遠的路程，到中國來殺人放火，自己也沒討個好下場，何苦來？」

「人們為什麼稱他叫日本鬼子？」蔡元柱說：「就是不跟人相同，是鬼，是豬腦子！」

天近黃昏，四處八下在放鞭，隨後傳來咚咚的鼓響。街道狹窄，人頭晃動，喧聲不斷。

首先亮起來的是花燈，當中有鯉魚燈、四季燈、荷花燈、紅宮燈、走馬燈……懸在人們頭頂，盞盞沾春帶喜，鮮活悅目。彩蓮船過來了，花鼓班子過來了，緊跟著是舞獅隊。大家點了鞭，都往獅子身上炸，炸得獅子滿地打滾，青煙彌漫。人叢閃開，四個年輕小夥兒抬轎一樣抬著面牛皮大鼓過來，擂鼓的人寒天冷地竟然只穿件夾背褂，雙臂裸露；鼓棰上頭繫掛紅綢子，舉得高高的，落得重重的，震得人心同地面一起發抖。龍燈就在這鼓樂聲中追逐著那斗大寶珠，跳躍、翻舞。

興山縣玩龍燈和別處不同，出動就是三條：黃龍、白龍、彎脖子龍。縣城不大，分東館西館。東館玩彎脖子，西館文衙門玩黃龍，武衙門玩白龍，各自為陣，不可越界。每回玩燈，說來不雅，總以打架告終。為什麼打架？根源還得從王昭君入宮那會兒說起。傳說昭君進宮那天，坐著花船順香溪下行，至珍珠潭，三條龍在潭裏鬧事，不准花船過。昭君見狀，立定船頭，頭上取珍珠一顆，擲於潭中。三條龍見珠就搶，青龍身長力大，珍珠被它搶到，黃白二龍從此嫉妒在心。香溪流經珍珠潭，河道正好呈個「S」形，青龍的頭也就變成「S」形，故人們把青龍又叫成「彎脖子」。彎脖子不需要人玩珠，因為珍珠被它搶在嘴裏，玩起來身不翻舞，而是隨著鼓點的節奏，高昂著龍頭，沿街蛇行；血盆大口裏珍珠透亮，獠牙一尺多長，回頭轉身，栩栩如生。

蔡元柱同玖玉在西館看了黃龍和白龍，又跑到東館看彎脖子。他們在人流燈火裏擠攘、穿行；怕跑散人，蔡元柱把玖玉牢牢拉著，挨近自己身邊。他感覺玖玉在跟前比什麼都好，身個子無比高，力氣無比大，似乎擁有了一個真正男子漢的體魄和榮耀。當他發現玖玉踮著腳尖，想看到她所看不見的熱鬧時，恨不得將她摟上自己的肩，盡她看個夠。

「玖玉，你的手熱呼又軟和，拉著舒服，不捨得放。」

玖玉溫情脈脈樣子，嗔道：「你要拉著就拉著，莫拿嘴上說。好你這雙鐵爪子，捏得人家疼得要死。」

他雙手對付著她的一隻手，不停地摩挲著：「不握緊失了人怎麼辦？媽會打死我。」

玖玉噗嗤一笑：「原先生怕沾你手上，這會兒拉著不放，不怕醜。」

「心愛的是寶，一點兒就不醜。」

「看不出來你也會說糖果子話。」玖玉使那水靈誘人的大眼睛剜了他一下，把臉調到旁邊，少頃再回過來：「噯，說正經話，今後不想叫你叫二哥，拗口。」

「這麼多年就叫了，現在說拗口。你想怎麼叫？叫一聲我聽。」

「叫……」

「夫君。」

蔡元柱話一出口就自顧大笑，笑得渾身抖動起來。

玖玉手掩笑口：「好文氣，你也不是董永。」

「依我看，過了端午節，怎麼順口怎麼叫，依你。」

說到端午節，一種甜蜜、溫馨的幸福滋味溫暖著玖玉的心，當這種溫暖來到臉上時，卻又變成了女子特有的嫵媚與嬌柔，著實叫人憐愛。

夜半天氣，鼓樂大作，黃龍白龍仗著人多勢大，越過界線往東館舞來。一具主燈由根兩丈高的竹竿頂著，長方形，皮紙上畫著一位中國軍人手持衝鋒槍，面前跪個日本鬼子，書「炮打東洋人」五個大字。意在攻擊東館。東館彷彿有準備似的，當即亮起主燈，上頭畫個人手拿菜刀，欲切面前的大西瓜，含「切西頭」之意。燈上的文章這麼做，但要將越過界線的兩個傢伙趕出領地，可得下番功夫。

東館的鼓樂驟然轉烈，五個麻色雄獅發威蓄勢，大箭步，大跳躍，衝鋒在前；彎脖子撒開長身子，從兩側包抄過去。這時很捨得，整箱整箱的千字頭的鞭炮抬上來，凡提得起鞭的都可參戰，手執燭火，點了鞭往敵陣裏丟。發怒的獅子立起身，前撲後咬，彎脖子仰起巨頭，如蟒蛇纏柱，逼對手展不開手腳。獅、龍混雜，人聲鼎沸，鞭炮響徹城池，焰火照紅半頭街坊。玩龍燈通街煮有大米稀飯，瓦缸盛著，玩燈的看燈的隨便喝。傳說喝了龍稀飯，避邪氣，一年上頭不害病。為征服敵人，不光鞭炮炸，涼水灑，甚至舀起稀飯潑，直到把入侵者趕走。

「越界」是龍燈的精彩處，也是年年玩龍燈的高潮。這之前，出嫁的姑娘都得各自回到娘家去，幫娘家的龍對付婆家的龍；龍燈過後，轉回婆家，和好如初。縣誌上記載：「雖有譏誚言，勝負爭，騰為吉，不足訓。」

收燈之際，聞得高喊：「玩燈的看燈的請不要急著走，河街上茶館裏辦的有夜宵，吃了夜宵，二六總部官兵為大家放電影，與民同樂，共賀新春。」

聽說看電影，這可是個稀罕物件兒，別說普通山民，連縣城裏的官人也是頭一次見廣，大家立即調頭往河街湧去。

蔡元杜和玖玉站在瓦缸跟前喝龍稀飯，正喝得津津有味兒，碰見張巧英。張巧英今天打扮得十分俊俏，穿的透身新：上身英丹士林偏大襟，下身毛藍布長褲。一看到玖玉，跑過來將她摟到懷裏說：「難為你炒的豆渣，從你哥哥那兒吃到不少，真好吃。喂，人們說豆腐打長了今後會變成個豆腐西施，看這個樣子，長成了豆腐昭君。傳說王昭君膚嫩過席，躺在篾席上，肌膚漏進席縫，像豆花兒那般嫩生。以前我不相信，可把眼前的玖玉妹子一看，我完全相信。看這副臉，又香又嫩。」說著說著便冷不丁親了一口。親過的地方，給玖玉細嫩的面頰留下個淡紅色的吻印。

玖玉害怕再來一口，縮著脖子：「只有我這個巧姐姐，嘴倒甜，自己長得像個觀音娘娘，誇別個。」

「啊，什麼？觀音娘娘！今天第一次聽到有人這麼誇我，心裏好舒服，比我過年吃肉的滋味兒還要好受些。觀音娘娘哈……」

一個仰天大笑，一個抿嘴微笑，惹得眾多喝稀飯的人停下瓢，朝這邊望。

「年過得熱鬧嗎？」蔡元杜瞅個空子問。

張巧英一下斂了笑容，低著眼瞼歎道：「承蒙你們帶過。以往四個人五個人過年，今年三個人，一張小桌兒，一人一方還圍不圓。」

「我們的情形跟你說的差不多，三個人三雙筷。」

「回家的第二天，就是臘月二十八，有人上門……」

張巧英說個半頭話，蔡元柱納悶：「保丁催伕？如今除這沒得別的。」

對方搖頭，不作回答，攀了玖玉的肩，把目光投到電影上頭。

電影名字叫《塞上風雲》，默片，人物在銀幕上活動，聽不見聲音，可大家照例看得十分認真。

十二

蔡元柱以為自己到得最早，岩洞裏一走，嚴大雲正蹬著木棍打草鞋。

「初一的就來啦？」

「我在五爺家過的年。」

「早知如此，接您跟我們團年。」

「不，我是找五爺有事：如今伕糧沒有了，我這麼單鍋獨灶的不大好處置。性命難保，還當什麼伕？想要馬兒走得好，又要馬兒不吃草，世界上有這麼便宜的事情！五爺留我吃飯，心想叫花子有個年，現今鬧得不如叫花子；講客氣，肚子吃虧，乾脆取下臉皮，叫吃就吃。走的時候，給我過兩斗包穀，這麼連夜便趕過來了。」

「我送你個新年的禮物。」蔡元柱說罷，將一個新背子放到他的面前。

嚴大雲一臉驚喜，拿過背子如同獵人得到獵槍，翻過來倒過去看：「背子織得扎實，純金竹做的。元柱，難為你的好心，一時沒得錢給，帳掛著，啥會兒不當伕噠，再掙錢還。」

「大雲叔，少說些，送就是送。」

「送這麼貴重的東西？不是一個錢兩個錢，你也不是豪富之家！」

「沒得個好家什怎麼背腳？看到您背個破背子，歪三倒四的，心裏難受。我一次買的兩個，不貴，您儘管用，再不准說還不還的話。」

「好，依你說的，我領情。那麼請允許我還個禮。」說著從洞壁上取下一串草鞋，端到蔡元柱面前，「十雙草鞋，你數。」

「寒天冷地難得打。行，我收下。」蔡元柱從背子裏取出米麵、豆渣，將銅罐裏肉煨到火堆跟前，交待道：「兩坨骨頭，煮熱了啃，專門帶給您的。」

時間太久，伕子們睡覺的崖屋、棧道上，石縫裏長滿蝨子臭蟲。一到夏天，蚊子黑壓壓飛舞，蝨子索連索往下掉，臭蟲排著長隊順石縫下來咬人，看到肉巴子麻。蔡元柱一火點燃稻草，使叉子挑起來燒，讓明火往石縫裏摽，且邊摽邊說：「早就許了你們的願，一回同你們算總帳，今天算帳的來啦。咬人的傢伙，天生的害人蟲，血債要用血來還。平時吃我們血，咬大家的肉，這陣兒要你們付出生命的代價，斷子絕孫！」燒畢，他鑽進老林，割下幾根山竹，紮成丈把長掃帚；把燒過的黑灰，連同那年長日久磨下的半尺厚草鞋灰，橫掃到山崖下去，使道路清潔起來。

從大巴山山脈綿延千里、聳立在香溪兩岸的山巒，像主宰世界的雄主，以俯瞰大地的浩然正氣，頭頂蒼天，腰繫白雲，展示出自然的強健和峻美。初春的香溪，逶迤纖巧，清冽的河水繞過千峰競秀的山腳，以青春活力和無畏氣慨，奔流不息，注入長江。岸邊的報春花開出來了，淡紅的花朵端莊素樸，傲霜鬥雪。苦桃木行經行得早，豆瓣大的嫩芽已經在那堅挺的枝條上展示出生命的綠意。一隊隊白鷺在河面上飛翔，給香溪增添了無限情趣和生機。兩千多年前，從這裏走出了屈原和昭君，現在她又承擔起反擊法西斯戰爭的重任。隊隊縴夫撥開寒雲冷霧，用鐵腳鋼肩和雄厚的號子向入侵者宣戰：一船一船的炮彈，一船一船的軍米，在纜繩的牽引下，一步步向戰爭的前線挺進。遇到長灘，走水如雷，他們知道不可抗力，便靠到岸邊，整纖繩、緊草鞋，等後頭的船攏，二十八人合股扯灘。挎頭子的目察水勢，選擇腳路，適時收放纜繩。叫號子的喊起號子合腳步、催力氣，一個長腔起板兒：

手扳石頭腳蹬沙，
為著抗戰把船拉。
喊聲號子如雷吼，
駭得鬼子們尿直流……
呦呵！呦呵！
嗨嘬！嗨嘬……

年前，蔡元柱向聯運站建議：請他們出面跟沿途各保聯繫，徵集一些稻草，開年後由他上門來背，給伕子們的「床鋪」換個季。此時，蔡元柱背著小山一樣的草捆，從山坡上移動下來。今天背的新背子，背上的草捆周正，腰、肩合式，心情舒暢。當看到河下赤條條的縴夫匍匐前行，號子傳至耳邊，頓時感覺自己擁有牯牛大的力氣，永遠使不完；打杵時，禁不住合著河下的號子，「嗨嘬」一聲大喊，震得對面山崖上跟著喊了個「嗨嘬」。

過完年的伕子們，告別家人，背著背子，拿起杵子陸續出征了。他們的背子上背著各式各樣的用品：乾糧和青菜是必備品，除此，有的背個兒稻草或者一卷棕衣，有的在糧袋上捎十雙二十雙草鞋，有的擔心銅罐、雙耳鐵鍋這些貴重物品損壞，一律將它們牢牢地綁在背子兩側……可以說是全副武裝。這些人衣著襤褸，面容消瘦，卻鐵骨錚錚；步子邁得堅決穩重，神情固執莊嚴。他們不知道自己是在為著一場聖戰而履行義務，不知道自己已經成為世界人民反法西斯戰爭中的一分子，更不知曉自己的行為將載入民族史冊，單知道鬼子已到霧渡河，狙擊鬼子的戰士要吃飯，要槍要炮。自己身為一名中國人，袖手旁觀說不過，拿不起槍就背軍需，供應前方，不准鬼子進山！

那天大夥兒趕到見羊坪，正拿出中飯吃，忽然飆來一隊騎兵。他們翻身下馬，為首的一個揮動著馬鞭叫道：「老鄉們對不起，我們正在執行一項軍令，請大家配合一下，到村後山坡上避一避。」

「我們的米包怎麼辦？」

「米包不礙事，只消走人，快點快點！」

催促中又聞到幾聲高叫：「老鄉們——請把門窗關上，一律關上，往村後走。」

說聲未了，大約是個警衛營，二三百士兵，個個挎的盒子炮，腳蹬皮鞋，密壓壓跑步過來；一聲口令，啪的立正，接著又一個口令，列陣道路兩邊，軍容整肅，兵氣襲人。

第六戰區司令長官陳誠和二十六集團軍司令周岩走過來了。他們放眼四顧，看到村民牆上「為張自忠將軍報仇」和「背子打杵趕日寇，煮熟掉羊慰三軍」的巨幅標語，深為軍民團結的豪氣所打動。周岩向陳誠發感歎：「興山人民純樸善良，吃苦耐勞，不愧屈子、明妃故里。」當他目睹到簷坎上、道路邊靠著一溜一溜的米包，頓生疑惑，問身邊一位副官：「這是怎麼回事？」

副官行個軍禮：「報告司令官，為首長們安全起見，請老鄉們暫時回避。」

周岩拉下臉，面色異常嚴峻：「你們不要把我關在箱子裏，搞得神乎其神。與世隔絕搞什麼視察？視察就是要接觸到部下和老百姓，觀其行，聞其言，研究解決問題。今後不准影響老百姓耕田種地，不准影響軍隊的操練。快快叫老鄉們回來！」

民伕們探頭探腦從山坡上往下走，稀稀拉拉，蔡元柱幾大步走在前頭。周岩見其魁偉，招呼他過去：

「小伙子這麼虎勢，為什麼不當兵？」

軍人面前，蔡元柱一下彷彿受到心理感應，一個立正，行著軍禮說：「報告長官，我以前在三十軍服役，開了小差。」

「為什麼？」

「我大哥蔡元山在淞滬戰役犧牲，兄弟蔡元峻在遠征軍六十六軍當兵，父親死在背軍米的路上，我現在正頂替他的職位。」

士兵們對蔡元柱這套兵不兵、民不民的行狀抿嘴竊笑。伕子們有些惶恐，瞪大眼睛觀看。周岩拍著蔡元柱的肩膀，誇道：「好樣兒的，你們既是烈士之家，又是軍屬之家，光榮家庭。前方後方都要人，前方打仗立功，後方背軍米照樣立功，都是服務國家。」說完，見嚴大雲骨瘦如柴，走過去問：「老鄉，您這麼大年紀背軍米，辛苦了。您有什麼困難？飯吃得飽嗎？」

「他兒子當兵，近兩年沒得到音信。」蔡元柱膽子大了些，上前插嘴。嚴大雲聽到有人提到他心愛的兒子，抬頭望望面前這位胖子軍官，喉嚨哽了一下，眼睛發澀，說不出話。副官補充道：「司令官問您吃不吃得飽肚子。」

嚴大雲終於開了口：「以前背軍米，背一包補四兩伕米，可現在不明不白地抹了。牛耕田要吃草，人背腳要吃飯。請您體察，憐濟下力的，伕米不能扣。」

「噢，有這樣的事嗎？」周岩叫副官把情況記錄下來，回頭向大家說：「感謝老鄉們說實話，不說我不知道，請諒解。老鄉們，幾年來，你們轉運軍需糧餉吃了大苦，我們記得，我代

表二十六集團軍全體官兵向大家表示感謝。兵馬未動，糧草先行。伕米的事我馬上解決，望大家安心運軍米。」

幾位長官策身上馬，蔡元柱見周岩面善，對人和藹，試探著問：「司令官，要打大仗了吧？」

周岩在馬上應道：「是要打大仗啦，由於軍人的英勇和民眾的援助，沒有讓日本鬼子前進一步。現在不是狙擊鬼子前進，而是要把鬼子打垮，叫他們往後退，退回到他們的老家去！」

十三

晚上，張巧英過來了，心思重重的樣子。蔡元柱問她有什麼難處，只要幫得上，儘管說。張巧英說你肯定幫得上，說話時朝蔡元柱瞟了一眼，接著用下頦朝香溪下游一揚：「走著說吧。」

吃過飯的伕子在河邊涮碗、喝水，有人在使袱子搓背、洗腳。河灘上石灶遍布，被焰火熏黑的石頭和那些潔白的卵石構成鮮明的對照；燃燒過的灰燼與剩下的柴草，使河灘變得一片狼藉。

「看燈那天我不是說個半頭話嗎？」張巧英見蔡元柱點頭，繼續說：「臘月二十八，茶園坡的王同興請人上門提親。」

「這是好事，王同興開榨房，家裏好過。」

「不是王同興，是他三兒子。」

「正好，兒子年輕才般配。」

「是個瘸子，口齒也不明。」

「你的意思是……？」

「嫁過去日程過得，單是人兒差一著。瘸且不說，一輩子跟著個傻傢伙，連個說話的地方都沒有，有氣慪。」

蔡元柱沉思片刻：「公公什麼意見？」

「公公蠻開通，我出門他沒意見，就是捨不得他的孫娃子。捨不得也得捨，他沒得能力養活。不過王家裏通情達理，答應我帶娃子，養活到十五六歲，稍微得點兒力，再回頭養活他爺。」

「這麼協議蠻好，兩下裏都救著，只是爺爺眼下受孤。」

「娃子占主要，把這條根好歹顧住，不為這，誰個願意鑽傻子的床。」

太陽沉到山后去了，晚霞紅鬧鬧的，薄薄地鋪在西天的邊上，給山巒田野渡上一層柔和的橙色。徐徐的南風帶著暖融融的春意迎面吹來，不冷不熱，叫人疲倦頓消，心甜意適。

雜亂的心事稍稍理個頭緒，張巧英憂悒的臉色明顯開朗起來。她仰起臉欣賞著霞光的瑰麗，頭巾掉下來，頭髮散到臉上，增添一絲野性之美。當她彎腰拾起頭巾的時候，河風乘機掀起她的衣襟，閃現出來的雪白的肌膚，撩得蔡元柱心頭一動，於是便聯想到嚴大雲唱的那首民歌：

清早起來把門開，
一股涼風吹進來。
頭上的青絲風吹散，
身上的羅裙風吹開，
輕風也戲小乖乖。

他用男子厚重的低音把歌子唱了出來。張巧英撩了撩臉上的散髮，眉目傳情地瞥他一眼：

「有一首歌子你興許沒聽到過。」
「請你把它唱出來。」
張巧英輕輕唱道：

叫你撈，你不撈，
要等辮子拖齊腰；
別人喝了頭子酒，
你今挑水來泡糟，
雖說酒好味短了。

「好聽。」蔡元柱嘴裏這麼答著，可忽然意識到剛才自己有些輕浮，這種時候，這種場合不該唱這種歌，心裏有些慌，說：「我們往回走吧。」

張巧英朝他靠過來：「腳頸子走得疼，你背我。」

「看你嗲的。」

張巧英伏在蔡元柱的背上，不讓往回走，要他朝著下頭的河灣走去。平時背她過河，似乎極其自然，此時他感到彆扭。當張巧英服服帖帖地落到背上，手裏扳著她柔軟的雙腿的時候，心中倒又不由自主地萌生出另外一種欲望。她把臉湊近他的耳朵，小聲說：「你那個妹子好不錯，是個人尖子，命中大福大貴。」聽到誇玖玉，蔡元柱心裏甜絲絲的；他很想把話說穿，但話到口邊被吞回肚裏。

她溜下背，轉到蔡元柱面前，一抱扣住他的腰：「自從認識你，覺得人蠻好。新舊兩年時間，不是你幫我，根本熬不到今兒來。是家當大，有錢有勢，背起禮物專門上門謝。可是在這個年月，我除個淨人還有什麼呢？」她把臉貼到蔡元柱胸膛上蹭了一下，似乎是蹭淚，接道：「清明節他們過來接人，明兒天我就要走了，同你分別。」

他禁不住將她摟緊到懷裏：「明兒天就走？」

她點了一下頭，月光裏淚光閃動：「寡婦門前是非多，五爺答應免我的長伕，警衛幹事使錢，還有好多，都想打我的主意，我張巧英不是賤人。可是……今天我要喝你的頭子酒，懷一個，報你的恩。」

張巧英伸手到胳膊窩兒解開扣袢，將大襟往旁邊一掀，如同掀開一道黑暗的閘門，潔白光滑的胸脯暴露無遺。她躺在河坡上，交著雙腿，像聖母一樣，姿態華美；碩大的乳房，一對乳頭在渾暗的月光底下，彷彿人的兩隻眼睛。蔡元柱呆著，腳下好像釘了釘子，大腦裏有幾百個玖玉的臉相在忽明忽暗地閃現。暗暗默道：「世界上竟然還有這麼重情的女人，敢於拿出如此重大的禮品報恩，收下？拒絕？真叫我作難吶！」現實是強大的，蔡元柱的防線顯得脆弱，身體上的饑渴開始向他挑戰了，頭腦裏出現空白。

張巧英見蔡元柱沒得行動，吼道：「蔡元柱，今兒天若是鄙我的臉，香溪就在眼前，我敢抱著你滾河去，不信就試！」

他徹底屈服了，移動身體，朝著那誘人的淨白的玉體壓了上去。他們如膠似漆，兩張熱烘烘的嘴巴一陣亂啃亂咬，出氣都不平和。「好大啊。」她呢喃細語，那個堅挺的東西被她放到那個該放的場子，使他覺得發燙、合式、舒服。她的藕節似的玉臂，這陣兒變得如同一道鐵箍，緊緊地扣在他的腰上，使他欲動不能。雙手可是自由的，他深深地摟緊她，生怕摟碎了她的柔骨，貼著耳朵問「疼不疼」。「不疼。」這聲「不疼」似乎給了他釋放力氣的信號，他們相互騷動，河灘上這堆乾柴烈火就這麼蓬蓬勃勃地燃燒起來了。停在山頭上的新月，好像月老的大嘴，看著這麼強大、旺盛的青春大火的燃燒，笑得像把瓢。他們擁抱著、翻滾著，蹬得泥沙二面分，中間兩個髁膝坑。一個如強壯的公牛，一個像脫韁的野馬；一個發出好聽的呻吟，一個暴出幸福的吶喊；吶喊和呻吟交織，演奏出一支雄壯的、驚世駭俗的生命之歌。歌聲飄蕩香溪河，河水細浪拍岸，為命運的不公淺唱低吟；歌聲撞上吊羊崖，吊羊崖羊躍猴嘯，為情感的火花發出絕妙的迴響。

他們在這樣一種情境下，以這樣一種特殊的方式分手告別。張巧英走了，她哭了，他也哭了……

十月小陽春，
苦處說不盡，
草鞋穿成幾條筋，
背心磨成坑。

當伕無被窩，
睡的是草窩，
身上的蝨子絞成索，
咬得無奈何。

十四

今年的春雨比往年來得早，淅淅瀝瀝淋上六七天，河水長大了。軍米運不成，大家抓緊時間睡覺、打草鞋。這時忽然接到聯運站通知：從伕子中挑選二十名會水的年輕人，即日赴縣城集合。

人員很快湊齊，蔡元柱帶隊，冒雨出發。進城一看情形，才知道前線戰事危急，人心惶然。據傳，遷至恩施的湖北省政府將再次遷往房縣，二十六集團軍司令部正搶架電線，移到川界的巴東，縣政府搬進神農架，城市居民預發難民證，一切皆在準備中，只候前線消息。緊急關頭，中央軍委會令老河口三十軍池鳳城部，克日兼程，馳援鄂西會戰。三十軍是馮玉祥嫡系部隊，聲勢浩大，軍紀嚴明，以作戰英勇著稱。電告興山縣政府：大軍將至，急援鄂西，事關軍令，不得違誤。縣長王勉這個三十多歲的黃埔生，應付軍差經驗豐富；面對濤濤洪水心想：僅靠幾隻渡船渡人恐怕不行，會貽誤戰機。他機智果斷，當即命令員警大隊出面，徵集民用船隻，搶架浮橋，迎接大軍過境。

蔡元柱一行隨員警大隊分頭行動，沿香溪一線搜索船隻。將所有的商船、渡船，下游的往上拉，上游的朝下放，至縣城集中。共徵集民船十八隻，套用古代赤壁連環計戰術，動員居民、商鋪獻來門扇和梭板，員警大隊的鋪板也拆了來，通通使老鴉嘴鐵釘往船幫上抓牢，將十八隻木船連成一體，往河面上固定。

日夜趕造，不出五天功夫，浮橋架起。那天王勉冒雨到橋上走來走去，看是否安全牢固，到後笑盈盈同大家說：「感謝大家淋著雨架橋，完成任務順利，不誤軍令，是戰勝敵人的好兆頭。」當他走過蔡元柱面前的時候，蔡元柱喊了一聲。王縣長止住步，端詳一下問：「你是？」蔡元柱往城背後一指：「我是高頭蔡家埡的，您前年到我們家裏去過，給我大哥送匾。」

「大哥蔡元山是吧？你現在……？」

「我在當長伕背軍米。」

「你們都是興山的好兒女。眼下抗戰高於一切，天道放晴，全縣的機關、學校都要來搶運軍米，同你們一道支援前線。」

是日，三十軍先頭部隊已抵達興山，所過之處，秋毫無犯。軍隊士氣高昂，穿著濕淋淋的衣服，肩上扛的槍炮，跑步跨過香溪，奔赴前線。蔡元柱瞅著這支自己曾經開過小差的軍隊，心頭別有一番滋味，恨不得重新回到隊伍裏，跟戰友們一道上前線打鬼子。

雨住天晴，搶運軍糧成了第一件大事，隊伍一撥一撥開到大峽口。縣直機關及各鄉政府工作人員，打著「抗戰第一，勝利第一」的標語首先到達。接著大公中學的師生，簡易師範的師生，各鄉國民小學的部分師生也前後趕到。聯運站打開糧庫的所有大門，登記、發米，忙得不可開交。大公中學的師生眼見庫前擁擠，在老師指揮下，列隊閃到一旁唱起了〈軍民抗戰歌〉：「同胞們，快清醒，團結起來打日寇，日寇不趕走，地方不安寧……」

大家量著自己的力氣選擇負重方式，有背的，有扛的，有抬的。隊伍延長數公里，如同一條乳白色的蛛絲，纏繞在山腰河畔。敵機擦著山頂飛過來了，巨大的轟鳴震得山搖地動。它們三架一組，好像寫在天上的「小」字，一次就是九架，排成陣勢，沿著長江轟炸。

中、小學生中，男女生都有。他們抬著或扛著軍米，累得臉蛋紅撲撲的，晶瑩的汗珠從他們發著嬌喘的臉蛋上滾落下來，十分可憐又十分可愛。但他們個個卻像小大人，不畏肩上的擔子重，也不懼怕天上的飛機，遇到河坡，便掏出身上的竹板打起來：「放下鋤，放下筐，背起背子運軍糧。兩腳忙忙走，人人都跟上，助軍打豺狼，保衛我家鄉。」歌聲、快板響徹山谷，蓋過飛機的轟鳴，鼓舞人心。

剛剛搶運兩天軍米，蔡元柱又接到新的任務：背子彈上前線。

他們頭天晚上就把子彈領到手，預備第二天一早動身，這時玖玉趕過來了。她背著半袋子炒豆渣，外帶一件蔡元柱的補巴汗褂子，向著蔡元柱說：「今天初幾啦？立夏三日槤枷響，不著急！」

「我何愁不急！你沒見，十幾歲的娃娃兒都在背軍米，我能走得開？俗話說好漢不怕晚，這趟通站背回來，正好趕得上。你前頭回去，趕手邊頭的事做，負重的活路等我回家再說。」

「幫你突擊幾天，多攢兩天假，背完子彈，一路回家。」

「背通站好苦，你吃不消。」

「只有你把我看得秀氣。」

「好的，只要你願意，在一起我倒也歡喜。」

「我願意。」

「大雲叔，」蔡元柱轉過身同嚴大雲商量，「看情形兩箱子彈您來不及，百把多里路，不如讓玖玉幫您帶一箱，」

嚴大雲巴嗒著煙袋，固執道：「我來得及，你給玖玉勻一箱。」

玖玉接道：「大雲叔，蔡元柱年紀輕輕的，要帶肯定給您帶，晚輩跟前莫推辭。」

臨行前，嚴大雲把篾片穿起來的一串柚子和一摞草鞋，往洞壁上掛牢，認真相了相，這才隨大夥兒一同上路。

他們像急行軍，第一天就趕了六十里，抵黃家祠歇腳。黃家祠是個小集鎮，對合街，百多戶人家，開有棧房和小吃店，且擁有一所國民中心小學。蔡元柱他們借宿在學校裏。那天晚上學校同聯運站聯歡，慶祝建校十周年。臺子搭在操場上，蔡元柱和玖玉不顧疲勞，同大家擠在一處看演出。學生組織了四十多人的歌詠隊，唱〈高粱葉子青又青〉、〈募寒衣〉、〈犧牲已到最後關頭〉等。「同胞們被屠殺，土地被強佔，我們再也不能忍受，我們再也不能忍受！中國的領土一寸也不能失守，用我們的血肉，去拼掉鬼子的頭……」

接下來聯運站表演活報劇《打日本》，一家三口來到場上。

老漢唱：「我老漢，本姓韓，為抗戰，把家搬到雞籠山。」

老婆唱：「我老婆，名雙喜，雞籠山上來餵雞，賣錢捐款打日本，今後百姓不受欺。」

女兒唱：「我小鳳，不貪玩，跑到山上撿雞蛋，雞蛋吃不完，賣錢買槍打壞蛋。」

這時臺上突然竄上個持槍的日本兵，貓著腰：「老刁民，好狠心，躲避皇軍大日本。快給雞，快給蛋，還要姑娘陪我玩。」唱著唱著欲動手攬姑娘入懷。三人齊聲發喊：「日本鬼，別發橫，中國人民一條心，打打打，趕走日本兵，我們要和平！」

臺下頓時引起一片怒吼，跟著喊打。蔡元柱兩眼冒火，嗖地一個飛步上臺，照「鬼子」頭上就是一拳，把那頂黃帽子打飛丈把多遠。觀眾越發以為真是一個日本兵，將其拖下臺，圍過去就是一頓拳腳：「打死他！打死他！」「鬼子」退掉身上的黃褂子，拼命叫喊：「饒命饒命！我不是鬼子，我是聯運站的老鄭！」慌亂中有人扶起來看，只見老鄭頭上凸起個肉包，全場驚訝。蔡元柱走過去道歉：「失錯失錯，我以為是個真傢伙。」

老鄭說：「沒關係沒關係，我曉得大家恨的是日本鬼子。挨打只能說明我演得好，那怕有點兒疼，值得。」

晚會散場好半天，玖玉心裏還在發怵，背著人跟蔡元柱說：「無輕無重的，打破人家的腦殼怎麼了哦。」

「恨死日本兵。」

「人家是演戲，你就當了真。」

回到學校，看見嚴大雲雙手捧著腹部，躬著腰從樓上下來。蔡元柱有些吃驚，迎過去問他怎麼了，嚴大雲搖頭不作答。嚴大雲如同鐵打的機器人，平時噴嚏就不打一個，一旦生病，病魔一定強大。他接連又追問幾句，嚴大雲才說：「心裏作鬧嚷，想吐。」

「吃野物的吧？」

「渴得很，死水潭裏喝幾口水。」

他們起初睡在二樓廊簷上，嚴大雲跑廁所，鬧得別的伕子睡不安穩。蔡元柱為照護他，只好一同簷坎上滾稻草。嚴大雲蜷曲著，身子偶爾一陣痙攣，似乎在忍受著一種巨大的病痛。

玖玉也下了樓，身上搭著那件補巴汗褂子，乖貓似的躺在蔡元柱身邊。月光下，她睡得那麼踏實安然，白晰的臉龐呈現出一種朦朧的姣美。他拿過她的手，放在掌心裏，大拇指在她柔軟的手背上不停地摩挲。他愛她愛得深切，彷彿世界上所有的姑娘都趕不上玖玉能幹和美貌。說起來怪，在這四周彌漫著野氣的月夜裏，身邊依偎著日夜思念、傾情至愛的美麗姑娘，竟然萌發不出絲毫的邪念！他認真憶想著玖玉是個好姑娘，小時候坡裏摘刺莓，用桐葉裝成三盒，回家分給三個哥哥；洗起衣服來，哥哥們的衣服晾得高高的，自己的衣服晾在極不被人注意的地方；說到吃飯，倘若人多飯少，首先第一個放碗，問她吃飽了嗎？她回答吃得很飽，真是天下一等的賢慧！玖玉過來就吃苦，且隨著年齡的增長，肩上的擔子一年比一年沉重：跟著母親種課田，趕工，打豆腐，吃豆渣……唉，苦日子何時才是個頭？往後同玖玉結了婚，按母親的計畫，置點兒田產，不打仗，天下太平，照想日程會強些，這也是我們窮戶人的希望。玖玉是我的寶貝，我是寶貝的守護神；竭盡全力，守好玖玉。

那會兒背長腳棧房住不起，可以搭夥：即戥點兒米麵給老闆，換他的乾飯吃，付點兒極便宜的搭夥費。第二天吃著早飯，蔡元柱問：「大雲叔，街上有家藥鋪，請醫生評個脈，抓副水藥吃。」

嚴大雲搖頭。

「您莫慈錢，我們有。」

「不是錢不錢，現在是什麼時候？這是上前線！」他態度非常生硬，臉色黑中帶青；一夜間，眼睛彷彿掉到崖屋裏去了，眼眶顯得特別大。

路上，嚴大雲顯然地緩慢下來，腳步拿出去不是很穩。玖玉要蔡元柱「帶」著點兒，怕嚴大雲掉隊。蔡元柱一杵打著，想採用一種方式激發他的情緒，回頭說：「大雲叔，您編的月歌子，前頭十個月我都記得牢牢的，後頭兩個月還沒編出來呢，我等到唱。」

聽說唱歌，嚴大雲一陣激動，面色開朗：「好的，馬上就編，馬上就編。」他沉思一會兒，大約找到感覺，哼哼嘰嘰開了腔：

冬月大雪到，
公事真可惱；
當伕還要背稻草，
真叫苦盡了。

孤老又寡母，
人人要當伕；
有錢有勢不當伕，
專門整窮戶。

嚴大雲唱歌有個特點，開始聲音蠻小，蜜蜂般嗡嗡作響，似乎在作情感的鋪墊；慢慢喉嚨唱開，聲調轉蒼勁，忽而像一把刀子，穿刺人心。歌聲充滿對法西斯的詛咒，以及由戰爭帶給人們災難的傾訴和哀怨，有時甚至是以哭代唱，但它卻飽含著對生活的嚮往和深愛；不消沉，不頹廢，把國家和個人的命運緊密聯繫起來，以博大的胸襟直面人生；在生活的漩流裏，用堅韌克服困難，抵禦痛苦與艱辛，彰顯出人品的質樸和偉大。這就是吃糠咽菜、喝香溪水長大的山裏人的性格，山裏人的生活，山裏人的歌子！

伕子們用腳步擊打節拍，杵子點綴音符，一起唱和。從正月裏唱起，一直唱到十二月。一曲唱盡，嚴大雲又帶頭叫起號子：

杵子一拿天地動
喔謔吔
背子上身起旋風
呀謔嗨
不怕肩磨腫
不怕腳頭重
背著子彈往前衝
嗨嘬嗨嘬

機槍掃，大炮轟
顆顆子彈見了紅
打得鬼子倒栽蔥
嗨嘬嗨嘬
……

號子和打杵的吶喊，一聲接一聲，一句疊一句，層層遞進，氣吞山河。汗水淌過滿是皺紋的臉龐，淌過青筋暴突的喉嚨，彙集到褲腰，大片的濕布同肉體緊緊粘貼在一起。但他們仍覺得很不夠，嫌自己的嗓門窄，拼命唱著、喊著；讓宏大的號子傳播更遠，一直傳到前線陣地上，鼓舞軍隊的士氣，叫鬼子聞風喪膽。

前面橫亙著一架陡坡，有九里路長，人們叫它「九里沖」。翻過九里沖就是宜昌和興山的分界線——界嶺。道路難走，速度變慢，行人的密度驟然增加。往上行的，是運抵前線的軍米和子彈；往下走的，是擔架排抬著火線上下來的傷員。途中過窄或下一步陡坎，為減輕傷員痛苦，擔架須折騰一會兒，道路由此漸趨阻塞。

飛機又飛過來了，仍舊是「小」字組，三陣橫空。震耳的馬達驚得鳥雀亂飛，有童音的呼叫衝破飛機的轟鳴在隊伍中傳播。忽然傳來巨大的轟炸聲，飛機開始丟炸彈，有顆炮彈落到水田裏，爆炸使泥土升起幾十丈高。人叢中夾有趕驢的隊伍，驢子害怕擁擠場面，昂著恐懼的頭，斜刺裏朝老林裏逃竄。

山腳邊滾了一匹驢子，它頭上中了彈片，鮮血繞著眼瞼往下流；不停地喘著，嘴裏吐著白沫，四蹄亂蹬亂彈。主人是個黑臉漢子，面對眼前情形，模樣兒糟糕透了。他動手卸掉驢背上的米包，扳著它的脊背，奮力往上揎。驢子知道主人的好意，努力配合，但沒有成功。牲畜跟人一樣，不是輕易就給打敗的，可是看樣子它已經放棄了掙扎的權利，側身一躺，四蹄彎曲，用那絕望的目光，溫和地目睹著眼前的一切，偶爾發一聲低微的哀鳴。黑臉漢子站起身，眼圈發紅，用那種極度悲傷中喚醒過來的遲緩動作，收拾地上的米包同夥伴的屍體。

在九里沖這種場面很平常，沒有人駐足，沒有人圍觀；再說個個任務在身，心靈上相送一個同情，便兩腳匆匆地邁過去了。

蔡元柱拉著玖玉繞過死驢，往前走上一段，小聲說：

「這裏是『峽霧』線上最難走的一段路程，全縣徵調的四百多匹驢子全部集中在這兒，據說已累死一多半，剩下的不到一百匹。」

擁塞中，他們與嚴大雲走散。玖玉擔心，蔡元柱說：「我們不能老是『憂』著他，翻過山埡，我回頭接他。」

時近正午，太陽直射下來，人無躲閃；路面上的石子燙腳，人們似乎在經受上蒸下煮的嚴峻考驗。

離蔡元柱前面不遠，移動著一位孕婦，孕婦挺個大肚子，背上背著一包軍米，前後負重，舉步維艱。懷著孩子的婦女腿像短些，遇到一步小坎兒，身子前傾困難，腿腳須從側面繞上去，撐住膝蓋往上登。大汗淋漓，頭髮一綹一綹貼在臉上，衣服濕透，擰得下水來。玖玉睖著一對吃驚的眼睛發呆，望著孕婦拖著笨重的身體爬坡，嘴唇掀動，好像在別著勁兒幫對方使力，忘記了自己走路。蔡元柱心想：「到了這個程度還出門背米，不怕娃子掉路上！」一時牽動惻隱之心：「嫂子，我給你帶兩步。」說著伸手抓過她背上的米包，掖在胳肘裏向前爬。適時孕婦一聲大叫，嚇得蔡元柱調頭來看，只見孕婦逃命一般，一溜煙躥到一塊大石頭後面躲藏起來，接著傳來撕心裂肺的呻吟。

「玖玉，快去看看，是不是……」

玖玉歇下背子，追過去，須臾跑回來，臉色煞白，從背子裏扯出補巴汗褂子，轉身直奔石頭後面。

蔡元柱知道要發生什麼了，擔憂和喜悅交織著。他置身在山道邊上，天上有飛機掠過，地上人頭攢動；流動的米包，穿行的擔架，傷員繃帶上浸漬著的殷紅的鮮血，還有大石頭背後揪心的呻吟……構成一幅混合畫面，攪得他頭腦亂成一團。他搞不清眼前成了個什麼世道，竟混亂到如此情景，也猜不透老天爺會將人們推向哪一個罪孽的深淵。他擔憂嚴大雲，目光在人群中搜索一陣，無果，朝山下大喊。喊了幾聲，沒有人應，大石頭後面倒傳來了「哇哇」的嬰啼。

伕子們驚喜不已，恭喜母子平安，紛紛獻殷情給嬰兒取名。有的取「路生」，有的取「山娃」，有的取「抗戰」。當伕路上添生，大家都說兆頭好，後繼有人，民族復興有望。

玖玉抱著捲在補巴衣服裏的嬰兒，招呼蔡元柱過去說話：「她說這裏有條腰路，翻過前頭的山嘴一戶人家，請我們把她送過去。孤山野凹裏，地蒸暑熱，月母子吃不住。」

大石頭後面，枯葉滿地，上頭淌著攤攤鮮血，在花蔭下反射出慘澹的白光。當產婦來到蔡元柱背上的時候，鮮血染到了他的身上和手上。

一路緩行，走到那戶人家，叫了半天沒有人應。屋牆炸開寸把寬的裂縫，大門虛掩，挑梁上掛著幾縷稻草，在微風中搖曳。正著急，轉牆角移過來一位白髮蒼蒼的老婆子，手裏拄著拐棍，一手扶住牆壁，呆頭呆腦地將他們瞅住。產婦說：「行了，把我放這兒，豺狼虎豹也不用害怕了。」調臉看見玖玉雙手端著嬰兒，背上馱著米包，眼淚滾出來：「難為妹子想得周到，丟掉軍米是要賠的，這下我放心了。翻過埡子到了聯運站，請你給他們說一聲，我叫陳香姑，他們曉得，來人把軍米搬走。難為啊難為啊，不是遇到你們，我母子興許逃不出來。菩薩保佑你們夫妻雙全，富貴到老。」

他們把產婦和嬰兒安置在廊簷下的稻草堆上，走出好遠，產婦還在向他們作揖，稱謝。

「人生人駭死人，這話一點兒不假。」玖玉說，「——娃娃兒腦殼來了，她叫我莫怕，輕輕往出帶。她攢足勁往下生。我第一次碰見這種場合，兩隻手發抖。娃娃兒下來了，臍帶滑嘰嘰的，扯也扯不斷，她就用嘴咬，三把兩下捲好……到這會兒我心裏還在撲通撲通地跳。」

「今天幸虧有你幫忙。」

「臨時臨月敢背軍米，丈夫不斟酌。」

「你曉得她丈夫在哪兒？也許正在前線打鬼子。」

界嶺上安頓下來，玖玉到聯運站交待過陳香姑的事，便向房東借了鍋灶做飯。蔡元柱下山去接嚴大雲，可天黑好久仍不見人影兒。玖玉著急，點個火把往九里沖走，沒出多遠，只見蔡元柱背上背著子彈，手裏牽著嚴大雲，挨挨擦擦往上爬。

「玖玉——快些來。」一聽聲氣蔡元柱似乎累到極限，「我，我一直接到山腳下，背、背上背一坨，手裏牽一個，好費勁兒。過來，你背子彈我背人。」

到達住處，蔡元柱似乎在做一件把握十足的事情，忙火火找房主討撮茶葉，刮點兒鍋底上的黑灰，熓水喝。聽母親說小方子能止痢症。

嚴大雲疲憊不堪，瘦得只剩下兩個眼睛在眨，躺到草上就不想動彈。蔡元柱扶他坐起，腦袋像個吊瓜，在蔡元柱胳肘上滾來滾去。玖玉照方法熓盞水端過來，叫道：「大雲叔，喝口水，看把您累的。煮的有稀飯，歇會兒端來您吃。」

嚴大雲喝下那盞水，人清白些，眼睛睜得大大的，掃視屋內，然後又逐個地把夥伴們瞧一眼，似乎要認真儲存到記憶裏去。最後將目光停留在子彈箱上，攢了半天的中氣，但聲音仍然很小：「屙黑水痢，恐怕逃不出來。子彈拜託你們倆，一定送到。」

他的話到此為止，目光中似乎有一股火焰燒乾了眼窩，一把抓住蔡元柱的手。他的手鷹爪一般，捏得蔡元柱生疼。通過握手的力度，使他感覺人的情感是多麼的細膩豐富啊，人人都有表白的欲望。有人可能發表長篇大論，作成厚厚的書籍；有的卻只消句把話或者一個手勢。他知道大雲叔好多事，好多話要傾要訴，但是以他的性格，以當前的時態，他不會再說什麼了，哪怕僅僅半句！

夜裏，蔡元柱做個夢，夢到和玖玉結婚，——日本鬼子被打垮，抗戰勝利了，伕子們解散回家。人們放鞭，玩龍燈，推彩船，吹嗩吶。人堆裏看見張巧英，她長得越發漂亮，過來拉他打花鼓，他們就合夥扭起來……玖玉穿的那件蠟染的藍底白花偏大襟，母親為她扯了臉（去掉汗毛），臉蛋更白。舅舅過來了，父親、大哥都在，還有黃隊長和許多親友，他們要他拉起玖玉的手，牽到房屋裏去「坐床」。他拉過玖玉的手，有人嚷著要他抱著玖玉進房，正當他將玖玉抱在懷裏的時候，看見嚴大雲背著一背柚子走來；也不說話，臉如石刻，將背子同柚子交給他，折身往出走。蔡元柱拉也拉不住，頭也不回，漸行漸遠……蔡元柱醒過來，黑暗裏睜大眼睛，回味夢中情景，然後側過身，輕聲叫著「大雲叔」。嚴大雲沒有動靜，伸手扳他的肩膀，人已經冷了，身子瘦猴一樣蜷曲，又僵又硬。

蔡元柱心中猛然一沉，多麼想大叫大喊，大哭大嚎一場！可轉念一想，驚動整個伕子，得不到休息，影響次日的行程；再則擔心身邊的玖玉害怕。他拿出巨大的忍耐力，抑制住情感的衝動，扳過那隻僵硬的身子，讓他面對面躺在自己臂彎上，緊緊攬在懷裏，像擁抱著自己的父親，淚水嘩的流淌出來。

天麻麻亮，蔡元柱沒有驚動任何人，輕手輕腳用稻草裹著嚴大雲的屍體，來到一棵合抱不交的蒼松底下，然後回來找挖鋤。

「夥計們，大雲叔死了，就這十幾號人，給他送個葬。」

剛剛出門，玖玉迎面過來，說：「大雲叔呢？給他和碗糊粥，趁熱喝。」

「玖玉，你也來。」蔡元柱提著挖鋤，將一夥沉默的人群帶到松樹跟前，動手挖坑。

玖玉不知發生什麼事，但似乎又明白有什麼事情發生，看見樹下一壟稻草，伸手一扒，扒出一隻手：「啊！大雲叔吧？大雲叔死了？大雲叔！大雲叔！」喊著喊著就嚎啕起來了。

土坑挖好，屍體放進去，蔡元柱擔心土疙瘩砸大雲叔的臉，將那隻新背子籠罩在他的頭部，一起埋進土裏。

「我們為大雲叔招個魂吧。」蔡元柱提議，大家圍著土堆唱起了〈招魂歌〉：

哀哀子靈兮，歸去來兮……

東不可逝兮，東有偌水無底；

南不可往兮，南有朱溟浩地；

西不可向兮，西有流沙千里；

北不可去兮，北有冰雪千尺……

現實的殘酷對玖玉來說是難以承受的，但必須承受。她不相信眼前的一切，彷彿做了個夢，但不是夢，是現實。她對她所接觸的，經歷的許多事情不可理喻，對好多驟然而來的風雨深感難以招架，她只好以單純樸素的心靈，向浩大的蒼穹發出天問：「人生一世就這麼簡單嗎？老輩子說的『人死如燈滅』就是這個情形嗎？有一口氣，拼命做，斷掉那口氣，土裏一掩，如同自己掩埋家中那隻白狗，你能說這就是公平？爹死還弄到副薄棺，而大雲叔什麼都沒有啊！老天爺，你不長眼睛，半路上要了他的命，昨天晚上還在惦記著他的子彈，今天把他孤零零的丟在這裏……」

玖玉伏在土堆上，姣弱的身子不停地抽搐，哀怨的哭聲使晨霧停止走動，鳥兒呆立枝頭，蒼松滴下冷露，一齊向死者默哀。

「玖玉，大雲叔不喜歡哭，託付我們的事情辦好，是安慰他靈魂的最好方式。」蔡元柱把玖玉從地上拉起來。

東方的天邊，水平線似的鋪開血樣的紅雲；太陽從雲層的後面緩緩升起，一樣的紅，就像從血海裏掙脫出來。雲天下面，橫亙著鋸齒形的莽莽群山，它們如同長城上的雉堞，更像一個個巨人，矗立在天地之間。那裏就是長江南津關，就是宜昌霧渡河；英勇的將士正在同鬼子血戰，似乎已經聞到了隆隆的炮聲和刺鼻的硝煙。

十五

一到霧渡河，戰爭的氣息撲面而來：人們都在緊張中忙碌、奔跑，槍炮聲直飛耳邊。火線上的傷員有抬下來的，扶過來的，背過來的，在聯運站一律轉成擔架，由民伕抬往後方。補充部隊集合成整齊的佇列開過來了，有人帶頭喊道：「同胞們，報效祖國的時刻到了，生死已到最後關頭，前進——」他們扛起蔡元柱他們剛剛交付的子彈，旋風般往前線衝去。

蔡元柱同玖玉找不到棧房搭夥，聯運站喝半瓢冷水，一人吃碗乾豆渣。這時有位軍人大約見蔡元柱魁梧，跑過來說：「老鄉，你能隨我上火線上搶救傷員嗎？」

「行！」蔡元柱毫不遲疑，把背子交給玖玉道：「前頭走，等我搶兩個傷員，後頭來追你。」一時間在這時已經和生命同等珍貴了，未等玖玉說話，蔡元柱早已消失在奔往前線的人群裏了。

玖玉原地呆著，人生地不熟的場子，蔡元柱不在身邊，有如離群的小鹿，心裏發慌。她忽然記起臨走母親交待的事情，不就是接他回家完婚嗎？我為什麼不跟隨他去呢？和他一道抬個傷員，回到三十二軍野戰醫院，也不枉到了一趟前線。慌張使她的心變窄變小，只裝下個蔡元柱，只想儘快找到蔡元柱，於是便奔跑起來了。奔跑的目的是那麼單純自然，展開的姿式是那麼的矯健勇敢；草木山花掩映的小道在她腳下源源後退，仆仆道路有一道人間博大彩虹在照耀她勇往直前。她離不開蔡元柱，她要和他共同搶救一條生命，抬回蔡家埡，交給軍醫官……

蔡元柱從火線上背下兩個傷員，當他返身搶救第三個的時候，背後傳來玖玉的呼喊。他調頭看見玖玉的身影，從綠葉滿坡的山腳下奔跑過來，一時惱火萬分，怨她不該朝這兒亂跑，話沒出口，一顆子彈擊中玖玉胸部，玖玉沒有立即倒下，一聲「二哥」含在口裏，挺了會兒，鮮血已經染紅了那件藍底白花的衣服，一頭栽了下去。

蔡元柱大腦裏嗡的一響，生命好像已離他而去，剩下個軀殼；血液冷卻到零度以下，四肢僵硬，動彈不得。但他同時又感覺到胸腔內有種東西在躥升，沸騰高達千百度，似岩漿一般奔突。他沒有向玖玉撲去，匍匐在草叢裏，以異常冷靜的姿態朝前方窺視。不遠的山坡上，衝鋒的同胞們被一排排機槍子彈壓下來，好多被打翻，看得見朝天噴灑的熱血在太陽下閃光；再衝鋒，又一批倒下……

他的左側──半里路遠，有座凸起陡峭的山崖，倘若從那裏攀爬上去，繞到鬼子後方，給它個出其不意，同胞們就會順利衝上長嶺。時間容不得猶豫，他像一隻豹子，四肢著地，迅猛躥近山崖。峭壁上掛滿油麻藤，這傢伙使榔頭捶鬆軟，是打草鞋的上等料子，非常結實；肥厚的葉片均勻覆蓋著壁面，形成一扇頂天立地的綠色屏障。他揪住藤蔓，如同靈巧猴子，奮力向上攀爬。復仇的怒火燒掉了心中的千思萬念，燒掉了世界上所有的一切，到後凝結成一個高度集中而又非常具體的目標──搞掉那挺機槍！

爬到半崖間，藤蔓消失了，只能使指頭摳著岩石的棱角，小心翼翼的、一寸一寸地移動。他必須保持清醒頭腦，沉著冷靜，稍一打張，下去便是粉身碎骨。指甲摳翻了，膝蓋蹭破皮，鮮血浸染在山石上，眨眼就成一塊紫褐，同崖壁融成一體。他記憶復活，漬著父親鮮血的那塊青苔斑斑的石坎，與此同一種顏色。香溪孕育他英俊的身姿，大山給了他堅韌的性格；長年累月揹運軍米，磨礪出一副承重載物的鋼筋鐵骨，一旦除去身上的負荷，簡直就是如虎添翼，即使刀山火海，也阻擋不住他勇猛的跨越。

頭上橫生著諸多蒼枝雜柴，從這枝秋到那枝，動作果斷敏捷。眼前橫亙著丈把寬一道深澗，他不敢耽擱，瞅準一個落腳點，縱身來個山貓騰空，飛躍過去。現在他已經登到了一個制高點——鬼子的上方。戰鬥照例慘烈進行，那些伏在長嶺上的鬼子兵，像一溜噁心的蛆蟲，正在向同胞們打炮、射擊。當每一發炮彈、每一粒子彈呼嘯著飛向同胞的時候，就像飛進了自己的心窩。他心中默道：「老天爺這陣兒倘能賜我一挺機槍，我會把他們收拾得一個不剩！」

在他的印記裏，家鄉是平靜的，一年兩茬莊稼，收、種就那麼幾天，農閒隨父親上街撿糞，或背點兒石膏上巴東換川鹽；年頭四節，家人團聚，生活從容平安。可自從來了這些披著黃皮的鬼子兵，一切都搞亂套：當兵當伕、苛捐雜稅；父親、大哥、黃隊長、大雲叔、玖玉，還有無數的先烈同胞……請看著，看著我來替你們報仇！

有草柯的地方，揪著往下溜，沒有抓手的板壁崖，縱身往下跳。長嶺的反背，有座川漢鐵路遺留下的半截子隧道，鬼子們都把傷員往洞裏抬。他想：若是來兩束手榴彈，往洞裏一丟，接他們個個回「老家」。隧道的路口，他拾到了一把軍刀——似乎是那種鬼子用作指揮的長馬刀。他感到一陣驚喜，正愁找不到傢伙，老天爺適時賜給一把利器。刀把握在手裏合式、舒服，比握砍柴刀爽快。迎面來了兩個抬擔架的鬼子，一個飛步，前頭那個鬼子的腦瓜落地，後面的鬼子沒弄清楚怎麼回事，半邊臉已經離開身子，擔架上的傷兵被他順手一刀，結果性命。心裏說：「三個。父親、大哥、黃隊長，你們已經有了替身，能順利獲得新生（迷信說法：人死後，必須找到替死鬼才能投胎轉世）。」由此導致他心情舒暢，心胸開闊，甚至是滿臉的笑意。他的生命正處在一個良性的運行之中，深感強大無比。特別是手中的長刀，不止鋒利，使起來得心應手。自小接觸刀斧是劈柴砍樹，樹木的堅硬鍛煉出力量的強度，平時用於粗重笨活的力量，拿來對付肉身，如同砍瓜切菜，十分省力。

鬼子誰也沒有注意身後竄來一隻豹子，只顧朝山下放槍。蔡元柱望著眼前一溜鬼子，就像雉雞碰到肥胖胖的蛆蟲，不知啄哪一隻好。他握緊刀柄，以極其銳利的目光尋找那挺罪惡的機槍；從槍聲中判斷，那傢伙就在前面。這時掩體裏跳出一個鬼子，看樣子是個副手，預備搬子彈什麼的，向嶺後張望。他本來看見了蔡元柱，感覺到了異樣，似乎在猶豫，見蔡元柱朝他直衝過去，一聲嚎叫，做出抵擋的架式；蔡元柱刀刃生風，一劈，鬼子腦漿迸流，倒地斃命。「大雲叔，你可以朝生轉世了，我給你弄到了替死鬼。」他衝進那個露天的掩體，那傢伙蹲在那兒一個勁射擊，淤積在胸中的怒火終於找到噴發的出口，舉起長刀直劈下去，腦袋變成兩把瓢，血漿濺到機槍上，使發燙的槍筒發出「唏溜」之聲。他探頭朝下望去，同胞的屍體像一堆堆破衣服，覆蓋在嶺上坡下。新一輪衝鋒開始，悅耳的軍號聲飛到了山上。蔡元柱看見同胞們衝鋒的身影，一時淚水湧流，怎麼止也止不住；使出全身力氣，用激動得發抖的聲音喊道：「同胞們衝啊！鬼子的末日已經到了，衝啊——上來我迎接你們！我迎接你們——衝啊——」他把機槍架到側面的掩體上，朝著鬼子一陣猛打，目睹到鬼子喪命的醜態，心裏說：「雜種，你們一萬個狗頭也賠不上我玖玉的命。玖玉，你安心去，我後頭來，陰間裏做夫妻。」淚水又一次掛到臉上。

子彈已經打完，長嶺上出現了同胞們的身影，正在與鬼子展開肉搏。他把機槍順手扔到山下，提著長刀，向圍過來的鬼子迎了上去。

軍隊裏他訓練過射擊，沒練過拼刺刀。他認為一招一式的幾個動作純屬扯淡；拼刺刀就是手眼要快，刀子快的「贏錢」。他根本沒有把鬼子放在眼裏，看鬼子拼刺刀的架式，如同面對黃毛小兒，只覺好笑。當他在小視敵人的時候，其實手裏在運勁，尋機出刀。前面的鬼子衝上來了，嚎叫著一個長刺過來，蔡元柱一閃身，手起刀落，鬼子的天靈蓋兒不翼而飛。今天他在實踐著自己的理論，捅、刺、挑、撥都不會，就把平時劈柴砍樹的功夫拿出來，以快制勝。柔軟的地方不便使刀，擔心不能致命；硬碰硬才砍得乾脆、利索、痛快。所以今天他不砍脖子，不砍膀子，專砍腦殼。他又以極快的速度，劈破兩個「狗頭」。鬼子哇啦哇啦怪叫著，進一步退兩步，形成對蔡元柱的包圍。蔡元柱接近這些『傢伙』只覺陣陣噁心，恨不得一個個剁成肉泥餵狗。一陣狂罵：「哪兒來的王八蛋，跑到這兒來殺人放火，老子操你們的祖宗八代！」一衝到鬼子中間，不論膀子腿子，見到黃褂子就砍；砍斷多少腿、膀，砍破多少腦袋，他也記不清數目，身上濺滿骯髒的血跡，變成一個血人。這時他腿肚上中了一刀，聽到嘣叭一聲，骨頭斷了。他轉過身，一個瓦刀臉的傢伙照胸刺來。他奔命一躍，壓倒瓦刀臉，丟掉長刀，抄褲襠一把死拿。這種進攻姿式雖說不雅，卻能制服對方。鬼子哀嚎、掙扎，他伸出另一隻手，像鐵鉗一樣卡住了鬼子的喉嚨……突然，一種冷冰冰的東西進入體內，如同口渴喝下一杯涼水，接著又是一「杯」……他看到了一張獰笑的鬼子臉，心想，倘若我能用目光把他殺死該多好哇！

同胞們的聲音傳過來了，他的視覺全部成了紅色，山是紅的，人是紅的，聲音也是紅的；漸漸地，聲音小了，紅色淡了，一切皆歸結到寂靜裏了……

十六

……

「你問你二哥是怎麼死的，這就是你二哥遭難的經過。唉，不講，苦悶；講一遍，難受，真是提起往事就傷心！」

敘述完蔡元柱的故事，嚴鳳三哭，蔡元峻哭，玖玉避在房屋裏哭，老屋裏一片唏噓之聲。

嚴鳳三抹了一陣淚，似乎在記憶裏尋找一件久被淡忘的事情，然後說：「他們把這次仗火說成『鄂西會戰』，又叫什麼、什麼中國的史達林？」

「中國的斯大林格勒保衛戰。」蔡元峻打一旁補充。

「頭天他們使擔架把玖玉送回來，」她仍然沿著往事的結尾繼續往下敘，「一看血河血海，駭得我六神無主，心想：玖玉是個本分姑娘，如何惹出這樣的連天大禍！難為野戰醫院的張院長給我搶救；傷的肩膀，再往下來一點兒就沒得命了。一浪沒完，又趕來一浪，跟手給我抬個『直』的回來。你看，我等他們過端陽回家完婚，等得好，等到的是這麼個結果！扯的新鋪蓋、縫的新汗褂子，原本都是妝新用的，到頭卻給他裝了『老』。晴天裏打炸雷，日裏當夜，夜裏當日，反正一個天昏地暗。——五六年的時間，我們家一共去了三條人命；玖玉一時下不得床；你在外頭生死不明，鐵打的人兒也支持不住。我活夠了，想死，可把玖玉一看，又下不得心。母女倆眼睛水沒乾過……我嚴鳳三前生做了什麼狠人，惹得老天爺這麼待承我啊……」說著說著，便唱歌一樣哭訴起來了。

「媽，莫傷心，您總算熬到了今天。」蔡元峻勸道：「大哥、二哥他們都做得對，還有爹，包括您和玖玉，一起為抗戰出了力，是我們蔡家的榮耀。」

嚴鳳三止住哭：「你二哥仗火中立了功，號召軍人向他學習，榮耀一段時間。後來他們就不認這個帳，還把我們朝死處整。」

「歷史是公正的，事情終歸會弄個水落石出的，有個過程。」

嚴鳳三似乎沒有聽懂兒子所說的話，記憶照例浸泡在苦水裏，接著說：「二哥不在了，我跟玖玉還撐在世上，田還是要買。當時的世道說不清白，物價漲得飛起來，起先一塊洋錢兌七吊半的銅錁子，到後一吊半不值，剩下的那點兒錢五分田買不到。買不到就不買，包起做個遺念；什麼遺念，不單沒保住，反倒做條罪狀。」

「媽，我問個話，您小聲點兒，玖玉至今怎麼沒成個家室？」

嚴鳳三一時怔住，臉上表情全無，沉默好久才說：「說起來話長，你二哥死後頭兩年，有人上門說，玖玉不矮口，心中裝的依舊是你二哥。過年把，又有人提，我存個私心：怕你回來，就推了。後來家裏成了反革命，狗子就不敢上我們家的門。我前思後想，別人怕的是反革命這頂帽子，才不願上這個門，可玖玉總得成個家呀，乾脆放出門算了。我把這層意思說給她聽，她哪裏肯依。那會兒正遇上批鬥會，腿子打成兩截，她抱著我一通哭，說寧可不嫁人，也不能離開這個家……」說到這兒，她突然朝著房裏呼喚：「玖玉，出來，媽想跟你說個話。」聲音柔和而哀傷，滿是皺紋的臉上早已淚水漣漣。

玖玉聞聲出來，眼睛紅了一圈，叫了一聲「媽」，撲到嚴鳳三懷裏抽泣。嚴鳳三摟過她：「玖玉，跟我這麼多年，吃苦、挨白眼、受驚駭，都是我的牽連。我的好姑娘，總想把你護在身邊，念你疼你，可到頭弄得你終身沒個下梢。我有話說不出，心裏像刀剜，我抱愧，我難過，對不起你啊——玖玉！」

「媽——」

她們擁抱在一起，幾十年的人生風雨，艱難苦恨，情感糾葛……全都包含在嚎啕大哭裏了……

那會兒臺胞回到家鄉，有一件事是共同的——尋找親人的墓碑。倘是破「四舊」被平掉，把土堆恢復起來，再裁量一塊頑石，立一通碑，免除下次上墳尋覓之苦。蔡元峻當然不能例外，於是便同母親商量：「媽，爹、大哥、二哥埋在一塊兒，給他們立一通碑，寫上三個人的名字。」

話一出口卻遭到嚴鳳三的堅決反對：「墳就平了還立什麼碑？人們記得，不立碑，心裏有他；記不住他，立了碑，也是瞎立。莫給你媽找事。」

三位親人，黃土沒得一堆，心裏下不去。任何事不能數典忘祖，立碑砌墳是晚輩的應盡之責，可一張口，母親竟然是這麼個態度，真是沒有想到。不過，母親的心思他理解：一日被蛇咬，十年怕井繩，且不好爭執，默會兒，走了個中庸之道：「依您的，不立碑。一抹平總是不好，我放塊石頭在那兒，高頭不寫字，做個記號，後人上墳好找場子，您看這麼行嗎？」

做母親的照例一陣沉默，最終矮了口：「做記號可以。」

得到許可，蔡元峻請了十來個幫工，到山上採塊頑石。石頭高有五六尺，寬三尺多，尺把厚；石面粗糙，並不規正，豎在墳地前，呈現出一種穩固、厚實、凝重、質樸的自然之美。

時間如電，一晃十天半月，蔡元峻將動身返程了。家鄉的所見所聞，幾十年的風雲迷霧，山田更替，世態炎涼，親人境況……使他感歎腳下這片土地既熟悉又陌生；但他又深深體悟到這片熟悉而又陌生的土地，隨著天地日月的運行，一如既往地在運動、變化、演進，它將會給人們帶來無限的福祉與希望。

走的那天，到墳前裝袋兒泥土，預備帶回到臺灣去。嚴鳳三這時變得孩子氣，瞅著蔡元峻說：「幾十年不回來，住這麼幾天，就不怕你媽受孤？」

「媽，身不由己，有機會再回來看望你們。」

「下次把兒子、媳婦都帶回來，在蔡家埡落戶，不准走。」

蔡元峻乘坐木船，順著清澈的、永遠流香的香溪，入長江返回臺灣。

嚴鳳三望著蜿蜒遠去的香溪，遙想到昭君娘娘和北番的傳說，心中默道：「回來的留不住，出去的又回不來，這是興山的千年古風。」

玖玉同母親站在一起，兩個老女人都在落淚。她們背靠鳳凰山，面對香溪水，像一對雕塑，在無聲地敘說永遠也敘說不盡的香溪故事；然而，歷史並沒有忘記它所應該記住的人，就在她們敘說香溪故事的同時，又將她們書寫到香溪的故事之中。

大旱望雲霓

他們一家人的名字都取得蠻好：男人叫柴世英，女人叫夏美玉，兒子叫望生。這大名只能從戶籍上看到，平時都喊小名。柴世英的小名叫喜童，喊惡了乾脆喊「洗桶」。夏美玉的小名不曉得，是個瞎子，就喊她「瞎子」。

洗桶

常聽祖父說，洗桶是一輩子的苦人兒，又守本分。他十四歲上歿了雙親，單人匹馬過生活。祖上本留下些田產，但人死如分家：爹死，賣地安埋，媽死，也是賣地安埋。到他手裏多派還有畝把地。他從小上街撿糞，一年撿上二、三十簍子，把莊稼務弄得壯壯實實。糞若有餘，缺糞的人家就找他用包穀換，兩升包穀一簍子糞，日子馬馬虎虎。民國二十九年六月失了宜昌，興山一變後方為前方，萬兵雲集，難民多得如螞蟻。軍需糧餉由川上下來，一路從湖南至三斗坪沿江上來，都在香溪起坡，再由民夫運往前線。洗桶是個老夫子，每次回家，背簍打杵還沒放穩，保長派不到人，曉得他好說話，便又派到他。落屋把絲網子、老鼠屎打掃打掃，用棍子到老木櫃底下戳一戳，怕有長蟲。第二天背上背簍打杵，拎著銅罐又上路。銅罐是必備的炊具。當夫不帶糧，背一包軍米或軍麵，補助一碗大米。餓了，路邊撿三個石頭將銅罐一支，燒火煮飯吃。有婆娘、老母的，弄點酸蘿蔔、乾鹽菜、大蒜帶上。洗桶沒得人弄菜他帶，便沿路採些馬齒莧、蒿子等野菜，弄鹽水煮了下飯。有錢人請人代背，叫賣夫，臘月間往保長屋裏跑幾趟，可以過自在年。洗桶自己的夫就背不完，一買不起夫，二賣不起夫，就在外頭過年。

抗戰八年，洗桶背夫背了六年！

洗桶四十多歲了還沒討到媳婦。

村裏柴二打擺子（瘧疾）死了，撇下個瞎子女人在後頭。兄弟柴三本是沒說親事，嫌瞎子歲數大了些，多年也不見「開懷」，再說又無一雙好眼睛，饞眼的是瞎子八畝的田產，是娘家陪嫁過來的。柴三有些意三意四，四爺就乾脆做主給洗桶說。那天一提，洗桶笑得牙齒包不住，嘴裏說「歡喜」，雙手給四爺作揖。便擇一吉日，請了桌把人，將瞎子的幾個嫁妝往屋裏一抬，洗桶便聚婚完配。次年得子——望生。有人說：「真是一行服一行，跟柴二上十年癟起肚兒，往洗桶屋子一鑽，娃子哭，奶子脹了。」

待我識數兒，洗桶已是六十開外的人了。他老得厲害：滿臉的皺紋，一副哭相，頭髮全白了，如戴了白布的包頭。他的上身與下身明顯不成比例，兩條竹竿似的細腿高高地支著，加之上身佝僂，活像一隻疲憊的鷺鷥。由於害氣管炎，脖子栽進肩胛裏，出氣三間屋就聽得到。

洗桶的富農「帽子」全是因說了瞎子。聽祖父說，按族譜分支下來，洗桶跟我們同宗，教我們喊喜爺。嘴裏喊「喜爺」心裏覺得彆扭，生怕背後有老師或別的人聽見，說我階級不分。我們同住一個四合院。他們有桿小秤，大人要用就使我去借，每次去見他們吃野菜糊粥，一口大鐵鍋，一和半鍋，瞎子一手灑麵，一手拿鍋鏟子和，「唬——唬——」和得十分均勻；煮起來咕嘟咕嘟的，一股白氣從糊粥裏壓出來，沖有尺把高。灶臺下支張木桌，桌面被燒得大窩小窩的，三人各占一方。喝起糊來只聽見喉嚨在響，平時洗桶蠻笨，但喝糊卻打著赤膊，如餓虎撲羊，弄得通身是汗。吃完之後都要舔碗。

不愛喊「喜爺」還有個緣由：嫌他髒。

村東一個小山包，攔腰有條橫路過去，路下有三間屋大個石包，高頭有幾處牛鼻子洞，洞內竟長出一棵油桐樹。人們打了蛇，死了豬娃兒，或瘟死的小雞，順手往桐樹上一架，不大工夫，鷹子就來叼去。有時鷹子慢一點，被洗桶弄回來，七合八雜，一鍋煮吃。

一次下暴雨，風也蠻大，通往嚴家山的電話線颳斷了。公社下達「抗洪救災」的指示轉達不上去。大隊長劉功修寫張條子，叫洗桶送。洗桶不敢抗命，穿蓑衣，戴笠篷，找拐棍，哭相掛起。瞎子把他送到大門口，依望生的口氣喊道：「伯伯，路上穩當些呵。」洗桶不耐煩，幾乎是哭著說：「是的——我曉得！」雨越下越大，總溝的簷水衝出好遠，直到天井當中才落下來，一會兒積上尺把深的水。上嚴家山要過一條大溝。洗桶走了，瞎子一直靠在門前的板壁上，聽風聲雨勢，時不時朝天自語：「老天保佑啊，莫讓山水把他打去了！」黃昏時分，洗桶奇跡般地回來了，手裏還提了一串螃蟹。

瞎子

瞎子是夏崇恩的姑娘。小時長得蠻好，十二歲出疹子，請端公扛神，請郎中看草藥，弄劈撚子燒，活活把雙眼睛整瞎了。夏崇恩為女兒治病捨得花錢，據說僅藥費這一項，就能蓋起三間大瓦房。開在縣城的鞭炮鋪，也因此差點塌了。姑娘落得殘疾，他慪得病上大半年。

瞎子跟柴二算起來沒過兩天好日程，只是出脫些金銀首飾，換的錢為主是給男人治病。跟洗桶憑著田產，吃了兩年飽飯，自「土改」定為富農後，一時從天上掉到地下，再也吃不成剝削，要自食其力。

自食其力有兩條門路。

其一，打麻繩子。

隊上做活路，婦女們幾乎個個揣有針線，遇到歇晌，就從懷裏掏出來做。大針在腦殼上光一光，照鞋底（幫）子一扎，抽針時，扯得麻繩子呼呼響。一棵樹下納鞋底（幫）的多，拉起繩子來熱熱鬧鬧。一些閨中姑娘弄個針線籃兒，也跟著學剪樣子，褙棕殼，鋪片子，納鞋底。預備行婆家前，操手好針線。瞎子打麻繩就是她們用的這種。

廳簷坎上是她打麻繩子的老場地：坐把老木椅，一隻蠻小巧的木盆擱在腳邊，放上水，麻皮泡在裏面。她先將泡軟的麻皮含一根在嘴裏，然後將右腿褲腳捲齊大胯，再從嘴裏拉出麻皮，兩手捉住，細細分邊起頭。打起來蠻快，每根約打一丈二尺長，見天能打十多根。繩子撚得又細又勻，看不見搭的頭。打好的繩子折成尺把長一束，繫個活節，一根挨一根地掛在椅子背的橫檔上。由於長年打麻繩，大胯磨出一層黑皮，似塗了釉水起光；到了冬天，還皴些橫口子，結上小血珠。

有時她邊打繩子，邊講些狐鬼故事給我們聽，時間一長，也就那麼幾個。待到寂寞，她便使喚望生：「娃娃兒（望生的名字像是專為別人取的，她從不叫），拿銅罐井裏提點兒水來。」望生就去提點水來。她接過銅罐先喝兩口，然後叫望生續些水到木盆裏，將麻皮淹住。一切做畢，她稱讚望生道：「娃娃兒能幹，使得動嘴兒了。有個趣兒。」跟前無人，她便鼓起勁打，不時朝天井的那片天空看；眼皮翻起來，露出些許眼白，自語：「那次送信，若是讓大水打去了，我們母子怎麼過喲。」

打麻繩子信譽好，還有個重要因素：待打的繩子夠煮一鍋，就用木盆盛上清水，撮些新鮮柴灰入水中攪和，使紗布口袋過濾，濾出的灰水同繩子一起放進吊鍋裏，燒大火煮，煮一整天，然後用石膏水漂洗，晾乾。淡黃的繩子經這一折騰，變得潔白鬆軟。別人總是煮不到這麼白，傳說她有什麼小秘方兒，這就不清白。

她打麻繩不取分文，先前同對方議好：打一斤麻的繩子，須納雙鞋底或是縫件汗褂兒，補條把褲子不等。他們一家的針線活兒，指靠她打繩子換工夫兒。

其二，推磨。

洗桶的祖上留下副石磨，「綠豆青」的石頭，磨餅又厚又硬，用起來殺貨。瞎子磨麵同樣不收錢，只要麩皮。以此來貼補生活。她的麵磨得不苦，十斤約兩斤的麩皮。為做得公平，家裏添了桿小秤。

倘來了糧食，她就停下打繩子，首先去推磨。推磨一般要兩人配合，一個抓住磨拐子推，一個撮糧食往磨眼裏餵。望生倒能餵磨，但那麼推瞎子吃不消。只得獨自來做：推三轉停下，餵把糧食再推，這麼慢磨細麵。累了，揪住吊磨拐子的繩子，把腦殼也靠上去，稍作喘息。實在奈不何，使望生來同她打雙磨：「娃娃兒，來，一隻公雞四兩力。」各人握住半邊手子推。磨拐子吊高些，望生有時打秋，亂了陣腳，弄得磨拐子倒來倒去。母子倆便停住推磨，揪住磨手子打響哈哈。聽瞎子說：「出你丈母娘兒的醜喔。」

瞎子篩麵的姿式巒美，怕把麵弄揚，篩子團得又慢又圓。麵同麩皮都過秤：她提豪繫，望生看星子。弄畢，麩皮倒進一口大肚壇裏，拿塊石片蓋住。裝麵的那隻口袋紮緊，磨槽上放好，等人家來取。

望生

望生長得巒秀氣，細胳膊細腿，臉上白乾白淨；剃的光光頭，穿件毛藍布長衫。瞎子打麻繩子，他在離二尺遠的地方站定，雙腳並齊，兩手反貼在板壁上，拿背靠住，不說話。從不越過瞎子下天井來玩。有時瞎子叫他，故意不做聲；瞎子猛一伸手，抓住他，母子倆便樂一陣。望生走路倘遇到人，老遠就立定一旁，讓人家走過再動腳。

望生整十二歲了。

他上過學，九歲啟的蒙。我比他小二歲，讀書同年級。他的書包很特別：原是瞎子的梳頭盒子，剛好書寬，高四寸，尺把長。盒蓋嵌在木槽中，一拉便開，一推關上。同學無事，便過去推拉一陣，望生也不敢做聲。個個敢打他的嘴巴，敲他的拐脖兒。他不哭，不嗯，最多眼睛濕潤一下。上大字課，課前要磨墨，磨的墨濃沒濃，先得拿筆來試。不知誰「試」到望生臉上，這個頭一開，都到他臉上留墨。他也不動，彷彿他要演戲，在接受人家的化妝，直到塗成「包黑子」。老師上課看見了，吵他，這次他哭了，並且哭得很傷心。回到家中，洗桶說不讀噠，望生就再也沒進學堂的門了。

村裏差不多每戶養有兔子，望生他們不知從何處弄來隻「洋」兔子：比一般的大，毛長，雪白雪白，一對粉紅的眼睛，蠻好看。生人到屋裏，它用前掌拍地，拍得「撲撲」直響，彷彿在說：「你不能隨便到屋裏來，快出去！」它喜歡望生，望生也喜歡它，常將它抱在懷裏梳毛。放學後，我們提上籃子去拾兔草。望生不跟我們無近到遠亂跑，獨自到村前的小溪邊，採貓耳眼，水菖蒲和馬蹄金。有時還到塘邊鉤水蓮。他拾兩籃子，我們一籃子還沒到屋。大人常當著我們的面誇他。

家殤

大隊管委會同四合院隔條巷子，劉功修一天到晚在裏面抱起個電話喊：「喂，喂——我說哇，我說哇。」一聲腔入時入調。那會兒的通訊受到政府重視，大隊部都有電話。大、小幹部進的進，出的出，說的說，記的記，情形像戰時前線的「貓耳洞」。劉功修放下電話就寫標語：「過去有事跑斷腿，事沒辦好人吃虧；現在有事把電話搖，一下全縣都知道。」「食堂一枝花，人人誇獎它。」這些紅綠標語貼到管委會、食堂的牆上，十分新鮮。雖識字的人不多，大都喜歡仰著頸脖去品一品，看一看。

食堂反映磨麵跟不上，劉功修就設計「四副磨」。在四合院的稻場坎下，修起四壁牆，擱上檁木，檁木上鋪板子，再上頭安四副大石磨。當中臉盆粗一根主軸直插樓下，觸地處放有彈子鐵輪兒。主軸上端裝四個抓手（磨拐子），分別抓住磨掌子；樓下用根橫杠，牢牢地綁在主軸上。牛拉動杠子，杠子連軸，軸連磨，結構原理同蒸汽機相似。只是動力系統不同，一個用蒸汽，一個用畜力。

這項工程由村裏老木匠蔡大爺主造，費時三個多月。落成後，運行半年，累死了八頭犍牛；看情形，繼續下去，村裏連種牛也會向外隊去借了。幹部們召開緊急會議，形成決議，「四副磨」終於改了體，由統一運行還原於單獨運行。這一來，牛不夠，便派瞎子幫忙；牛推磨得蒙眼眶，瞎子不須得，正合適。

瞎子每次回來，渾身像上了一層霜，連眉毛也是白的。她拄著拐棍，一進天井屋的大門，便伸出左手摸廂房的板壁，一步一步地走。到自家門前，靠板壁站定，「我的媽呀——」一聲長歎，似乎將她一天的疲勞同辛酸，一起吐掉在門外邊。接著喊「娃娃兒」，望生聞聲迎出門來，牽了她的手，引進屋裏去。

按糧食定量，老兩口一天八兩（十六兩制秤），望生四兩，三人的晚飯不足半斤。洗桶收工在前，到食堂將飯端回來。望生趕快燒灶裏火，上半鍋清水，煮些馬齒莧，野旱菜；再把半瓢兒包穀核子飯（掰去包穀後剩下的核子，搗碎後，架大火煮，成粥狀，過濾，曬乾的渣做成飯）和進去，三人圍住桌子，唏唏溜溜喝起來。

瞎子最後一個端碗，喝了幾口說：「一條牛見天推九十斤，給我定六十斤，說一籮筐好話，十斤就沒講下來。我向柴四海請假請不動，實在想歇一天。睡到夜裏，骨頭散了，摸腿像不我的，捏膀子像也不是我的。」

洗桶說：「他們是殺牛佬心，棒小夥兒也難磨六十斤，莫說你瞎子婆婆兒。」

第二天瞎子起得有些遲，民兵連長土狗子帶起兩個民兵，挎的三八式步槍，進天井屋的大門就喊：「瞎子！是不是嫌活的時間長了？」瞎子慌忙應道：「就去就去。」伸手到門背後抓拐棍。

瞎子一去，望生將自己關在屋裏，喊也喊不出來。兔子大的小的吃光了，誰是他的夥伴呢？我們從門縫裏朝裏望。只見他活像一根樹樁立在灶跟前，相著鍋裏，長布衫似乎掛在他的身上。

瞎子漸漸撐不住，把望生帶去搭把力——推磨。一根磨杠，瞎子在後面推，望生用手握住往前拉。磨坊在食堂隔壁偏廈內，食堂的飯香了，望生踮起腳，目光穿過窗子直奔飯甑。為了完成任務，他們不得不很晚才回家，有時望生牽著瞎子，有時瞎子一手搭在望生肩上，相依而行。

那天星期六，放學早些，跟以往那樣，我們哪兒也不去，拿起碗筷就往食堂裏跑。去後還不見架甑子，炊事員正在淘洗葫豆葉，隨後掄起大薄刀橫直剁兩下，趁濕灑些包穀核子渣上去。將甑子抬鍋中放平，一個用鍁往甑裏鏟豆葉，一個用木杵將豆葉拄實在。然後蓋上鍋蓋，說鍋蓋上滴汽水下來，飯就快了。我們就一直盯住鍋蓋，望到來氣，望到結汽水。眼睛酸了，便拿筷子敲碗。十幾隻碗同時敲，聲音各異，熱鬧好聽。事務長柴四海嫌聒噪，趕我們：「吃飯敲箸，討飯無路。滾遠些！」手裏拿根柴棍。看見他拐進磨坊進裏去了，我們又敲著攏去。

這時磨坊傳來喝叱聲，我們轉過牆來，見柴四海正在搧望生的耳巴子，罵道：「狗雜種，偷公家的麵吃，這還了得！」看望生嘴上，果真巴的有麵。他淚流滿臉，但不敢放聲。柴四海照他後腦勺一掌，望生支不住，摔個馬趴，衫子裏頭撒出麵來，這下反天了！人們從地裏收了工，上食堂打飯，都圍過來看。隊上有個啞巴，牛高馬大，鷹子鼻，惡眉毛，平時看見就怕。柴四海對他比劃著，叫他把望生吊到食堂門前的一棵大梨樹上去。啞巴擺手，做出無可奈何的樣子。柴四海比劃用大碗添飯他吃，這下啞巴眼睛一亮，也不擺手，也不說去吊。柴四海見有了譜兒，喊著進屋找繩子。這當兒，望生從人縫裏溜掉，比兔子還快。候柴四海找來繩子，不見望生，正碰上洗桶打飯。便點住洗桶的鼻子，硬說望生偷吃麵是他使的。洗桶一時不知怎麼回說，憋了半天，結結巴巴道：「我賭咒，哪……哪個野——野雞巴使的。」柴四海折身從偏廈裏將瞎子拖出來，同洗桶放到一處，手一鬆，瞎子跪地上求饒：「四海，我的錯，我的錯，弄回去我們教育。」這陣兒，洗桶似乎明白自己該做什麼了，一晃，撲通跪下地：「我……回去打……打死他！」天近傍晚，人們嚷著開飯。柴四海道：「餓你們三天，試試我的功夫！」說完，進屋找盤子秤秤飯。

當晚就沒給洗桶他們秤飯。

回到家裏，洗桶把望生弄屋當中跪定，拿捶草的榔頭砸他，嘴裏結結巴巴不知說些甚兒。瞎子撲過來袒護，袒護之後便長長吆吆地哭。望生只在挨榔頭時，擠兩聲嫩嗓子。

第二天，洗桶出工，瞎子推磨。望生沒起床，兩眼瞪屋頂，不說話。

晚上，望生還是那模樣兒。洗桶喊幾聲不見反應，瞎子湊過來喊：「娃娃兒，娃娃兒。」這麼喊了一夜。土狗子站四合院外頭吼：「瞎子喊魂是不是？招架我拎你起來遊街！」候土狗子走過，瞎子迭下聲兒喊：「娃娃兒。」

第三天我們放午學，瞎子還在喊。堂屋板壁上有個疙瘩，年久疙瘩爛掉了，正好現出銅錢大個圓孔。我們便嵌隻眼睛去窺：他們的床正靠著板壁，只見瞎子將望生攬在懷裏，仍一個勁兒地叫，她的淚大約已經枯了，臉上皺紋乾乾的。望生一雙眼睛蠻大，隔會兒把嘴一張。

晚上放學回家，聽祖母說望生死了，是洗桶自個馱到坡裏去的，埋在他們家老園子裏。望生穿的還是那件又髒又破的毛藍布長衫，也沒釘個匣了。這天夜裏我睡不著，望生穿的長布衫兒，像一直站在我的床前。想起他活著，自己對不起他：曾摔過他的「書包」，拿墨去塗他的臉。記得有一回，他問了我一個得數，竟給了一個燒洋芋我吃……為什麼早早死去呢？這不意味著再也見不著他了？不知怎麼便哭起來了，竟哭出了聲。祖母問我是不是發夢見，是不是怕。我說不怕，淚水還是止不住流。

半夜，我被吵鬧聲驚醒。土狗子正在洗桶屋裏喝叱：「捆起！給我捆起！」接著是蠻重的腳步落地。「咣當」一聲，好像是罎子碎了。聽洗桶在呻吟。我以為天快亮，爬起來，其實才半夜過點兒。見祖父祖母坐在燈下說話，我問洗桶屋裏出了什麼事，祖母喝我睡去。躺在床上，聽到他們將洗桶捆走，剩下瞎子在屋裏哭。

早晨，在村裏蹲點的公社武裝部李部長到了，還帶一位特派員，都是穿的黃褂子，挎著盒子炮。他們到我們家中，找祖父祖母座談，做著記錄。

村中，土狗子像牽一頭老牛，讓洗桶遊街，遊兩步，站定講一通。說洗桶犯國法，殺他的兒子吃。一邊將洗桶背上的口袋取下來，往地上一摔，露出一對腳片。人們哄地散開，婦女們口裏叫著「媽呀」，捧住臉亂跑，小孩子隔多遠望。

原來昨夜洗桶把望生刨出來，剁下雙腿，在屋裏燒吃。土狗子聞到油煙子，跟蹤究竟，是洗桶做的好事！

遊至中午，劉功修叫土狗子把兩條腿拎了，同起李部長、特派員，往地裏驗了屍首，將兩腿一起掩了。特派員頭裏回去，李部長還有善後工作要做。

學校操場靠東，是隊上的牛圈，洗桶被拴在牛圈的挑梁上：兩手反剪，腳尖落地。他的面前是個大水田——李部長的試驗田。栽秧時聽李部長說：廣州畝產稻穀兩萬斤，我只要它產個一萬五。這陣兒秧苗正抽穗揚花，雀子喜歡整，將洗桶拴這兒趕雀子。這也是李部長的安排。

下課我們就圍住洗桶看。他做副哭相，雙手反吊，腦殼抬不起；隔一會兒揚一下，看有沒有雀子。有，就打「噢呵」，由於喉嚨受到限制，打的「噢呵」沙啞難聽，雀子也不怕。他求我幫他把雀子趕走，我盯他一眼，心想當同學的面，去聽富農分子的話嗎？況且他剁望生的腿，是犯了法的人，正憎恨他！這時瞎子端了半碗豆葉飯，手裏拄根棍子，戳戳搗搗走來。

她摸到洗桶跟前餵他吃：用筷子夾住飯，碗跟著筷子移動，一時不能正好餵進嘴裏，碰到鼻子或下巴，灑下的飯被碗接住。洗桶張個大嘴，對準飯正要吃進，筷子又偏了；還想追吃，但脖子伸不過去。瞎子讓他把碗口含住，往嘴裏推。洗桶嘴中塞滿飯，舌頭打不過翻，喉嚨梗住，淚水溢出來了。

次日天陰，洗桶還是趕雀子。早晨去看，他兩腿顫動不安，垂著腦殼，孩子似的「嚶嚶」直哭。吃了午飯去看，他已周身懸著了！瞎子抱住懸腿正嚎得厲害。

這時起了風，把稻子刮得扭來扭去；山那邊湧來厚重積雲，將大地罩得昏暗一片；隱隱聞到悶雷。這是暴風雨的前兆，將瞎子的哭訴扯得斷斷續續：「我造孽的人啊……自小無爹無媽……長大當兵當夫……是我害你抬不起頭……你和兒的罪滿……前頭去……我後頭來……陰間裏會面……」

隊上出人手，將洗桶和望生埋到一起。不多天，瞎子也死去，隊上又來人，將他們做一坑掩了。

記得那天正是農曆七月十五。「年小月半大，神鬼也歇三天架。」按風俗，家家焚香燒包袱，設酒食祭祖；放河燈，開盂蘭盆會，賑濟孤鬼。然而時勢不可，只聽祖父說：「洗桶他們正趕上鬼節歇架去了。」

糞爺的故事

他頭髮眉毛同鬍子都是白的，面容卻黑瘦黑瘦。穿衣服也十分老氣，對襟褂子，大腰褲，補釘摞補釘，皆認不出原本顏色。腳上穿雙順邊草鞋，有時配隻破膠鞋，亦或赤隻腳。不管天晴下雨，褲管捲著，半邊高，邊邊低。右腿肚上長有拳頭大個疙瘩，上面橫筋盤盤，好像那層薄皮一穿，即刻會滾出一團蚯蚓。

長年背個破背籠，這幾乎成了他的固定配套。背籠繫子斷了，弄麻繩、布片纏的節子一個挨一個；上頭橫捆羊草或一束桐木乾柴。雙手不會空，一手裏挽筐豬草，一手裏握團繩子，繩子另一頭栓在兩隻山羊脖子上；山羊忽而跑前，忽而跑後。倘若跟他路遇，你一定以為來了潑溜希金，必須早早閃到一旁。

我們同住一個四合院，他睡覺早，廳屋大門由我們上閂；第二天不知什麼時候被打開，睡夢中聽到咕呀一聲——這便是他起床了。他取把竹掃帚，借著東方的熹微，繞大院一圈掃來。歸攏的渣滓除開石子不要，使撮箕端到稻場坎下，倒一堆灰上。灰裏種的有火，雨雪也弄不熄，淡淡一縷青煙，長年飄飄悠悠。夏天乘涼稻場裏少蚊蟲，有時燒飯找不到火柴，弄把草到灰裏去吹，很快接上火，蠻方便。燒過的渣滓，提上一桶半桶的大糞來拌，另做一堆拍緊，集體用也行，自家用也行。

當我們起床，院子前後早已乾乾淨淨。掃帚劃過的印子，長長短短，陽光裏有，陰影裏有，一股淡淡塵土氣味還未散盡，聞起來挺覺新鮮。

這時只見他往村中撿了滿滿一撮箕糞回來，牛糞、豬糞、狗糞都有。他把牛糞扒出來，堆至豬圈門前，剩下的全都倒進茅廁。

由於他特別喜歡作糞，人們乾脆叫「糞爺」；他爽快答應，似乎這名字對他蠻合式。收屜格子裏頭有老鼠屎，捧了丟進糞堆裏；上山砍柴看見山羊屎，收進背籠背著回家；自己是絕對不能吃家飯屙野屎的，萬一夾不住，屙到田坡裏，便拌些細土，想辦法弄回家入廁。

莊稼一枝花，全靠肥當家。集體對糞抓得緊，每年按人頭下達任務，這宗糞爺在全大隊是標兵，不管人糞畜糞，皆翻番完成。大糞同豬糞一個價，一等三角，二等二角五，三等二角。他每年上交集體一百多擔（筐），均按二等價折算，一年能弄上二、三十塊的糞錢。莫看這區區數咧，有句順口溜：一天搞到日偏西，買不到一包大公雞（一角五一包的紙煙）。大隊書記全年照一級勞動力掛，三百六十個工日，結算下來，劃四、五十塊錢。糞爺把他的分值同糞錢相加，比大隊書記還強些。

糞爺的家庭人口不多，關係倒蠻複雜。他本人中農，老伴兒地主，兒子屬「子女」。老伴兒小他十四歲，原是一家地主養的小，休掉以後才嫁給他。兒子名炳貴，常年被派在外頭搞農田水利。平時家中老兩口，按理蠻自在，事實卻並非如此。

老伴兒出工不敢亂說亂動，回到家裏便有了市場。看到他就沒得好樣子，白眼睛算是一點兒沒糟蹋，開口是老傢伙，閉口是老東西。屋裏不是鍋鏟子響就是葫蘆瓢落地，鬧得叮啦通的。糞爺遇上這個情形，嘰也不嘰，取扁擔去挑水，挑水回來趕緊剁豬草餵豬，給羊子上夜草——待忙停當，還不見叫吃飯，到坎下的灰堆上抓抓揀揀弄一陣，這時便聽到他憤憤地開了口：「家敗出人王啊！」

糞爺說這個話有些來由。聽人們私下議論，主要是糞爺歲數太大，房事上面供不上她的需求所至。他們的堂屋跟灶屋並作一處，靠下是間過屋，再往下就是老兩口的緊房。可糞爺不願緊房裏睡，在過屋裏支起一張床來。對此老伴兒當然不滿意，盯住他的臉惡狠狠說：「房屋裏有鬼！」有時老伴兒喊叫腳頭睡不熱乎，他寧可給她搭兩床鋪蓋，自己蓋單子，也不肯往緊房裏去。於是村裏便有了笑話：說一次糞爺坐木盆裏洗澡，老伴兒過去給他擦背，一邊擦，一邊說幫他把糞氣洗乾淨，晚上好跟她睡。是時糞爺並沒過去，老伴兒驟然發起尖叫，說蚊帳上爬條飛蜈蚣，害怕，喊糞爺趕快去打。糞爺取拍子上床，朝蚊帳上覓，問飛蜈蚣在哪兒。老伴兒兩腿叉開，說「在這兒」！一個鐵箍手，將糞爺緊緊抱在懷裏了。田間累了，大家便說及「飛蜈蚣」解乏，糞爺在笑聲中紅了臉：「你們……無聊……」

當然，叫老伴兒「人王」不光為這，還有其他原因。就說他的一雙手，與趙樹理筆下陳秉正的手相比，粗活趕得上，細活就不行。一不會搓繩子，二不會打草鞋，連個鋤頭楔子也砍不好。那天老伴兒挖大蒜，鋤頭脫了，喊他去鬥。他急忙急促地鬥上，沒挖三下又脫了，老伴兒命他重新砍楔子。他一時額上冒汗，不免急中生智，打著一臉笑褶子，問我砍的有無現成的。我說有，他樂得連聲笑道：「好好好，不是今天不得放我過手，難為救駕。」這天他沒直起腰來，躬著腰進，躬著腰出，像老鼠見貓。

往隊裏挑糞這是他最樂意的活路，比以往早起半個時辰；別人歇汗他不，一心想把茅廁裏挑光。有時萬一不行，就請我幫忙。舀大糞鑾惱火，糞缸又深又黑，頭要低進去，一不小心，濺那麼一兩點糞水到臉上、嘴上是常事。既是幫忙，這些就不須我動手，晚上洗糞桶也由他代勞。他洗糞桶跟別人不同，弄上許多水來，洗一道又一道。桶縫桶箍裏沾的糞，用指甲摳著洗，直到自為滿意才止。洗的水糟蹋不得，通通倒進茅缸。老伴兒見不得他洗糞桶，預先將他橫一眼又一眼，然後牙齒咬得緊緊地罵道：「一輩子沒得媽的出息！」在這情形面前，糞爺那張受到傷害跟委屈的老臉非常難看，眉頭緊蹙，眼睛壓成一條縫，歎道：「唉，看你喲，我包管……」他有個說半頭話的習慣，至於省去的內容除他自己，誰也揣摩不清。

為吃鹽點燈，糞爺少不了挨罵。往往遇著鹽罐子空了，鍋裏又等到要用，他忙向我借去兩調羹應急。然後便手忙腳快地挑兩擔大糞到集體糞池裏去，不大工夫捏著五角錢來上交。這行動之快不僅使老伴兒感到驚訝，他自己也覺得立了大功。老伴兒驚訝之餘忘不了發問：「這錢……？」「還不是那個沒出息的弄的！」說這話時，他眉毛挑起，眼珠子一瞪，聲腔比往天要高。

糞爺的屬相是雞，雞愛刨糞。無論在家裏隊裏，他見了糞就如魚得水。

弄集體我最喜歡雨天。「老爺老爺大些下，農民伯伯好歇架。」小時只聽到大人這樣說，領會卻不深，而如今也不得不從內心發出這樣的呼喊了。就在這美好時刻，糞爺偏偏鑽出來搗鬼——叫喊著轉糞。

轉糞就是將糞轉個堆，雨天做這個活路有宗好處，能使那些麥稈經雨水淋濕後爛得快些。但隊長不勉強，願意做記分，不做不懲。我壓住一肚子火氣衝著他說：「你也不是隊委會成員，勞模評漏了也輪不上你，假積極。」他仰臉啞啞地笑著，笑過之後接下說：「去唄，我包管……」丟下個半頭話，去穿蓑衣，趕羊子，提筐子，叫我將釘耙替他扛起。

今天山中無老虎，糞爺稱霸王——當隊長。什麼時候歇，什麼時候做，由他說了算。他先把幾隻羊子安頓到山坡上去，回身沒弄幾釘耙，便叫大夥歇著。自己提上筐子，一頭往雨霧裏鑽去——拾豬草。這當中，糞爺不止是公私兼顧，而且還能行使到一點小小權力，使他臉上一直蕩漾著笑意。

集體養的有豬，餵的有牛，圈裏糞滿了得出。牛圈裏糞最難出，蹄子踩得實在，耙不動。進圈穿草鞋不利索，一色的赤腳。毛主席有條語錄說得好：「儘管農民腳上有牛屎，可他們是世界上最乾淨的人。」一進圈門，大夥往往就拿這條語錄來自豪。

糞爺比我們任何一個人都下得法，不光腳上沾滿牛屎，手上也糊滿牛屎。牆腳縫裏填的糞，他不厭其煩一點一點往出抓。一次我們第二個圈出得快要結束，仍不見他到來，大家便派我去催。我走過去瞄，只見他用竹掃帚將圈門口掃得同住家那麼乾淨。門檻上糊的糞，他橫著釘耙齒刮上又刮，門礅窩裏掉的幾點糞，指頭摳不著，轉身撇根竹籤子撥。飼養員對這種搞法最稱道，我們卻不願淘這個力。照我看他是在磨洋工，便不無火氣怨道：「牛伯伯今兒也不接媳婦，少過些細！」他聽了，照例仰天啞啞笑著，一邊支支吾吾說些半頭子話，真讓你哭笑不得。

糞爺不光愛糞，還愛養羊，他用山中的青草把幾隻羊子餵得毛光水滑的。上工、放工的小路上，羊子走前面，他在後頭盈盈地笑；羊子走後面，他在前頭盈盈地笑，彷彿在它們身上寄託著他無限的希望。做活路歇涼，他把羊子趕到背陰坡裏去放，撒泡尿到一蓬嫩草高頭，看它們圍著搶吃。有時把它們喚到跟前，使那雙皴裂的僵手為它們捋毛，掰著羊胯子捉蝨子。表示友愛，把羊子的腦殼扳過來貼緊自己的老臉，微笑著，模樣兒十分溫柔嫵媚，那情形似乎在同羊子倆合影留念。

政策時緊時鬆，弄得家禽家畜如同「黑五類」（地富反壞右分子）。上頭風聲一緊，人們就將它們關起，不准亂說亂動。糞爺的羊子已關上兩個多月，仍不敢放出來露面。眼見風聲小些，試著先牽一隻出來，隔幾日，身後又多出一隻。待到有三隻羊子尾隨其後的時候，糟糕：大隊一回給他沒收了。

那一向糞爺臉上盈盈的微笑陡然消失，走路好像風擺柳——打浪蹚。休息吧，怕懲工分，出工吧，如同掉魂。可憐兮兮的模樣兒，坡裏隊長見了吵，回家老伴見了撇（罵），差點沒逃出人來。

那時候過年說吃說不上，都只想將勞苦一年的身子好好地歇息幾天，可惜，革命化的春節只准三天假。放在平常，三天是難得熬的，這陣兒卻偏偏像摸了油似地滑了過去。正月初四就要開工，卸掉的鞍子會重新駕起，捆人的繩索會原樣套上，一年三百六的勞作又將堅定不移地從頭開始了，一時間叫人好不心灰意冷！

可初四的早晨開門一看，門前的小場地上落著厚厚的一層積雪。龔爺經營的方方正正的龔堆，也被棉花似的白雪可模可樣地覆蓋著。北屋那面灰不溜秋的老山牆，在積雪的映襯下特別的明朗。山村田坡到處是白的，只有那存不住雪的一條條田坎和樹幹，照例顯現著往日的黯褐色的身影。

工是上不成了，老天爺放假，打心裏感激不盡。這時我想起龔爺，住的隔壁鄰舍，早不看見晚看見，新年大節，作為晚輩，理應給他拜個年。

上前敲門，門似乎插著，心想什麼時候了，還不起床？猜測間，炳貴過來開了門。我一步跨進屋裏：「拜年拜年，果子上前，沒得果子，一碗湯圓，沒得湯圓，一碗掛麵，沒得掛麵……」拜年的一串套話未及說完，一幅奇異的圖景立即將我的嘴巴封住：火塘裏磨盤大個樹蔸燃得正旺，從桷木上吊下來的黑黢黢的鐵鉤上鉤著一隻雙耳吊鍋，裏頭上滿下流一鍋兒肉坨煮得活搖活動。屋裏彌漫著一股羊肉的清香，口水頓時溢滿一嘴。

龔爺趕忙起身讓坐，笑道：

「盡趕我沒得的說，叫你這麼餓我這個爺爺的？來，啃幾坨羊肉還實在些。」

他一邊誇我有「口福」，一邊要炳貴「加雙筷子」。我接過炳貴從箸籠筐兒裏抽來的筷子，對於這突入其來的「口福」一時還不大適應，便雙手把筷子攥住犯想：家有幾兩銀，隔壁屋裏有戥秤。多數人家，集體分的一點兒肉，正月初一都收拾得油乾水盡，不想到了初四，糞爺還有這麼多的肉吃！

糞爺催道：「講什麼客氣？攢勁吃。」

我說：「糞爺，您這麼些肉？」

「你猜。」

「您的羊子不是大隊沒收，進了劉氏坪的養羊場嗎？」

「我暗中留一隻。」

「沒見您放過嘛。」

「我餵在床底下。」

「我時常納悶，說餵羊子吧，圈裏找不到一根羊毛；沒餵羊子吧，又時不時看到您捎些羊子愛吃的山草回家。喔，這下我明白了，原來您金屋藏嬌。小心些，官府裏搜查出來，貓子吃糍粑——脫不了爪爪的。」

糞爺把頸項往長的一伸，撚了撚那撮銀白色的山羊鬍子，和悅的臉上透露出幾分得意，像帶著感情朗讀課文似的敘道：

「你也許從來就沒有碰見過那麼好的畜牲，幾熟化喲，比人還精靈。我一落屋，它就同娃兒樣，腳跟腳地跟起，你到灶屋裏，它到灶屋裏，你上樓，它上樓。夜裏我在床上睡覺，它在床下咕嘟咕嘟的回嚼，不咩一聲。吃草料不亂屙，我把夜壺（尿壺）跟撮箕一拿，它曉得一頭屙尿一頭屙屎，蠻愛乾淨。」

「我不相信，猴子精靈，還需要人的調教。」

糞爺仰臉一個啞笑，接著往下敘：

「當然要調教。開始駭我幾回好的：聽到我的腳步兒，它就咩咩地叫，進門就是幾嘴巴，打過之後，趕忙餵它兩顆鹽黃豆。待到出坡，拿繩子箍它的嘴，它急得吭，可又怕人聽見，乾脆把繩子解掉。食草跟水放床底下，照嘴三巴掌，腳一跺，說：『吃飽噠睡，睡醒噠吃，不准叫，聽到嗎？捉人家聽見，你我都脫不了爪爪。』它聽心裏，後來我手一伸，就跟起我走，腳一跺，就鑽床底下匐到，要幾純善有幾純善。」

「什麼時候宰的？」

「臘月二十九的晚上——炳貴，去給我把門插好。」糞爺把語音降低個八度，接著說：「我先把蹄子兩隻一連的連好，然後請它站起來，綁到柱頭上。動手前它的一對黃亮亮的眼珠兒把我瞅著，叫人下不得心，拿塊袱子把臉給它一遮。我說，畜牲，怪不得我呀，我不宰，大隊捉去也是一宰。說聲不了，火鉗拗進嘴裏，一竿竹筒捅到喉嚨管兒，銅罐熬的開水，跟竹筒往下灌，到死沒喊一聲。它前生該我的，今生來還帳，肚子裏還揣五六斤油咧。」

聽完糞爺的講述，一個充滿美麗的、悲壯的有關生命的故事，深深地印在我的腦海裏。望著糞爺蒼老的皺臉和翹動的鬍鬚，想到他平時勤扒苦做的情形，想到他對生活的機智、從容、大度，以及他性格的多元性，這一切皆給了我今後生存的許多啟示。

糞爺喝著肉湯，「唏溜」直響。平時這麼喝菜湯，老伴兒總要使白眼睛瞅他，說喝的餓相，今天沒這麼做，只是催：「伯伯吃肉吵，光拿住那個湯喝。」糞爺似乎領受她的好意，「看你喲，我包管……」正說著，調羹到了嘴邊上。

老伴兒對他的這個態度我的確少見。糞爺前妻三十六歲死去，生一女名蓮子，轉初級社那年出的嫁，女婿讀縣中在校參了軍，後轉業到縣工業局當局長。蓮子接他去玩，使牛就拉不動。他便背著老伴兒跟蓮子說：「會疼我的就疼你媽。」蓮子細想也是，就照他說的，買件把衣裳，斤把糖的送到當媽的手中。果真奇效，一時半刻便聽不到「老東西」的叫罵了，代之而來的是：「伯伯，攏來我說個話喲。」這輕易不用的親暱字眼兒今天又被叫出了口，依我猜測，那張罵人的利嘴不是被蓮子辭年的禮物所軟化，就是讓眼前的羊肉給堵住了。

大秋作物收穫過後，留下幾畝劣等地不種，一冬三個月在那兒改天換地——修大寨田，這是多年來的老例。改田同糞搭不上邊，糞爺整天跟隨砌坎子的師傅填小石頭。俗話說，大石頭還要小石頭塞，小石頭塞得飽，砌的坎子才牢固。他撿小石頭過細，連包穀子大的都不放過，蹲在地上像捉蟲子。隊長看不過眼兒，叫他粗略些。他故意跟隊長對嘴：「說大寨田裏沒石頭，即使學人家，就得學個好嘛。」

待到歇涼，他卻變了一個人，同撿石頭的情形相比完全是兩碼事。改田平掉許多古墳，那些墳石一寸三鏨，四棱方正。人家休息，他抱個百多斤的墳石到背籠上，往回家的路口送一程。晚上收工，他背上是石頭，一手挽筐豬草，一手握束乾柴，一步一步往回爬。人們都說他是從腦殼上往下老的，看到像白頭翁，腿勁卻蠻硬。有人譏誚他：「死噠怕兒子不給砌墳，自力更生是不是？」老伴兒也附和咒道：「恐怕是要死的！」他裝做沒有聽見，有時急了，照例用「我包管」的半頭話支吾。

背回的墳石放在門前稻場邊，日積月累，竟也砌成一道矮牆。到夏天，人們坐到矮牆後面乘涼，說天道地。矮牆上放罐涼水，說的聽的累了，過去抱住罐子一歪，咕咚咕咚地喝上幾口。

那天大家都在稻場裏乘涼，聽到糞爺又在挨吵。

他提上把椅子往稻場裏坐，先是歎息，到後說：「人皮難得披，變牲口還強些。」不知是誰個順著話茬應道：「凡人煩人唄，沒得煩惱那便成了神仙。」接著隨口講了個夫妻倆記仇解仇的笑話，將糞爺逗得啞啞地笑了。過了會兒，他們把話題轉移到大刀會的故事上去，於是，我們便聚攏去聽。

——共產黨發動大刀會去打縣衙門，頭人中了自衛局的槍子兒，那人姓許，後來做了大官。為救命，糞爺將佛帶同大刀藏到一蓬牛王刺下，背起姓許的就跑。一氣跑進石膏溝，累得血噴心，看見溝中有水，跳入潭中洗澡。涼水一浸，使腿子抽筋，從此，腿肚上便留下了那團「蚯蚓」。

望著冀爺，暗自驚歎他竟也有這番壯舉，身影在我心中逐漸膨大起來。他似乎來了興趣，到矮牆邊喝幾口涼水，回身又講到從前他家收的包穀，把樓板壓得哼吧哼吧呻吟。其實他們原早景況蠻好，三代的單傳，父母看得嬌，二十歲以前不讓他沾背子打杵。但這也將他害了，如今弄得繩子不會搓，楔子不會砍，皆是嬌慣結下的苦果。

時值傍晚，西天的浮雲被落日烘得異常魂麗，山村田野也被塗上一層溫柔的橘色。冀爺呆呆望住遠方，眼睛裏忽閃著微弱的光芒。我想，此時他無盡的思緒憑著想像的翅膀，飛回到逝去的遙遠歲月當中。那裏儲存著一段美好的記憶；記憶正溶成一滴一滴的雨露，滋潤著一顆憔悴的心。

一九八二年隊裏劃田，冀爺突然病倒。病中他說候鬆活些，預備去進城撿糞，把田肥過來。還提及李聾子的一隻母羊不錯，架子好，奶穗子長，借過來好串秧兒。未曾料及，他說過這個打算後的不幾天裏，一口氣沒來，往閻王那兒報到去了。

安埋那天，卻引起一場不小風波。蓮子想父親跟她親生母——韓氏合墳，炳貴卻堅持另埋，另埋的意思也就是日後好跟自己親生母合墳。為此爭得沒個結論。按本地風俗，男女生前無論結過幾道婚，死後應同結髮夫妻葬到一起。冀爺同韓氏無可非議，但他生前的遺囑卻出人意外——即同炳貴的方案相合。斷氣前一天，他拿住老伴兒手說，她在他一生中最大的功勞就是生了炳貴，很感激她，死後也不分開。蓮子處在這個有許多旁人做證的事實面前，變得無話可說了。

隆墳時，一些「狗腦殼」石頭砌了滾，滾了砌，幫忙人說這是糞爺不滿意。他老伴兒這才突然想起什麼，指著稻場邊那道矮牆道：「他說的，這石頭讓他帶去。」大夥動手去拆，不大工夫，墳便隆起，看上去蠻雄勢。不知怎的，我一時禁不住，又想起糞爺那「我包管」的半頭話來。

太陽接近山頂

田野還在夜色中掙扎，東方的天空便漸漸地有了亮光。這個時候春林兩口子就起床了。前些天春林遭到雨淋染上重感，照土方兒用柚子殼、生薑片煎水，兌上燒酒喝。昨夜發出一身透汗，似乎鬆活些，但喉嚨仍疼得利害，像哽了什麼東西在那兒；開口說話預先得把嗓子清一清。

春林嫂預備到灶屋裏去，打隔門過身時問：

「今天定要去？」

「定要去。」

「依我說打住一天，去找醫生看，抓副水藥吃，怕閒得寂寞，我去地裏扳包穀，背回來你撕殼葉，趁太陽好曬。」

春林在門旮旯兒找草鞋換腳，做著一副不聽勸的樣子道：

「能在外頭磨，不在屋裏坐。什麼大不了的病？挺一挺就過來了，說得那麼秀氣。快些煮碗泡飯，讓我吃了好走。」

說這個話時，有兩宗事使他記掛在心：城中打豆腐的王麻子要傍河修個豬圈，好多人找到求他，可他就是不發包，指名叫春林去。春林為人老實，叫人放得心。說定今天去看場合，是包工包料，還是撿料做，談個實落價，好擇日期請師傅帶工。另一宗是不久前埡子上王德龍的到來：他家餵有一頭大黃犍，生得十分周正，歲口年輕。準備作三千塊錢的股，除開自家，放兩股出去；入股的人多，因春林老早放的有話，還是先問春林入不入。春林不打半點阻口，理所當然要「入」，且答應今天進城取錢，趕晚上過現。

當春林嫂聽丈夫說到那最後一宗事時，她無話可說了，懂得丈夫的心：人爭一口氣，佛爭一炷香。無語中，今年春夏發生的那一樁慘事，幾乎同時復活在他倆的眼前——芒種的節氣，小麥收割後，等著牛工回茬，恰在這節骨眼上，厄運降臨了：牛在山坡上吃草，好好兒的，失蹄滾下深溝，不幸將兩隻前腿摔折，看情形那畜牲永遠也立站不起了。夫妻倆連傷心都來不及，下種要緊，去開口向人家借牛。王二堂一頭牛夥的四夥計，前三個都說好了，那王二堂攥住牛鼻繩，死個人就不借。一時悲憤交加，憋著勁兒，以鋤頭代替犁頭；儘管千人挖萬人挖，趕不得一條慢牛爬，但他們不得不到烈日下去用人工點種包穀——王德龍的股要入，大器牲口少不得：轉眼冬播在即，再不能吃那沒得耕牛的虧。往事將春林嫂的眼睛弄濕了，把一碗熱騰騰的泡飯遞到丈夫手中，叮囑丈夫取的錢要藏在身上，千萬不能露白！

村中橫七豎八的瓦屋逐漸被熹微勾劃出輪廓，道路也由灰變白。床上的大虎同二虎聽見鍋鏟子響，咕嚕爬起來。他們揉揉惺忪睡眼，不消大人叫，一個提桶，一個扛扁擔，朝水井那邊走去。春林嫂把丈夫服侍走了，拎個竹筐到屋後坡上掐秋瓜葉，給豬子辦早食；將雜活忙個差不多，預計吃過早飯去地裏扳包穀。

春林一進城，順小巷丁直朝王麻子家裏去。去後人不在，王麻子已推著豆腐上市發賣了。他媳婦唐大嫂正在作坊裏用膠管子中的自來水沖洗瓦缸。春林想這些事同女人也說不清白，上菜市吧又怕打岔人家做買賣，索性中午再會人。但唐大嫂告訴他，王麻子的侄兒今天結婚，做二爹二媽的都要去喝喜慶酒，叫春林是不是趕午飯前再來會一會。春林咧一張笑嘴，連說「不要緊」。

打巷子出來，春林在大街邊上癡癡站定半刻，茫然中，彷彿有許多事情等著去做，什麼事呢？又說不出所以然，反正時間容不得多的猶豫，他匆忙往香溪大橋走去。

喉嚨又疼又癢，一聲趕一聲咳嗽，將臉膛憋得紫紅，在要咳要吐的當口，使他那單薄的身子晃了一下，街中打個踉蹌。

香溪大橋頭是個熱鬧去處，往左右延伸的公路引橋兩旁，店鋪一家挨一家；各種叫賣、南來北往的車聲人聲，磁帶商人為招攬生意，放足音量播放走紅的新歌，如此共同營造出一種持續不斷的喧嘩。在這熱鬧浮華的表皮下面，還混合著另外一群人物——大都來自農村，他們帶著家人的囑託同期望，來這裏尋找各種掙錢的機會。穿戴大都不整，什麼「鵠面鳩形」、「愁眉苦臉」、「鬍子拉碴」等詞語，都能從這些人身上得到具體而形象的解釋。他們忽而撒腿奔跑，忽而圍成圈子惡聲大嗓爭論不休；當他們沾著口水，清點手中用血汗換來的那點錢財時，又表現出無比的滿足與歡欣。

實際上這裏是個不掛牌的勞力市場。倘若需要人工幫手，只消到此一呼，便有一幫形同繩子連了串的人跟隨你奔走。

此刻，春林走進勞力市場，正巧鐘樓敲響八點，他的頭影被剛升起的太陽遠遠地投到一家賣水果的鋪板上。引橋斜坡兩邊，早已有許多同事在那兒坐盼良機，他朝他們點點頭，咧嘴微笑，打招呼。

家中除搶種搶收外，春林幾乎天天進城到此地坐等。如同《風波》裏頭的七斤，早晨撐船進城裏去，晚上撐船回家；而春林也是早出晚歸，只不過是步行罷了。大年三十商家營半天的業，下午才放假；春林跟他們一樣，一早便冒了嚴寒，到大橋頭尋機會。

那次給人扛個大包同一口箱子，並不十分的重，約二里地，竟付上一百塊錢的力資。這事他已向同行及村裏人講述過多次：

「前不久做個財夢，夢到我家山牆根前停了一副紅棺材。沒超過三天，我到橋頭等『生意』，約莫半袋煙工夫，有人找我……他們對人蠻和氣，伸手到一隻棕色提包裏——像隻牛卵子荷包，隨便摸出一張沒散過折的票子，捏在手中咕咋咕咋作響。問起來是臺灣人，臺灣人真是捨得！」

儘管春林偶爾有這麼一兩次的財氣，但他的命運始終不濟：結婚的年頭，集體剛把土地劃到各戶，新媳婦過門無田，往後又添二丁。年成十分地好，要供上四張嘴，難處也多。這便成了春林走進勞力市場的直接動因。

這時空中劃過一聲喇叭，春林和他的同事們伸長脖頸，眼睛專注得很。大橋南岸駛來一輛汽車，車箱四周攔著竹籬，堆滿包心菜。便一起奔過去，用身體同叫嚷將汽車圍定在坡上。

「要卸車嗎？包工點工隨便。」

「二十塊錢不還價，由我包定！」

「……」

駕駛室裏三個人，一個女郎坐在司機和一位滿腮鬍子的男人中間，鬍子的眼睛鼓得像銅鈴：「我自有人，閃開……」說話的同時，手背做往外推的姿式。大夥不肯放行，急得鬍子眼睛擴大一倍，命令司機開車。輪子一滑，人們哄地散開，站在週邊的春林閃讓不及，被推成一個坐莧。

接著一輛客車駛來，行李架上碼起山一樣的白布大包，車身緩緩滑行。一位半禿子腦殼伸出窗外向人工招喚：「歌舞團門前。」客車「哧溜」往前駛去。大夥兒的腳步亂過一陣之後，開始隨車奔跑。春林轉身跟去，跑得笨些，但還是努力地追趕。歌舞團他是曉得的，在前面的三岔路不遠，轉過河街就到。

動身作熱，隨之喉嚨就癢，發出陣陣乾咯，雙腿酸得如同灌醋，氣也呼不勻。待春林趕到，行李架上的大包已卸了些下來，橫七豎八堆放在地上。車裏頭還搭得有貨，有人在車門口扛。貨主是武漢來的，他們租用歌舞團的舞廳當門面，專做服裝生意。春林曾給他們下過力，這時不講價錢，過去將身子一屈，拖個包到背上，徑直往舞廳裏頭扛，到第三趟有人過來干涉：

「老春，貨我包了，你來得晚，做事又笨，這不差人。」

「笨」春林遲疑一下，求道：「就打我笨，工錢少開點；你見我幾時同人拗過價？總是憑人家的良心，給多少我接多少。」

「廢話少說，你走開，要扛也是學雷鋒。」

這人名叫胡矮子，原先在縣紡器廠當工人，如今廠子破了，也加入到「守橋部隊」，做事十分霸道。春林受到打擊，想反駁兩句，嘴中卻吐不出，臉膛紅紅的。自語道：「這叫坐著燒香——欺得往神。」呆了會兒，怕使白力氣，一副無可奈何的樣子，怏怏地轉身離去。

他望望太陽，料定王麻子收罷攤子了，拐進小巷去會人。其時，王麻子門上掛著「猴兒」，躊躇片刻，依舊回橋頭坐著，等待做事機會。

他覺得肚中發稀，想到老輩人「飽吃冰糖餓吃煙」的經驗談，便掏出短煙袋打火抽煙。但這終歸不能解決問題，除了多吐幾口唾沫，胃裏沒得到實惠，饑餓將人折磨得十分惱火。靠河邊有幾家飯館，門前從早到晚，爐火上蒸著包子饅頭，還售有盒飯，飯菜弄得粗糙，價格不喊貴，大半是對準下力人的。春林恨自己的眼睛賤氣，直朝那邊瞟。他打心裏默道：「今天沒進一個，反倒從荷包掏錢去吃，那可不划算。」過了會兒，心中陡然變卦，打圓場說：「憐憫犯重感，情況特殊，破個例吧；怕下午求得到事，要力氣去做。」圓場打成了，春林往飯館那邊去，要碗掛麵，重重放些辣椒，多兌些滾湯，唏唏溜溜吃得發熱。這一熱，如石板壓住的胸脯頓時開活許多；不覺利中帶弊，引起咳嗽，差點把吃下的掛麵拿了回來。同事中，有幾個歲數比春林小一大截，曉得他是老好，愛撩弄他，便湊到跟前，拍著他瘦削的肩頭說：「老春，你那樣子風就吹得滾，夜裏何不少放點。春林見有人招呼，開始以為有了力活，忍住咳嗽，起身欲奔；當他後來明白玩笑中包容的猥褻時，將青年人望著，想說「不比年輕那陣啦，如今十天半月難『放』一回。」但他沒直接說出，說出來會阻礙玩笑繼續開下去，且做副認帳樣子道：「是的，昨夜不該無節制地『放』弄得今天走路放漂。」同事被他的老實巴交逗得快樂地笑了。

日頭把他們的身影拉長，縮短，再拉長。春林一臉焦慮，抬頭將目光超越鬧市，透過浮在上空的煙塵，眼見太陽偏西，心中暗暗叫苦：「糟糕，這一天從身邊溜掉啦，還不如昨兒！」昨天一輛卡車同摩托相撞，傷了人，摩托翻下河堤，春林出於同情，幫助人家將摩托帶抬帶推盤到修理店去。主人付他十塊錢，他堅辭，說幫忙就幫忙。主人見他厚道，越是要付，最終錢沒收，接了瓶啤酒喝。今天大半個日子過去，分文不得，掙錢的希望看來已十分渺茫，起身拍拍屁股上的塵土，去找王麻子。

王麻子的侄兒將新人接在小河那邊公寓裏，席面又擺在昭君大酒店。春林一路問去，進酒店大門，院落鞭屑滿地，酒肉飄香。正踟躕不前，聽到有人叫他，聲音熟悉而狂放：

「春林——來得早不如來得巧，過來！」

抬頭望去，王麻子正從二樓餐廳踉踉蹌蹌往下走，喜酒將他的麻臉催得顏如關公；他攀住春林的肩膀說：「扶我上廁所。」春林怕酒氣熏，臉調到一邊，攙住王麻子走進廁所。一泡尿似乎比牛尿還要大，春林的腿也站酸了。王麻子呼著粗氣，一時把聲音降低八度：

「他們整老子的酒，打屙屎主意才擺脫。走，你快些送我回家。」

他倆從鍋爐房的後門出來，走截巷子便拐上大街。王麻子不勝酒力，一步三躓，將春林帶得打好幾次趔趄。接著王麻子「哇」了幾口，髒物順著春林的褲子往下掛，也褪不出手揩。行人以為是兩個酒瘋子，捂住鼻孔走開。到小河橋上，王麻子口稱「心裏清白」，指著上游晾有被單的地方說：

「在那兒，從河邊壘道陪坎起來，再在上頭登豬圈。弄清白沒的？明兒就帶人動工。其他好說，我相信你。」

春林將王麻子扯到背上，一氣背回家中，擔心他剛才說的酒話，帶工的事再穩上一遍，才告辭出來。它急步往工商銀行第三儲蓄所，去時人家正準備下班，便將一千塊錢全部取出，拿手袱子包好，穩穩放進荷包，接著又跟手進去攥住。太陽快接近山頂，得趕勁爬坡，那匹大山腳下有他的村莊，村中有他的瓦屋，還有媳婦同「兩條根」。他恨不得飛步到家，總覺得只有那兒，他的心同整個人才能歸置到一個合理的位置上去。聯想到城中惶惶的一天，心裏發酸，但他還是給自己寬心：「不至於太差，雖沒掙到活錢，總算將計畫中兩件事情辦妥。」爬坡時，渾身又添了些勁。

當春林拖著疲憊的雙腿跨進家門，夜幕也隨之四面合攏。他首先進房，將手袱子裏的錢放入箱子角底，這陣兒春林嫂喊他過去看一宗東西。

「你過來。」春林嫂在堂屋裏撕包穀，她將一個去了殼的包穀遞到丈夫手中：「你說今年的年成假不假？原先別人說我不相信，這下服了。」

春林接過包穀，核子倒大，稀稀地結了幾顆米子。「假得這麼狠！」驚愕中再望望堆放屋角的那些包穀，同手中握的相差不多，頓時心裏像被什麼刺了一下，握在手中的那個包穀無意間滑落到地上。

「原想收個六百斤包穀，這一看收個屁。光憑買糧怎麼買得起？錢又不好掙，我看往後的日程狠了！」

女人的嘮叨將他的心思一起表白出來，沒得話說，便緘住口，掏出短煙袋，蹲到門前場上打火吃煙。

「感冒還沒脫體，供那兒給夜風吹。大虎子，把舊襖子拿去給你爸搭身上。」

春林嫂話音一落，小虎子竟搶先從房中抱出舊襖，往他爸的背上披好。大虎子用笤帚將包穀葉歸攏，騰出小桌準備吃飯。他先端菜，後盛飯，每隻碗都小心捧著，怕有閃失，再挨他爸的打。

農家的茶飯粗糙，做起來並不難：先將米熬成稀飯，再和些包穀麵進去，金包銀的飯便做成。菜也十分簡單：清水燒開，放油放鹽，掐的瓜葉尖或菜芽揎下鍋裏煮，撒一撮包穀麵使它粘湯，看上去毛茸茸，吃進嘴裏卻異常軟和。家中除了來客需春林嫂上灶，平時的飯菜都由大虎跟小虎同做。

離土場不遠那棵老柿子樹下，有人影晃動。吃著飯，春林喚小虎：「你過去看到底是誰，我從城裏回來時就站在那兒，打毛看像王二堂，我沒理睬。」

「管他王二堂王三堂。」春林嫂止住小虎，「吃你的飯，吃罷飯還有事說。」

想起王二堂的為人，春林放棄究竟，也不知媳婦有什麼事情同孩子交涉，懶得過問，悶悶地吃飯。

收碗筷時，春林嫂衝丈夫說：「飯前我沒做聲，怕你打人，娃子吃了氣飯會哽食病上身。」

「又惹禍啦？」春林眼睛一瞪。

「學校裏瘋吻狂吻，王明坤的王小龍本來就生得嫩相，小虎子只一掌，王小龍跌倒，鼻子在石塊上碰破，說流不少血，弄藥鋪上藥，共計十多塊錢的藥費。這錢他自己出了，但你得上門給人家賠小心。這是蔡老師的意見。」

「給老子跪到！」春林一聲吼，嗓子掙疼，倒又引起咳嗽。

「你以為他老實？」春林嫂說：「剛才找襖子跑得快，就是怕打。」

適時，大虎同小虎擠站在隔門口，一副擔驚受怕的樣子，等候大人發落。他們聽到命令，即刻雙雙跪在堂屋當中。

春林嫂說：「沒得大虎的事。」

「都跪到，小虎子狂大虎子怎麼不招呼？爸爸是個清閒人，多給老子找些紕漏。等會兒來收拾你們！」春林說完，正了正披在肩上的襖子，出大門往村西那邊走去。

天上半個月亮，在厚薄不均的雲層中穿行，把地面弄得忽明忽暗。過了「白露」，天氣不顯冷，白天忙碌一天的人們，土地早已躺下歇息，但他們還在不停地做著。有人把電燈掛到大門頭上，照亮土場上撕包穀；有的將電視螢幕朝向門外，眼裏望電視，手中掰包穀。孩子們只顧場上追打。看上去有些熱鬧，但通村地喊年成假。

趁著月伴兒，春林到王明坤家中當面認錯，請求寬諒，並承諾今後要對孩子嚴加管教。王明坤對於孩子們的作禍本不在意，受不住上門道歉；為使春林儘快釋懷，便將話頭轉移到另一外事情上去：問最近找到活路沒有。春林說及王麻子砌豬圈的事，王明坤求著去掙兩個活錢。有什麼說呢？春林應了。

打王明坤屋裏出來，頂頭碰到三順子，他無頭句二句，親熱地叫著「老哥子」，要隨春林進城打工，訴說他精瓜溜錘一個人，攢幾個錢好說媳婦。春林點頭，叮囑他早點兒，懶不得覺。三順子拍胸道：「雞子不穿褲子我就往城裏跑。」

困在家中的男人，多數知道春林找到一宗活路，都求著要去。拉他屋裏坐，泡茶喝，拿兩匹自種的煙葉，嘴裏在說「口勁好」，手在往春林煙荷包裏塞。他們都喜歡跟春林做工，不格外抽薪，帳攤開算；下力的不操一份心，他會將工錢一個一個地送上門。所以，村人對七斤那相當的待遇，春林同樣也享受到了。

回到家中，大虎小虎不見了。春林嫂手頭上的活沒做完，獨自在牆隅撕包穀。她望著丈夫那搜尋的神態，不等發問便說：「不知你去好大個時候回來，膝蓋跪破皮，給他們一頓篾片子，趕上床了。」

正值夫妻倆說到對孩子們的處理情形，春林身後跟進來一隻影子，不及辨認，影子便縮到椅子上坐了。細瞧，正是王二堂。

自為借牛，兩家多時不曾交言，今天突然臨門，總覺有些怪。王二堂囁囁巴巴在說話，說的什麼，費很大的力才勉強弄明白：他說春上不肯借牛，是一時被屎糊住了心，做出那種絕情的事。他非常後悔，望春林夫婦寬懷他的行舉；倘再用牛，他將同牛一起為春林家裏效力。他神情十分拘謹，悔恨同歉意此時佔據了他的整個心間。

對眼前這個小老頭他們起了憐憫心，春林說：「事情過去了不必再提，我們也沒十分地擱心中，啞巴畜生不曉得叫累，這個借那個借，怕閃失，不是一個錢兩個錢的東西。」

王二堂接道：「當時牛剛學會耕田，怕傷了力。但打另一面說，牛是耕田的東西，獨獨多你那一畝地！後來你嬸嬸吵我，娃子們說我，真是失悔大不該！」

春林嫂顯然還有些餘怨，撕完包穀起身時說：「這件事你做得是有點過分。人人門前有塊滑石板，哪個講得起狠話？不能滑石板上攆人！」

「少說些。」春林制止道。

王二堂連連點頭，稱春林嫂說的在情理。

他見她過灶屋裏去，回頭對春林道：「老侄，找你搬個財主。」

一聽這話，春林頓感明瞭，想說：「遭孽，困得很。」但這實在是編謊，囁嚅著，臉上發熱。

「我的么娃子考取武漢大學堂。」王二堂將頭勾得更低：「去要帶九千。親戚族間左充右借，僅湊八千。通知上說，過這個九月十五再不入學，就要取消資格。我們娃子大人都快垮了，你嬸嬸那火爆性子急出病，躺床上有兩天清水沒落牙；么娃子像癡子，就我還在滿道裏晃。老侄，你一年四季在城裏走，腳步寬，人也能幹，手頭活些。有，就湊合叔子，欠你的情這輩子還不清，下輩子變牛變馬還。這些天我一直跪在人家腳尖尖上求情，今兒雖說你是個晚輩，也得照樣下個跪。」

說聲不了，果真「撲通」跪下，只見那顆灰濛濛的腦殼埋地上，一擂一擂，竟老牛般地泣咽了。

春林心軟，忙將王二堂扶回椅上，喚媳婦到房中商量。春林嫂一聽說借錢，愣道：「真是背起豬腦殼找不著廟門，我們哪兒有錢借？」

春林說：「我想把買牛的錢拿來先救他的急。」

「買牛呢？耕起田來又去扳人家的下牙殼子。兩個字：『沒得』。」

「人在難中好救人。」

春林嫂有些按捺不住：「你個苕，莫說沒得錢，有也不能借給他。放到銀行裏還生幾個息，借給他等雞子長牙齒還。」

春林像是火了，幾乎是吼道：

「你曉得個屁！這樣的事我們都得去湊合。說實話，我們這輩人當農民當慘了，實在不忍心讓後輩人再吃這碗粗糙飯，能飛的都飛！」

說著，伸手到箱中取錢。

春林嫂背過臉去，悄悄地流淚。

春林發紅的眼中，充滿憤慨同悲憫，接著也濕了。他將錢遞給王二堂，王二堂又要下跪，被扶住。春林叫他快點回去，安排么娃子早些動身。王二堂老淚不止，向春林夫婦道「難為」。春林嫂聞聲出來，帶臉微笑，親熱招呼道：

「學生進學是好事，盡一份力應該。說不定我的大虎子小虎子有個出息，考個什麼學堂，還不是指靠大家幫臂。」

王二堂走下土場，瘦弱的身影漸漸被月夜消融。

屋裏一時靜極了。春林癡坐一會兒，春林嫂端過熱水讓他洗汗，好上床安歇。春林說：

「你先洗，牛夥不成了，還得向王德龍說一聲，讓他好找別人。」

說著，起身將肩上的襖子正一正，順山道往埡子上走去。不時有他的一、二聲咳嗽，穿過夜幕遙遙地傳來。

楊小三護樹

誰都曉得楊小三是個嗜樹成癖的傢伙。他房前屋後都是樹，豬圈廁所跟前和菜園邊也是樹。樹也不是什麼好樹，除他父母墳前一對銀杏，榆樹跟柏楊占多數。這些樹皆由他親手栽種。他喜歡它們肯長，晃晃二三十年，樹的正身大都有臉盆那麼粗了。遇到空閒，他便獨自蔭涼裏蹲下來，背靠樹身，仰起脖子，臉上笑笑的，把樹上望個半天。倘若這陣兒有人往跟前走來，他就搶先同人家說：

「老輩子說的古話，前人栽樹，後人乘涼，這句話不大準確。請看，在我手裏栽的樹，不等後人乘涼，我已經把涼乘到了。」

說及這話的時候，還配以手勢指指點點，樣子十分得意。

趕上正二月植樹栽竹的季節，他逢人就問：

「栽不栽枇杷樹？莫愁秧子，我陽溝那棵枇杷樹下多得很，需要的只管去挖。若是沒得空，我幫忙。」

有人答應，一會兒他便捧著樹秧子來了。栽到什麼地方，只需拿手一指，嘴就不消動得，他會把樹周周正正地給你栽好。幫人家的忙，實心不過，生怕沒弄好，等兩天他還要去複查。

他媳婦名叫二梅子，有時候看見男人做的下裏下賤的，就背後跟他說：

「看你，硬是跟樹死心的，碰到人說樹，碰到鬼在說樹。讓聯合國曉得，給你楊小三發個栽樹的獎，我也不說！」

楊小三是個悶性子，言語不多，平時媳婦要說的說，要吵的吵，只是聽著，並不搭腔。可一旦「醋」及到樹，一口氣怎麼也咽不下去，於是就硬硬地頂上一句：「這是我的權利！」又如對房屋周圍的樹，二梅子吵到把太陽遮完噠，曬不成糧食，提出砍些去。他反駁說：我家不是糧管所。媳婦又說瓦上的落葉堵流水溝，他立即駁回：檢屋有我！他頂起嘴來話雖不多，卻相當堅決有力，會使你覺得面對的是一頭強牛。

有回楊小三見樹上許多毛蟲，把葉子啃成幾條筋，便進城買滴滴餵，預備殺蟲。待晚上歸來，突然發現門前一棵柏楊脫去好大幾塊皮，白生生的骨頭露在外面。他幾步撲過去，抱住濕淥淥的樹幹，像對待受了傷的兒子，將臉貼得緊緊的，眼眶一下子濕了。這事問及媳婦，二梅子說是李四滿家裏修預製板的房子，買回大卷鋼筋，需要弄直。就把鋼筋一頭拴住樹幹，一頭拴住拖拉機屁股，開動拖拉機拔，拔一截換一截，折騰半天，把樹弄成這個樣子。楊小三一聽說是李四滿，屁眼裏就冒火。他用那雙被怒火燒乾的眼睛，死死地瞪住媳婦，發洩他的全部埋怨同責怪。

「你不該讓他弄我的樹！」他吼了一句過後又轉入心裏罵道：「狗日的，占我的女人，欺上臉來，連老子栽的樹也欺，我……」一肚子苦水難得吐，忍又忍不下去，隨即發起火來：

「他憑什麼資格糟蹋我的樹？我栽樹是讓他拔鋼筋的嗎？你要他栽樹好比讓他栽定時炸彈，送三回秧子讓我碰三回鼻。尋常給我的樹端撮土、澆瓢水我也不說！一旦用得著樹的時候，就跑到我門上來了。怎麼不拴到他家門檻上拔，拴他腿子上拔？看這，是個人還不是疼得亂喊！投幹部去，要他賠老子的樹！」

二梅子是精靈人，怕事情鬧大，一把拽他進屋，勸道：

「是張豬皮人皮可以補，你那樹皮叫人家怎麼賠？千錯萬錯是我的錯，不該答應。扯屋上的草，看屋下的人，壓下這口氣好吧？」

楊小三本是氣得不行，但聽到媳婦說及「看屋下的人」時，一下給楞在那兒。其原因這當中有層血緣關係——李四滿是楊小三的叔伯姐夫，這事不對姐夫要對姐姐，真是好打一槌，可又不是個地方！進而他想到李四滿修房屋，是千百年的好事，不能胡搔人家，便打消「賠樹」念頭。但他把樹一看，悲憤又生，走過去撫摸著樹的傷口，淚水直流。

楊小三是個糍粑心腸。他從不殺生，家裏殺年豬，遠遠地躲到一邊，待殺豬佬遞了刀，才調頭回來。有生命的東西，除開蚊子蒼蠅虼蚤臭蟲，在他手下會處以死刑，一般不作傷害。有次他看見一隻衰老的母鼠，拖起個大肚子冒雨在陰溝裏找吃的，便感歎老鼠的生存也不容易，從這以後再不捕殺它們。鑒此，人們稱他是東郭先生。

東郭先生跟動植物關係處理得合式，跟人的關係就更不消說，幾乎沒紅過臉。但是最近可出了宗大事——同他姐夫李四滿徹底鬧翻了。

事情還得從責任制劃田那會兒說起。石鏈子邊上有腳盆粗一棵油柿子樹，田劃到那兒都不想要：樹大歇田不說，土腳又薄。當然，是棵寶冠柿也許有人爭，油柿子還比不上麻雀蛋大，一包子，沒得吃頭。人們餓肚子餓怕了，跟千百年來的農民願望相似，只想分點寬展的土地好收穫糧食，所以按號子半天整不下來。隊長說當飼料地劃（每戶有五分飼料地），依舊沒人應聲。正在為難，楊小三站出來把招子揭了。

開始楊小三一心擱在那棵樹上，土地肥瘦沒考慮，更不在意坎下是誰個的土地。後來一打聽，偏巧就遇著了李四滿。楊跟李雖說郎舅關係，可認的並不巒親。楊小三瞧不起李四滿的人品。誰都曉得李四滿是地方上的一霸。他仗著有股蠻力氣，天王老子就不怕，經濟上扯這兒的鋪蓋蓋那兒的腳；牌場上是個輸打（架）贏要（錢）的傢伙；況且又十分貪戀酒色，看到女人就想占一指頭，弄得人見人嫌，背地裏人們送他個綽號叫「無人纏」。

劃田過後頭兩年還算平靜，往後李四滿做活路——耕地或者薅草，一到坎下，對著坎上的柿子樹左看右看不順眼——嫌樹歇他坎下的田，想把它砍去。待楊小三知道李四滿這層意思，便放出「煙子」：誰要砍樹，首先砍我楊小三。二梅子怕出人命，將自己男人的話傳給李四滿，目的是想李四滿曉得利害——讓一步。沒想李四滿半寸不讓，竟找出斧頭在石頭上磨礪起來。二梅子駭掉魂，使半天的軟話，沒有把李四滿勸住。這些年來，兩家關係大面子過得，裏頭有二梅子做磨心，在中間轉來轉去。當然，起決定作用的還是那床上的好戲。可這回不知李四滿橫了哪根腸子，二梅子怎麼調理也調理不好——床上戲床下戲均不大湊效。

李四滿既然砍樹已定，楊小三將捨命去保，眼看一場災禍已無法避免。

那天早晨，楊小三臉就沒洗，跑到石鏈上護樹。他雙臂合不攏去，手裏攥截短繩子，像壁虎爬牆，將樹身死死箍住。李四滿提著斧頭過來，肩上扛架木梯。這使楊小三有些納悶，疑惑間，李四滿把梯子往樹上一搭，一步一步，越過楊小三，穩穩當當上了樹。別在腰帶上的斧頭，迎著太陽在楊小三眼裏忽閃一下，接著傳來嘭嘭嘭的砍樹聲。樹下的人兒一時按捺不住，衝樹上求饒：

「滿哥——莫砍好不好？歇田我付給你糧食，要麼換塊地也行，保證不使你吃虧。」

樹上說我不占你的便宜。

樹下說：「背良心，便宜你已經占了。」話到末尾，楊小三喉嚨硬了一下，聽上去有些淒涼。

這陣兒，二梅子跟李四滿的媳婦隨後趕到。二梅子似乎有氣，也不顧臉面，喊著李四滿說：「哪宗對不起你？莫抽雞巴不認人！那天我做『好事』（來月經），說個『不行』，你就……」

李四滿的媳婦牛高馬大，長的又胖——人們喊的「牯牛」，也打招呼要李四滿住手，然而，砍樹的聲音終歸沒有停止。

楊小三此刻一反往日的平和，縱身飛到坎下，指著樹上罵道：

「李四滿，老天爺專門打發你下來害人的！我把女人給你搞，還對不起你？一棵樹扎瞎你的眼睛，欺人太甚，我操你祖宗八代！老子今天就死在樹下你看。」

說著話，一個仰八叉，呈「大」字倒在田中。躺了會兒，忽然像毛毛蟲一樣，蜷曲著身子在地上翻滾起來，彷彿在作一種垂死的掙扎。往左邊打兩個翻身，沒有再翻，接著又滾了回來。如同驢打滾兒。他忽而抱著雙膝滾，忽而伸直腿子滾，首先是滾掉一隻鞋子，後來兩隻鞋子都離開腳掌。上半身穿的灰不溜秋的短褂子，鈕扣散掉了，半截肚皮裸露在外，上頭沾滿泥土。他嘴裏哇啦哇啦地叫著，由於不停地滾動，聽不清說的什麼。約莫滾累，大口喘著氣，依原樣一個「大」字靜在那裏。從他仰著的視線裏，李四滿徹底暴露出來：跟隨斧頭的起落，白色的木渣像蝴蝶一樣飛濺而下，掉到臉上和脖子裏，涼絲絲的；頃刻又使他感到如同掉的錐子，一下一下往皮肉裏扎。樹葉在斧頭的震動下，有節奏的跳動著。這情形使他回憶起一段痛苦的往事——在他們家老園子裏，原先矗立著一棵高大的柿樹，樹身須兩個成人合抱，結的寶冠柿又大又甜。據他父親講，還是他爺爺出門背腳，一吊錢一吊錢攢上好多年才買過來的。學大寨那陣子要過渡到共產主義，自留地通通歸公，當時正遇著隊裏修百頭養豬場，差大樑，便打起柿樹的主意。當柿樹像山一樣轟然倒地那一刻，他父親「哇」了三口血，不幾日便含恨死去……斧頭將他從舊事裏敲醒，返回到現實中來。透過樹葉能看到遠處的藍天，他第一次感到天空是如此深廣、美麗，自己彷彿躺在母親寬大懷抱裏，一種不可言說的舒坦跟幸福滋滿全身；漸漸地，身子好像失去份量，正一點一點被大氣溶解，靈魂飛昇……一隻崖鷹低空盤旋，幾聲尖叫，似乎在為人類即將發生的慘劇而悲鳴。他料定那粗大的樹桿倒下來，會將自己戳個急死，但內心並沒有絲毫的驚恐害怕。儘管如此，不知什麼因由，淚水卻依然溢滿眼眶。他想，其實自己早已是死過的人了——改大寨田。連長派他去排啞炮，排著排著，忽然一聲巨響——命是保住了，石頭卻將他鼻樑子砸陷，活活地把相破了。試想，一個沒有鼻子的年輕人是如何的醜陋，找媳婦肯定是難。可天不生絕人之路，恰好趕上二梅子做閨女生私娃子，一時沒半個人上門提親。幹部想到楊小三是為公帶的殘，憑良心，出面擔保，好歹把這門親事推攏……想到這裏，他自己安慰自己：「劃得來，又多活十幾年。——父親是那麼去的，這也許是老天爺的安排——我越不過，只能跟樹同生死。」

樹木開始斷裂，唠唠地響了幾聲，似乎是從生命深處爆發出的怒喊。村裏過來幾位壯漢，同二梅子一起跑到樹下拖人。不料楊小三從腰裏拔出一把雙刃刀，在空中亂劃亂砍，叫人近前不得。這時樹桿隨著一陣撕心裂膽的炸裂聲，打半空中呼嘯直下，落地捲起好大一片塵土。要命的抱頭鼠躥，捨命的躺那兒不動。待轟響過後，紛紛調轉頭來救人。這事說來蹊蹺，人們撥開樹枝細看，楊小三竟完好無損！倒是李四滿下梯子滑了一跤，幸好沒傷著筋骨，只是腿子破了些皮。他原是準備抵命，沒想到楊小三還在，命也就不消抵了，便肩扛梯子，手提利斧，一路揚長而去。

楊小三這次雖說沒有像他父親那樣，口吐鮮血而去，卻也算小死一回。好幾天不吃飯，睡不著覺，柿樹跟斧頭在頭腦中絞成一團，差點弄了個精神錯亂！

由於打擊太重，使他幾乎沒有勇氣往石鏈那兒去，一看到那擎天傘似的大樹，活活地被砍去半邊，心裏便一陣陣絞痛。斧斫的傷口，長時間往外漬水，有點像楊小三的眼淚，似乎永遠也不會乾枯。他時不時的自語：

「老天爺，怎麼不讓樹枝把我戳死？死了一身輕，什麼痛苦都磨煎不到我了。」

就在楊小三悲憤交加的同時，李四滿那邊卻倒了大楣：那次下樹跌破的皮肉，傷口紅腫，同柿樹一樣往外流黃水；黃水流到那兒，皮肉爛齊那兒，怎麼瞧也瞧不好。這麼病上大半年，渾身爛成光骨頭，閻王爺才提筆一揮，勾了他的「簿子」。

死的那天，因尋常把人得罪太苦，早晨斷的氣，到中界還沒裝裹。屋裏綠頭蒼蠅亂嗡，一股臭氣鑽腦殼；又聽到說黃水瘡易傳染，人們越發不敢攏身。他媳婦雖然力氣大，不可能背著出殯，還得請人往坡裏抬。事到這般，「牯牛」只好挨門擦戶地給人去磕頭。首先她便找到了楊小三。

村裏死人，專門有人前去裝裹，但不興收錢。不過，事後孝家須將死者的衣服、鞋子、帽子或者煙袋、煙荷包等物件，揀一至兩宗送給裝裹人，以此作為酬謝。起先這事由王駝子擔當，楊小三有眼活兒，平時見忙不過來，上前打幫手；候王駝子一死，接班人自然就落到他的身上。楊小三人合式，有事一請就到，裝裹特別認真，連雙襪子也不放過，都要穿得服服貼貼的才讓入殮。這回「牯牛」上門接不接得動駕？死者是新近的仇人——柿子樹還在流水！人們量到楊小三不會答應，但出乎意外，楊小三照例前去。

進屋之前，楊小三含口燒酒，抵擋臭氣。李四滿硬挺挺橫在床上，內衣內褲黏住膿瘡脫不掉。他先用剪子將衣褲剪開，再一塊一塊撕下來，然後弄盆熱水，拿毛巾給李四滿「洗澡」。洗到下身，瞥見那生命之根像隻剛剛出殼的斑鳩，可憐的縮在黑色的毛叢中。他想，這傢伙別看眼下這般模樣，當年可夠威武雄壯的；自己的媳婦曾接待它進入身體，縱情地快活過。他永遠記得那一個可恥的夜晚。

——從城裏趕回家，窗戶黑黑的沒燈，上前敲門。屋裏有了響動，聽到二梅子一邊開門一邊呻吟。開門的同時，她喊叫肚子疼，想解手，硬拉楊小三上廁所做伴兒。二梅子蹲在茅缸板上，屙又屙不出來，便自怨自說：「你個要死的——怎麼還不出來的！」當媳婦這麼叫著的時候，楊小三突然聽到奔跑的腳步，叫聲「強盜」拔腿去追，這時陡地被她死死一抱，嗔道：「你個挨刀的，我正怕的不得了，還頂得住你這麼駭我！」楊小三頓時悟出他們是在演「雙簧」：什麼屙不出來？分明是在給屋裏那人把知會，於是便抓住她責問。此時，李四滿彷彿從天而降，雙手叉腰，一臉煞氣立在面前，直通通說：「不消問，我跟你媳婦睡了，是我纏的她。我站這兒，你想怎麼弄？請便。」面對這麼一個強大敵人，楊小三把他能怎麼樣呢？呆著半句話說不出來，似乎遭到無形的空氣的壓迫，軟弱下去了……回想到這兒，他一時惡從膽邊生，順手將「斑鳩」一拎，一剪刀下去，「鳩頭」掉了。一不做，二不休，到裝裏老衣時，本應穿七不穿八，卻偏偏給他穿了「八」。依當地風俗，按「生老病死苦」迴圈往前推，衣服的件數要正好落到「生」字上；要麼十一件，要麼十六件，說這麼裝裹死者才能朝生。楊小三給李四滿總共穿了十五件，這數正好落在「苦」字高頭，那麼李四滿即使朝生，也只能變牛變馬去吃苦了。

事情做的十分隱秘，並無半個旁人知曉，待死者安埋過後，楊小三忽而又感到失悔。俗話說能跟活人記仇，不跟死人記仇。好比罵人，我不還嘴，顯得有口德，一旦回罵，口德便髒了。李四滿被人稱作禍害，跟他計較，豈不降了自己的身份？他活著故然可惡，但畢竟成了死鬼，何必還要報復？這是多麼殘忍和愚蠢啊！他為自己的行為深感震驚。按《玉曆至寶鈔》的定律，李四滿去了陰間，必將被閻王拷問，定罪量刑，然後經過改造，輪到朝生，興許會變個好人，然而，我卻把此路給他斷了。楊小三呀楊小三，你何時變得這麼無情無義，這麼心狠手毒！

他懺前悔後，神情恍惚。大略到第十五天——正好跟李四滿老衣的數目相合——渾身忽發奇癢，一搔破皮，破皮流水，不出數日，膿瘡滿身。

「牯牛」聞信，過來看症候，不覺大驚——這分明是死鬼男人過給他的！一時間內疚得要命，便四處求醫求藥，上門為兄弟瞧瘡。村裏少不得楊小三這麼個人兒，大家眼看他被病痛折磨，罵李四滿活著害人，死了還把人害，真是禍害千年！

一日夫妻百日恩，二梅子當著人哭，背著人也哭。男人相貌雖醜，心腸可好，活著是個指望，一旦「走路」，家就破了。她找親戚借錢，左鄰右舍湊分子，請人把楊小三往醫院裏送。楊小三哪裏肯依，睖眉鼓眼如一頭強牛縮在那裏，警告大家不要挨他：要命有一條，死不進醫院！嘴上雖這麼硬，心裏邊卻說：「做了虧心事，是李四滿找到我的；這瘡醫生瞧不好，莫花冤枉錢。」

起病的頭些日子，他忍住疼痛，堅持上石鏈那兒去，把李四滿砍下的樹枝剁成截子上碼（這以前誰也不許動）；累了歇會兒，然後又去剁。剁的柴二梅子想搬回家燒，他不准，弄不清搞什麼名堂。

樹枝剁完，楊小三的病情加重，疼跟癢，磨得他拿攮子在身上亂戳。到夜晚，他突然跟二梅子說：

「死後把我埋在柿子樹下，好當看守，誰再砍樹，我變鬼掐死他！你就照我的原話跟他們說。」

二梅子聽他放出這個風，勸他不要胡思亂想，卻一邊暗暗地做著準備：抽空回娘家，張羅棺木的事。

楊小三眼看時機已到，不聲不響溜到石鏈上，開始按計劃行動。此之前，他回頭望望自己的兩間瓦屋跟門前一排柏楊，父母塋前的銀杏，還有園子邊上的枇杷和榆樹，還有……還有……，他一一向它們告別。忽而又想到他遠在廣東打工的兒子——儘管懷疑是否親生骨脈，但他還是用心向他作了訣別。抬眼望去，村子周圍是成片的裸露土地。在記憶中，原先不是這副樣子。祖祖輩輩開墾的掛坡田，裏頭生長著許多許多油料樹木，核桃、烏桕、油桐跟漆樹。村裏有座老榨坊，粗大的撞桿撞擊著木頭楔子，一年上頭有榨不完的油。後來以糧為綱，改天換地，將樹木連蔸刨掉，變成一墩一墩的梯田。眼下村還是那個村，地還是那塊地，單單少了些樹！至今他仍不明白，人跟樹為什麼那麼有仇。他回頭盯著面前被砍傷的柿樹，再看看坎下李四滿的墳，既難過又悲傷。心想，陰間的李四滿興許正在「改造」吧，自己罪責難逃，也將隨後去接受同樣的懲罰了，於是禁不住跟墳堆說起話來：

「李四滿，我倆鬧到這一步到底為啥？我說過，搞我的女人由事可，不該砍我的樹！你不砍樹，就不會破皮生瘡，不生瘡不至那麼早死，你不死我也剪不著你的……我倆這都是報應，報應啊！」

楊小三哭了一小會兒，含淚劃火將柴堆點著。為使毒瘡不再傳染別人，他決定將自己和病菌一同燒死。火焰熱熱鬧鬧地燃燒壯大起來，夾著鞭炮似的炸響。他用目光將天地人間再次掃視一遍，然後猛地往火裏一躥……

……………

轉眼數年過去，人們的思想起了變化，對土地不同以前那麼熱心了：由於連年的乾旱，地裏收成一季不如一季。大家騷動不安，年輕的往外跑——進城打工；年長的跑不動，困在家裏埋怨老天爺作怪。這裏頭數二梅子劃得來，釣魚船頭坐，財神送上門：兒子從廣東某某公司帶回個客人，以一萬五千元的價格，將那樹油柿子全部買下；並且還按同樣價錢簽上五年的訂購合同。這事只差沒把大夥羨慕死去，都說二梅子有「吃屎」的命。

沒過多久，鄉林業站的同志進了村，啟動一項工程：就是將坡田停止耕種，通通栽上樹木；每畝國家按年補助兩百斤大米；樹苗由林業部門供應。人們失去的對土地那份熱情又重新召喚回來。大家議論紛紛：

「從前號召砍樹，如今又鼓勵栽樹，人生在世，還真是有幾個回合整咧。」

栽樹的那天，二梅子跟「牯牛」倆合作，一個挖窩子，一個栽樹。她們來到地裏，望著偏杈子柿樹跟坎上坎下兩座孤墳，似乎都泛起一點心事。「牯牛」歎道：「這樹若是不砍該幾好哇，會結蠻多蠻多的柿子。」

二梅子沒有應聲，一陣沉默，不知不覺中，兩個女人眼角上都掛起了淚水……

徐家水磨

在大街上碰見徐廣興，當時他正將拐棍交給拖口袋的左手，騰出的手拿著火鉗，去撿個一次性消費的塑膠小碗；那碗在地上頑皮地滾動，好幾次才被夾住，然後丟進口袋裏。

我打招呼向他問好。他抬頭把笑臉給我，說他在吃八十歲的飯，最近因皮膚病——長顆瘡，醫生叫他注意，防備撿破爛給細菌感染。老人的頭髮全白了，背也駝得很。左眼上長顆大肉痣，似乎壓得一雙眼皮都抬不起來，致使眼睛老是瞇縫著；臉上皺紋頗多，但仍舊是紅光滿面。

據清．同治版《興山縣誌》記載：「隅縣廠磺有四家，伍家碗廠，嚴家山的石膏廠，徐家河的水磨，建陽坪的鍋廠。」歷史走過一個半的世紀，事物自然就有些變化。縣裏有千萬固定資產的糧油工業公司，便是由徐家河的水磨演變發展而來的。我眼前這位撿破爛的老頭，就是先前的磨坊主人。

於是我想找他聊聊。

去的那天，我到一幢高大的宿舍樓跟前打聽，說他住在舊樓裏。沿著指點，轉過一個小角門便到。舊樓緊挨新樓，不過是個倒坐向，出門劈面一道順坡而築的大石牆，使走廊變得昏暗而潮濕。老人正在廊柱根下用煤爐煮洋芋摻老南瓜。我問他是不是單獨開伙，他瞇縫著雙眼，拿手指著張開的沒有門牙的大嘴說：

「什麼東西都要煮爛，誰個同你吃得慣？」

老人的房屋大約有十二來個平米，擺設一目了然：三分之一空間被床鋪占去，裏牆下正如編劇對舞臺上導具的提示，有一桌二椅；牆角支張白木衣櫃，沒嵌鏡子，吊著塊舊布。老人大概怕我說他奢侈，趕忙介紹這個大物是他孫子學軍的。其他一些東西很難說得上嘴。正當我的目光還在作不甘地搜尋，跑進來一個小孩兒，叫著「太爺」要吃南瓜。老人探手到破爛口袋裏摸出個玩具小汽車，再往小木碗裏添塊南瓜。小孩兒獲得雙重的打發跑走了。

老人說：

「這是我的重孫柱柱，整三歲，蠻乖，蠻精靈。」

他老伴兒的後家跟我們同村，對老人雖說不上蠻熟，但總歸有些印象。從前許多長輩給他趕過工，提起來都說他好，從不虧待下力人。我說到我的祖父是誰，父親是誰，他說不光認識，且十分要好。

由此，他的講述開始了。

◇　◇　◇

徐家河的水是從一口龍洞裏出來的，洞跟前一道崖坎，六七丈高，水從上頭往下掛，像龍的鬍子，取名「白龍掛須」。離縣城兩里多路，凡是到任的縣太爺都要坐起轎子去看景致。

我爺爺說這水不只好看，要讓它作用，便動手在河邊修起一架水磨。開始搭的個山字棚，蓋的茅草，到我爹手裏逐步擴大，翻成瓦屋，添置了碾子同油榨。我來接手，又添架水磨，買下十五畝桐林，餵養兩頭驢一匹馬，春秋二季好使它們去鄉下馱桐籽菜籽。

就為這麼點兒家當，差點兒丟了我的命。

我家住在水磨當面的徐家臺上，妃臺鄉公所設在那兒。抗戰時期住的國軍十三師的師部，他們一走，後頭住進解放軍的連部。連長住在我家原先堆桐籽的屋裏；姓張，叫張懷德，年輕有文化，對人蠻和氣，一笑露出兩顆虎牙，行走腰裏掛著盒子炮。

他經常到榨坊裏看我打榨，從前我們都是打的「響榨」，興趣來了，上前舉起撞桿撞兩下。看手腳不算外行，我就問他是不是搞過這一行。他說他們湘西也用這樣的響榨，家中曾開過油坊。有一次，他在我豬場門前轉了會兒，回頭跟我說：

「老徐呀，天氣熱，那麼些豬擠在一起，怕走症，賣的賣些，吃的吃些。」

當時生活蠻苦，餵有二十多頭，我一頭都不賣。聽張連長的話，隔那麼幾天殺一頭，請解放軍打牙祭，鄉公所的公務人員跟家中的幫工也弄攏來吃。存下的五六百個菜籽枯餅和芝麻枯餅，還有千把個桐籽枯餅，讓周圍的農戶搬回去，餵的餵豬，做肥料的做肥料。兩匹驢子我幾個老表想拉過去推磨，也讓他們牽去。

我屋裏（妻子）嘮叨我一文不值二文地把家物往外翻。那會兒好像老天爺給了我個知會——日後什麼都不是我的；就瞅她幾眼，說她曉得個屁。不過那年我進三十六，她給我生個兒子，真是睡著了笑醒了。懷起不覺得，娃娃兒一旦落地，就成了我生命的一部分，如同身和手，怎麼也分不開。

果不然，第二年運動來了。我白天打榨，晚上同伍炳元、陳習民、嚴天祖、吳子孔許多有名的紳士老闆在一起。聽解放軍講話，學習上頭的政策，個個心裏叮啦通的打鼓。

我屋裏駭得哭。我也掉魂兒，望著睡在搖窩裏的兒子，想起解放軍腰裏掛的盒子炮，橫直感到怕。後來想開了，怕也怕不出個所以然，要來的盡它來。

同起開會的人一天比一天少了，有的財產沒收，人也吃了花生米（槍子兒）；有的關進大牢，有的押到沙洋下頭去勞改，妻離子散，家破人亡。我呢，他們忽而說資產階級，忽而說地主，忽而說工商業主，差點兒把人攪成個瘋子。

正當心慌意亂，六神無主的當口兒，張連長通知我開會。搞清產核資，候清產核資弄出個眉目，接著是估本定息。到後我的水磨跟榨坊都一起公私合了營，什麼合營不合營，依舊是我那一攤子，包括幫工。公家不過是委派幾個主腦人進去管事。

就這麼把我劃成工商業者，不但不沒收財產，還受到政府的保護。感謝共產黨毛主席，感謝解放軍張連長，是他們給我的一條命，這個大恩大德，今生做牛做馬也報答不盡。

合營的廠房很快轉入國營企業，掛起縣糧油加工廠的牌子。前頭的清產核資，估本定息都成了一本糊塗帳，到一九五八年，讓一股共產風全給吹光了。這一吹把我也吹輕鬆了，免得再做發財夢。我屋裏還想找上頭過問，這時我狠狠把她說一頓：

「女人不知得利害，伍炳元、陳習民他們是什麼下場？得荊州還想吳國，今天我老徐活世上就算萬福！」

人往寬處一想，渾身輕輕快快，做起事來順心順手。開始對八小時工作制好不習慣，下班太陽還有兩竹竿高，閒得慌，就跑到日夜三班的水磨上幫忙。有的說我老實，有的說我假積極，我都不往心裏去，總覺得廠房好像還是自家的廠房，活路還是自己的活路，看到的事情不伸手，心裏就過意不去。

最不習慣是月底領工資，拿到手十八塊錢。那麼點兒錢怎麼夠家庭開銷？不少居民農戶原先還欠我的帳，想找他們去要，過細打量，舊社會跟新社會是不同的兩個社會，舊帳應該勾銷。起先說我屋裏不開通，這陣兒自己也糊塗起來，往後徹底把這個念頭斷了。

新生七歲上學，我屋裏覺得閒。那會兒廠裏擴建，差男工婦女，向書記說把我屋裏招進廠裏當工人。我考慮到她一晃要吃四十歲的飯，街上好多人求不到業，縣裏成立建築隊，爭得打破腦殼。看到這個情形，我作主把名額讓了。叫她在家裏按時做三頓飯，餵個豬兒；下班後我將坡上的老園子開墾出來，種瓜點豆，夠她忙的。

年底我參加縣裏召開的評功表模大會，會下進餐，我同向書記坐在一起。吃完飯，他叫我不忙走，候別人都下桌子，就跟我說：

「老徐，廠裏差個管生產的副廠長，這人選我看數你最合式。」

我連忙擺手：

「向書記，您莫按著公雞下蛋，生產盡我的力，當幹部可搞不成器，打頭文化又低。」

向書記把臉一「黑」：

「這是組織上的決定，由不得你和我。」

提起組織，我立即想起張連長，又聯想到盒子炮，不敢張嘴了。回到家裏把這事跟我屋裏透個風，她說：

「這是你徐家祖墳上開花！」

我心裏邊說，這是開的什麼花？是黃花、菜花？不過，我看看她，再看看新生，真有點兒雲裏霧裏感覺，可能也就是人們常說的激動。激動過後又有些發慌，我盡力克制著，裝得沒事一樣。暗裏卻下定了決心：上頭相信我，自已要爭氣，忠心耿耿做人，老老實實辦事。

新廠房建起來了，一次購進三臺手壓榨油機，換下老木榨。這麼一來，我也像個老木榨被涼在一邊了，無奈，就跑到向書記跟前要事做。向書記說：

「就是讓你脫產，去招呼廠裏的事情。你現在是副廠長啦。」

我想，有什麼事情要我招呼？各人份上的工作幹得順順當當，只想自已有個實在事情弄手頭上做。當個副廠長，您有事找到我商量，有主意盡量說出來，並協同去辦。但怎麼說也不能脫產，我可不是那塊料子，不做工，月底拿乾薪雙手會發抖。這些想法又不能當面說出口，就悶起。向書記像看透我的心事，搖搖手，叫莫著急，先轉一轉。

照向書記說的，我就圍到廠子轉，沒要半天工夫，要轉的地方都轉到了。倉庫沒得雨漏子，工作照常進行，秩序蠻好；碰到人就強調生產上要注意安全。中午食堂裏看見向書記，把情況作了彙報。我不好意思再作難他，乾脆自己找事做，下午就去背枯餅。

榨坊到換油的門市有截路，上幾道坎子，換油拿枯餅不方便，怕在榨屋裏出危險。我把枯餅一碼十個地從榨屋背到門市上，供不住背，拿起掃帚去掃場壩。看見炒菜籽的不得法，到灶上幫一把，教年輕人的竅。鄉下來的芝麻菜籽有些潤，我從倉庫裏返到場壩裏曬。

建廠房的過程中，我腳跟腳地招呼。半頭磚丟得滿道都是，我把它歸攏，砌主牆不行，就砌進屋內隔牆裏。用料子蠻浪費，大堆大堆石灰腳子要掀下河去。看到可惜，再澆些水一發，又篩出千把斤的細灰。我敢講這個狠話，一項工程結束，你在房前屋後收不著半撮箕沙撿不到半個磚頭，點點滴滴的都用上，這宗向書記最佩服我。

搞生產技術革新，水磨逐步由鋼磨代替，那些傳送帶跟皮帶盤最容易損壞。起先水磨用的木頭盤，壞了找木匠；鋼磨是鐵盤，木匠沒得法，要上機械廠使電焊焊，拿車床車。機器一出毛病，年輕人就喊：

「老徐！弄到機械廠去焊一下。」

隨叫隨到，反正自己也沒得個固定職業。大的鐵盤有一百多斤，怕耽誤生產，丟下別的，背著鐵盤往機械廠跑。背枯餅和修配件，背破的背籠到底有多少，我也記不清了。

廠裏雜活兒，不伸手沒得，做起來可做不完。如同姑娘婆婆理家務，累得駝子不直腰，活路不起眼兒。我經常很晚才回家，飯菜擺桌上都涼了。有時候新生佔先吃，吃飽肚子上廠裏叫我。我看見他一跳一跳跑過來，紅領巾被風吹到一邊，老遠老遠叫著爹、爹，心中真是甜滋滋的。

◇◇◇

看得出來，老人的內心有點激動。他把目光從我臉上移開，拿過桌上一個塑膠紙包，散開，掏出裏頭的旱煙，摸摸索索捲煙捲兒。一支短煙袋紅銅的，精巧而漂亮，把煙捲栽進去，點燃，吧嗒幾口，接著往前講。

新生學習自覺性好，門前一個條石凳子是他讀書寫字的老地方，外頭看不見了，才進屋點燈，從小就曉得節約。他讀完小學，我只開過一次家長會。老師說他是學校樹的標兵，問在家裏聽不聽教。我說難為老師培育，蠻聽話，幫他媽摘菜、掃地、洗碗樣樣都做。那天一位農村婦女換油丟掉五角錢，新生拾到給她，婦女感激得哭。老師聽我講完，誇他是個好娃子。後來他考取縣一中，街道上送喜報，讀書跟小學裏一樣，肯鑽。在他初中畢業的那會兒，文化大革命開始了。

首先是給老師放大字報。我說：

「新生，老師辛辛苦苦教書，恨不得把肚子裏的墨水全部灌給你們，跟爹媽沒得二樣，不能那麼無上無下地胡鬧。」

新生把手一揮，說我不懂。過段時間，跑到外頭去串連，回來就不是先前那個樣子，戴起紅袖記，上街隨便拿人家的東西，砸人家的東西。我跟他媽都說這缺德事情做不得，新生態度又生又硬，說是毛主席叫這樣做的，叫我們二回再不能干擾他的革命行為。一聽說毛主席叫做的，還有什麼話說呢？但我想，毛主席可沒得這麼糊塗吧？後來聽廣播看報紙，才明白的的確確是毛主席在高頭做的指揮。

不久，革命就革到我的頭上。

原先廠裏有個公共廁所，講究衛生，廁所修的新式樣：挖個槽子，貼上瓷磚，屙的糞便放自來水沖走。不知有些屁股是怎麼長的，屎尿屙不進槽子裏去，掛的到處都是。看不過眼兒，伸手來打掃，那麼我每天的日程中就又多上一碼事兒了。

那天我正在沖廁所，說有人找，鑽出來一望，場壩裏黑壓壓的人，都在舉砣子（拳頭）呼口號。過細看，領頭的是新生。我站在臺階上，什麼話也說不出來。當時的情形不知是實在呢還是在做夢，「打倒資本家徐廣興」的口號，真正是從新生嘴裏喊出來的。他們從檔案館裏查到線索，我徐廣興是舊社會四家廠礦之一的老闆。新生原來有這麼一個老子，氣得不行，揪我去遊鬥。七八個紅衛兵衝我面前，見我手裏拎的鐵桶，赤著腳，沒有立即動手。大概是我身上濺的糞點子起作用，使他們一個二個地將鼻子捧住。對「資本家」三字我依舊心中惶惶，不知怎麼腦殼一轉，突然有了主意，衝他們說：

「我的身世向黨和政府交待得清白，有問題請找向書記，他會給你們一個答覆。」
這話起效，他們嘰嘰喳喳往廠部裏湧去，我回頭繼續沖廁所。
晚上回家，把白天發生的事情一說，我屋裏就哭。她說：
「新生是個好娃子，看到看到變壞。如今的世道弄不清，正是讀書的年歲不入學讀書，放到街上蕩。今兒鬥這個，明兒鬥那個，鬥紅眼睛，連自己的親娘老子也不認了。」
我也說不出個所以然，望著她一邊哭，一邊上灶弄飯。飯熟了等新生回來，可一直不見人歸。我跟他媽就像兩個泥菩薩，守桌子跟前坐一整夜。
依我的火性子，狠不得一腳把桌子踢翻，去他媽的三八二十四。新生變成這樣兒，問題到底在哪兒？把腦殼想疼了也沒挖出這個根源。回家我要問他，為什麼單單找爹這個「爛瘡疤」戳？也不曉得爹對「資本家」這字眼兒是如何地忌諱害怕。別人戳情由可原，你是我的兒子呀！一想到這兒，心裏格外地慪。有時我又自歎自解：自己生的唄有什麼慪頭？如今夫妻反水，學生打老師，兒子同老子劃清界線，這樣的事情多，不單我徐廣興一人。再說有上頭的指使。這麼前前後後一比較，心口窩裏又略略兒地好受點兒。
打這兒新生就沒回家了。他們成立什麼「殺聯」（紅衛兵殺向社會聯合會），佔據著政府招待所，吃有吃的，住有住的。反對派來攻打他們，像古人攻打城堡，弓箭、石頭、洋槍都用上，輸贏不定。隔那麼幾天，他們又跑出來去攻打人家的城堡……

廠裏人事有些變動，向書記走了，調來一位姓高的任書記兼廠長。高書記別的我不相信，相信他的會多，幾乎每天晚上都要學習，十分拖人。我很晚才回家，進門看見我屋裏總是眼睛水兒掛起。我在廠裏有事手邊做，想新生自然想的少些。她呆在家裏，有事沒事在想，一心擱在兒身上。短時間行，時間一長怕弄病身子。我天天勸，打許多比方她聽，世上只有瓜戀子，沒得子戀瓜。有時越勸，她反倒越加傷心，那麼就盡量少往這上面提。

食堂打牙祭，我端碗蒸肉回去，我屋裏趕緊往兒子那兒送。結果連兒子的影子也沒見到，門上把守不准進！依還端起個碗哭著回來。我沒得好的說她：

「何苦呢，說個犯忌諱的話，只當他死的，何況還活著。」

嘴上雖說得硬，心裏可疼化了。

新生他們的城堡後來被攻破，人都不知去向。有的說上川，有的說下漢，有的說被打死，各種說法都有。他們那一夥兒的多，反正都無實落信。遇住武門死人，我們就跑過去認屍，打聽有不有個姓徐的。

轉眼冬去臘盡，家家戶戶忙年。我把年關的供應物資買回去，沒得人手弄。我屋裏像個瘋子，一天到晚長出短氣，搞得家裏陰氣慘慘。

過什麼年？心裏腌臢死噠，但總要過。三十的早晨，去給我爹我爺上墳。以往這是我跟新生倆的事情，有時他不要我，說難得爬坡，單獨去。我門前站站，一時覺得什麼東西放心不下，自己不跑那麼一趟好像說不過，候新生前腳一走，我又隨後相跟。我爹我爺墳前都栽有杉樹，說杉樹肯發，後輩人跟著發。新生嫌杉樹的葉子扎人，看見坡上的蒿子多，扯兩蔸栽到墳包上。七月間去燒包袱（將紙錢以包封形式折好，上面寫死者姓名，如同陽間的匯款單），蒿子長成一大盤，開著黃蓬蓬的花朵。今天我一個人上墳好孤單，想起新生，雙腿無力，半里路的樣子，做幾歇才爬到。我看見墳包上那蔸蒿子，沒得花，秧子都被霜雪打蔫，枯茅枯草的，好難看。

燒紙時我說：

「爹，爺，我給你們送錢來了。新生不知跑到哪一方哪一國，託你們保佑他好好活著，想辦法給我招引回家，就說我們等他回家過年。」

說著說著，不知不覺流起眼睛水兒來。

講起來也真是湊巧，我剛燒完紙，聽見我屋裏喊，說新生回來噠！我連滾帶爬往回跑，進門一瞧，不單是新生回家，還跟回一個媳婦！別提我跟他媽有多歡喜，心想這是我在墳上說的話靈驗。老輩子保佑我們團圓，高高興興過了個年。

翻春之後，跟腳就來了憂。家中陡添兩張嘴，四個人吃飯，單靠我四十幾塊錢工資，困難不消說。

當然，光是買點兒口糧，把園子務勞好，不掏錢買菜，生活還是能過。但我那兒媳有喜上了身，今兒想吃個這，明兒想吃個那，嫌口刁味兒。她找新生，新生找我，我找誰呢？口糧是包穀同大米對半地搭配，每天他媽就做兩樣的飯，他們吃米，兩個老傢伙啃包穀。

開始我屋裏蠻爽興，從早到晚忙得像個陀螺，啃包穀心甘，往後慢慢地生了怨氣。白天小倆口兒吃噠睡，睡噠吃，蝨子大點事就不伸手去做。到了夜晚，別人正在睡覺，他們卻出門溜達。看不習慣，我對新生說：

「如今的秩序比先前好些，上街找點掙錢的活兒幹。男子漢說得起媳婦就養得起媳婦。你不是三歲兩歲，快要做大人啦。」

猜新生怎麼回答，他說：

「您莫支著急，我們有錢，不過暫時還拿不活。」

我心裏說：

「哪兒來的錢？除非天上掉，要麼就是搶銀行。」

恰不然讓我一卦蔔著，他們給武鬥沖散以後，流竄到神農架，搶一家農村信用社，事情告發，同夥已將他供了。

抓的那天，我吃過早飯正準備廠裏去，聽到警報車響，還以為是誰家失了火。想不到，車子開門前猛然停住，下來幾個公安的，頓時心裏格噔一下，該不會抓新生？

一下好多人看熱鬧，我幾乎支援不住了，腿腳不曉得躦動。我屋裏倒在地上大哭。她鼻凹同嘴皮子變成青紫色，看見嘴張多大，哭的什麼聽不清，被鬧嚷淹沒掉了。

他們將新生捆的太緊，繩子勒進肉裏頭。我的雙腳總算拿動，想奔過去請他們把繩子鬆一鬆，但擠不攏身。新生被推上車之前，他回頭張望，當我們父子眼光碰到一起時，他陡然喊了一聲爹，隨後眼皮一耷，癟嘴哭了。

那一聲「爹」把我的心也喊碎了。

望著汽車開走，回頭看見兒媳小芳哭成個淚人兒，想勸說幾句，不知怎麼勸好，禁不住也流了一股眼睛水兒。

新生判六年，我們鱉難過，出門壓頭。我屋裏哭整夜，白天揩乾眼睛水兒，還要去勸小芳。小芳已臨時臨月，我屋裏怕她傷心過分兒會帶出胎氣，影響到肚子懷的，所以盡心盡力地照護。

到廠裏，高書記和很多同事勸我想開些，不要擱在心裏慪，一家子望著你，弄病了糟糕。後來我也想穿了，俗話說養兒難爭娘老子的氣。新生坐牢是自討的，怪不上半個人。做違法的事，預備伸手時腦殼裏沒想嗎？這事做不做得？做了會帶個什麼結果？我看還是太年輕，擔不著輕重，跟著那幫子年輕人夥吃了虧。走到哪一步就說哪一步的話，既是違了法，去勞改幾年也好，做人的日子還長。這麼往寬處兒一想，壓在心上的負擔減輕許多。

牽腸掛肚的倒是給我們撂下的懷氏夫人。月小我做三十天，月大做三十一天，總想月底多領兩個。預備小芳落月，在鄉下買了五六對豬蹄，雞蛋百把個，紅糖要計畫，我也託人秤一小瓦罐兒。說句實話，得新生我就沒這麼搞過。

陰曆十月初八，學軍出世。我們給新生去了信，全家給喜氣一沖，對什麼都好像抱有希望。

學軍過了滿月，小芳想回娘家去。娘家在秭歸水田壩。路上我們對娃兒不放心，小芳蠻固執，說走就要走。我屋裏慌神，要隨小芳同去。我小聲說：

「姑娘回娘家，婆子跟起做什麼？」

我屋裏說：

「怎麼不能去？路上是個伴兒，我也不要她背。寒天冷地的，奶娃兒出窩不是鬧著玩兒。再說，親家相互攏個面，當著賠個錯，兒子沒教育好，讓小芳吃了苦。我生得下兒子也生得下媳婦兒，請親家放心，背勁拿重的事我不會讓小芳做，只要她把娃兒照護好。待那麼兩年，一晃新生回來就好啦。」

她故意把聲音說得大大的，好讓小芳聽到。我說拖起個娃兒往哪兒跑？她說女人都是水浮心，難得說。

過了年，正月十六那天，憂在心上的事情終於發生了。我屋裏拐起個小腳，去小芳娘家找，沒得，幾家親戚問到也沒得。等候幾天仍然不見蹤影，這才確信是跑了。

這下可把我們給整苦啦，我想這是前生做了惡人，今生得的報應。娃兒爹捉噠，媽跑噠，一餓張起個喇叭口，嚎的不住聲。如同豆腐掉進灰裏頭，打打不得，拍拍不得，兩個老傢伙哭就沒得好腔。有對鄉下夫婦無生育，上門探口風，想把學軍抱去。我屋裏不肯，我更捨不得。再說新生回來如何交待？看來只有耐煩些了。市上還不見奶粉，有米糕，我們就天天和米糕糊粥餵。有時跑上街，找到有奶娃兒的婦女討點兒奶吃。

老人打個等，神態木然，抓過杯子喝了幾口白開水。我想把話題往旁邊引一引，使他輕鬆些，問到廠裏的事情。他的兩隻昏黃的老眼朝窗外望著，頭腦裏似乎在對往事進行翻檢，呆了好一陣，繼續說。

◇ ◇ ◇

那時的糧棉油抓得緊，廠裏加工銷售獨一家，生意蠻紅火。廠裏購進一百五十馬力柴油機，能帶動十來個鋼磨。水磨自然被取消，兩合木榨擱那兒多年，附近農業隊想要，作懶豆腐價（極便宜）賣掉。你們蔡家埡還弄了一合去。

廠裏積下點兒資本，有人想蓋宿舍，有人想修辦公樓。我看麵條兒供不上，建議再添兩臺軋麵機，高書記同意。

接著是跑手續，建廠房，購機器，忙得打屁的工夫就沒得。廠裏開會，經常拿人到處找，總是由我擺尾巴。走進會議室，我找個牆旮旯兒，抓緊時間打瞌睡。後來叫他們把要學的文件、報紙找好，讓我帶回家去。回家哪有時間學習？不是把學軍拿在手上，就是去買煤、劈柴，或者上衛生院給娃兒弄藥。報紙拿回去折的什麼樣兒，第二天帶來還是什麼樣兒。高書記問我學沒有，我說學嗟。

就這麼廠裏忙到家裏，家裏忙到廠裏。恍恍惚惚幾年過去，新生刑滿歸來。

記得那天給學軍買雙新涼鞋跟新書包，和他奶奶倆準備去報名上學。我正在換工作服，這時門外走進來個人，一手抓個鋪蓋捲兒，一手拎個長提包，往地上一放，跪著喊聲爹和媽。候我認出新生，他們母子倆手拿手地大哭起來。

學軍弄不清白是怎麼回事，睜著一對大眼睛。叫他喊爸爸，他倒把我們望著，往奶奶身後躲，連爸爸給的糖果也不肯接。

我對新生說：

「這多年，你在外頭，我們在家裏，都吃些苦。特別是你媽，把學軍從拃把長餵成這麼大，吃的苦受的罪有賣的。懷裏揣個奶娃兒，就同手裏端碗油，時時過得心揪起，生怕有個什麼閃失。前幾年我們沒睡過整夜瞌睡，我照護前半夜，你媽照護後半夜。娃兒撒尿到鋪上，歸你媽睡濕窩；有個傷風咳嗽，趕緊抱起往衛生院跑。人家吃東西學軍相嘴，你媽攢個錢忙火火買來他吃；看見人家有什麼好玩藝兒，你媽想辦法去弄。這都是一雙眼睛的不是。學軍花錢比大人多，我的工資不夠用，你媽用襻襟背著他，去給衛生院洗鋪的墊的，整冷水時間一長，水濕病染上了身。」

說到這兒，我屋裏又哭，我才趕忙將話吞了。新生接過話說：

「都是我不好，帶連您們慪氣。養我沒得到濟，又把學軍餵養到這麼大。往後我憑雙手勞動，好生做人，慢慢報您們的恩。」

到底受過幾年教育，話說的蠻好，但我卻暗裏憂道：

「一晃二三十歲噠，媳婦沒得媳婦，職業沒得職業，拿什麼報恩？」

天不生絕人之路，那年遇著縣裏辦個桔汁廠，徵用我們家房地；不單能就業，還補償兩間小瓦屋，處在公路邊上，既方便又順勢。我看新生在轉運，職業剛剛落實，一樁喜事跟腳進了門：廠裏來了許多鄉下姑娘打工──剝桔皮，新生同個名叫五英的談戀愛。姑娘樣樣稱心，只是有點兒多嫌學軍。我跟我屋裏商量。學軍拃把長就餵過來了，別說如今已這麼大，像半大豬娃正好餵，怕什麼。讓新生趕快回姑娘的話，叫她放心大膽來！

事情蠻順利，年底他們拿手續結了婚。房子住不過來，我找到高書記反映。高書記想辦法將廠裏材料庫騰出一間，從此，我們就分開住下了。這麼還好些，人雖兩下裏住著，過什麼節氣，平常有個好吃喝，你接我去，我喊你來，十分親熱。

◇　◇　◇

這時老人忽然想起什麼，斷了話頭，伸手到床底下拖出個木盆，拎起一條褲子晾到陽臺的鐵絲上。褲子沒大擰乾，還在滴水。我的視線繞過褲子，對面是鷹子崖；近處的水鳥在溪河上空翻飛，遠處有隻崖鷹盤旋。他轉過身，探頭瞄了瞄走廊上的動靜，重新回到凳子上，歎了口長氣，慢慢敘道。

年歲不饒人，不知不覺，我一個花甲子到手。按政策要退休，高書記跟財會人員通知我的時候，我還呆了半天。自己認為還有點氣力，這麼好腳好手就要退，真是不大相信這個事實。從小跟芝麻菜籽打交道，幾十年的交情，陡然同它們分開，哪裏習慣！我一不會打牌，二不會下棋，又不愛逛街，坐也不是，站也不是，一時像掉了魂兒。家中困了三天，第四天我一雙腳跟一雙手開始發腫，渾身鎖綁，難受之極。看情形，這麼下去會把我憋死。我忽而又想起伍炳元跟陳習民那些人，回憶到黨和政府對我的恩德，更叫人坐不住。趁自己爬得動，應該為公家多做點兒事，就跑到高書記那，申請做兩年再說。其實，高書記也捨不得我退，一說就答應下來。

為方便工人洗澡、喝開水，廠裏買臺小型鍋爐，都不願燒，我便主動承擔起來。春夏秋冬，每天五點鐘起床，把鍋爐燒著，然後拿過竹掃帚，將廠區打掃乾淨；食堂門前連著街道，有時還掃過半頭街去。回頭水就開了，趁大家打水，我就去沖廁所。早飯過後消停些，油脂車間搬搬枯餅，麵條車間包裝麵條，這些雜活全憑自己找著做。晚上鍋爐要燒到十點，等下二班的工人洗了澡，才拍火關門。

這年底高書記走了，姓王的來當廠長。王廠長一到任，將糧油加工廠的牌子換成了「興山糧油工業」。沒滿年，王廠長上調，來位姓朱的小伙子，在興山糧油工業後面添上「公司」二字，不叫朱廠長，稱朱經理。

朱經理一到，見帳上有幾十萬塊錢，急著要辦兩個子——房子跟車子。聽到這個消息，急得睡不著，我連夜去勸：

「這個錢莫亂用，糧食油料已經放開，荊州、棗陽的麵粉都想在這兒占市場。我們儘早要添置糧食清洗機跟脫皮機，不然的話，麵粉就趕不上人家的白。榨油機也要換，秭歸一斤菜籽榨四兩，我們只能榨三兩八。職工眼下也沒住崖屋，修房子退一步再說。車子更買不得，那是花錢的祖宗！」

猜朱經理怎麼回答我？他說：

「秭歸一斤菜籽榨四兩跟我修房子有什麼關係？人家的糧食、油到我們這兒來，符合改革開放政策，就是要打破條條塊塊，建立大市場嘛。」

說起來屁眼兒就是嘴，處處是理。我的話不但遭他反駁，反倒派我去招呼修房子管基建。那時候搞建築，不像如今有招、投標制度，領導想給誰就給誰。當時建築隊好幾個，都來爭。我向朱經理反映，外地的不行，讓縣建築隊搞。工程出毛病，本地跑不脫，外地屁股一拍溜掉，到時你喊天去？朱經理同意我的建議，但在工程承包方案上兩人卻發生爭執。我說包工不包料，他要包工包料。我講包工不包料的好處，一是資金掌握在甲方手裏，自己採購建築材料，這麼既能保證它的質量，還可以節約使用，比包工包料要少花好幾萬塊錢。這都是我手中經歷過的事情，所以我才敢說。朱經理哪裏聽得進去，有些不耐煩，嫌我囉嗦，管的太多。

廠子弄了幾十年，基本上有了點兒積累，逢上如今改革開放政策，假若有個好掌舵，前景自然不錯。依我原來的設想，勸他莫搞「兩個子」，把積累用到擴大生產上去。不論別的，就憑我這把年紀，打招呼肯定會聽。可惜，上級派來的這位朱經理，不光是辦企業不大在行，武斷作風倒算一個。廠子要走下坡路了，在這緊要關口，我如同一個大人，眼睜睜看著娃兒往爛泥潭行走，不僅沒有能力阻止住這種行為，而且還跟著往泥潭裏陷。我像犯了個極大錯誤，心中好難過好難過哇！

那陣兒我過的不是日程，心裏如同插了一根棍，可以說，一輩子沒有那麼彆扭過。打個比方，就同從前的包辦婚姻，明明不喜歡對方，但還是要往過嫁。不是嗎？修房子我反對，自己又還要參加進去，這——唉！

憋氣怎麼辦？領導安排，服從。同往常那樣，我早晚將鍋爐燒好，白天就守在工地上當監工。宿舍樓擴大，把廁所的地盤占去，那麼沖糞便的差事總算給我取消。

按朱經理的作法招呼基建倒也鬆活，不急這個料子那個料子，也不管浪費不浪費。但我照樣幫他們收收撿撿，主要是防備偷工減料。

開始建築隊認錯人，以為我是個馬達哈，想搞鬼。門窗材料合同上明明寫的杉木，他們卻改用其他泡雜（不結實的雜木）。我說不行，按規矩辦。到晚上他們派人送兩條紙煙跟五百塊錢給我，我悶在心裏好笑。老輩子教育我們要取本分之財，戒無名之酒。我最討厭搞這個把戲，將紙煙跟錢往來人面前一塞，說他們夜蚊子咬菩薩——沒認著人。

那天下小雨，幫助他們到堆子上挑杉木筒子，不料材料走碼，把我這隻腿給砸斷了。當時有人說我活該，聲氣不大，還是讓我聽見了，但我並不起氣。

養傷的日期，猜得著，離屁股他們會鬧「花樣」。果不然，基坑挖好，下料時不按要求水泥灌漿，丟下半槽子卵石。我督促他們撿起來，邊灌漿邊下石，還要拿震動器震實在。頭幾天叫人抬我上工地，後來撐得了，就拄起雙撐棍兒到工地上轉。

一年多的時間，樓房才修起，六層，四個單元，看上去蠻氣派；吃喝拉撒不下樓，住裏頭的確舒服。我沒分到新房，全家人都不服氣。我說：

「這有什麼不服氣？按條款靠，我不是雙職工。廠裏還有許多這樣的情況，不止哪一個。」

那陣兒糧油公司蠻當響，好多人要求往進調，想住好房子。朱經理走哪兒都「吃香」，坐輛吉普，一轟地來，一轟地去。起先以為他坐的人家的「便宜」車，後來才弄清楚，他自作主張，在單位上拿了十二萬買的嶄嶄新。唉，你買輛汽車，給廠裏拉拉芝麻菜籽，送送麵粉也是好事，單單買個車子坐人。這哪裏是搞事的樣子，分明是來敗家！

不過，熱鬧只熱鬧個外牌子，我前頭說的情形已觸到眼皮子上來了。街上糧油市場大部分讓外商給占去，進來的菜油三塊五一斤，我們四塊錢一斤就賣不起。加工的麵粉無人要，想買好設備沒得錢，一砣資金讓樓房占死。機器一響就虧，廠裏只得停產。另外，朱經理神不知鬼不覺地向銀行貸了七十多萬元的款。這下他蔫了，一面借款發工資，一面向上頭打報告想溜。

雖說公司弄得像把破胡琴，一個瞎子賣，一個瞎子買，還有個瞎子等到在。朱經理一走，跟腳來位胡經理。

那天我看見胡經理，恨不得跟他說，到底來搞甚兒，這麼個爛攤子。一邊又抱著個說不清的希望，廠子擺在那兒，看你怎麼個盤法。

胡經理話不多，心裏好像有點把貨。新官上任三把火，廠裏庫房、機房、廚房，凡是能做門市的，經他指派，都改成一格兒一格兒的門面，統統安上白花花的捲閘門。然後寫紙條兒讓大夥揀，揀到哪格兒是哪格兒。什麼不管，工資自己掙，一年還得向公司倒交兩千，保留廠籍，否則就同廠裏脫鉤。

老天爺，廠裏幹了十年二十年，誰個敢同廠裏脫鉤？不脫鉤就得奔。怎麼奔？手裏揀個格兒做什麼？做生意要本，上頭把工資一斷，吃飯就成了問題，哪裏還有本錢做生意？一時人心浮動，亂哄哄的。

那年我七十二歲，起早床暈。胡經理叫我關掉鍋爐房，我就勢兒跟他打個招呼，接著便退下來了。

從六十歲算，又幹十二年，這十二年除本人的一份工資，沒多拿廠裏半個錢。不像現在，退休受雇取雙份兒，從前沒搞過。

◇　◇　◇

柱柱這時跑進屋來，伸過小木碗向老人要。老人起身到外頭走廊裏，把爐火封得小小的，舀起一塊南瓜，送嘴前吹了會兒，給柱柱放進碗裏。老人立起身，灰布褲子膝蓋處凸得老遠，像腿子沒有站直似的，笑瞇瞇將柱柱望著。然後又進屋坐下來，衝著我講。

春半年退的休，下半年我屋裏就害水濕病風癱在床。

那天她正在劈一截木柴，突然刀從手中掉了，歪倒在地，半邊身子失去知覺，連舌頭有一半就是木的。弄到醫院檢查、化驗，醫生叫住院治療，我屋裏死活不幹。沒得法，開一兜子藥回家來吃，這天共花三百多。

我還從來沒遇到過這種事情，一時把人弄的惶裏惶昏。她歪床上不能動，什麼都看著我。這且事小，我當月的工資呼啦一下整光，三口人的生活將從哪兒出水？急得日夜不能安神。

禍不單行，新生那邊破產，由於資不抵債，工人失業兩手空空。幸好有個好丈人，吃米不消買，指靠五英回娘屋裏背。我建議他們到街上館子裏挑殘水（泔水）餵豬，兩口子閒起不行。學軍還沒成家，用大錢的時候眨個眼睛就到。

那會兒學軍剛讀完高中，沒考取學，催我找工作。我把他看了看說：

「榨坊不垮倒好找工作，不光有事做，我的手藝也全部傳教給你。不行啦，爺爺老噠，養活到十八歲，我義務已滿。像鳥雀子，飛得動了，應該自己學著去打食。」

說過之後我又失悔，見那蔫蔫勁兒，怪可憐的。後來想了想，廠裏陳師傅租個格兒給人家燒焊，請他把學軍帶起，老麵子磨不過，便允了口。

家庭跟單位一樣，看來也在走下坡路了。公司弄到眼下情形，心裏本來就不好過，如今一退，不如意的事情跟到跟到來。活了七十幾，家中很少打這樣的亂仗。口說給他們想辦法，其實自己也在急著鑽門子。我跑到街上這裏站站，那裏望望。街上門子倒多，擺早食攤子的、炸包穀花的、烤紅苕的、賣雜糖的、鹵雞蛋跟豆腐乾兒的、補鞋的、擦皮鞋的……看來我一宗就奈不何。

那天我剛剛走上河堤，看見勞動街的王駝子在撿破爛，攔住他問了些行情，認為這個門子對我最合式；既不跟人說好話，也不十分地負重。回到家裏，我趕忙請陳師傅焊個兩根齒的鐵鉤子，外帶一把小火鉗，找個蛇皮口袋，竄到街上去撿破爛。

開始好像蠻大個稀奇，嗨，老廠長在撿破爛吶，出社會主義的醜吶等等。這是醜的什麼？靠勞動吃飯，我覺得一點兒就不醜。不過，許多老熟人碰到了，以為我受到什麼不公正待遇，我說沒呀；出於關心，叫我莫搞。我恨不得說：不搞怎麼行？要吃飯。但臨到嘴邊又變成光面子話了：

「退休工資不少一個，自己好喝點兒酒，撿得好玩兒。」

醜遮得住，窮遮不住。看見廠裏職工我就照直說：

「伯娘病了，單靠那點兒工資不行。」

後來一切都很自然了，當打招呼的打招呼，有些年輕人見我撿的破爛多，扛得吃力，便接過手裏幫我捎回家去。

回家忙飯吃，我幾十年沒上過灶，學軍更不會。錢枯，沒得幾碗幾碟的菜弄，只會煮洋芋南瓜砣砣。太倉促，乾脆洋芋不刮皮，同老茄子煮湯，多放些胡椒，同樣下飯。

我屋裏見我笨手笨腳的作孽，我看見她病倒床上作孽，又都沒個好辦法，真是叫花子憐惜討米的。剛病的日期，喝稀飯靠我餵，漸漸地能坐起來，把飯菜放面前，用那只好手往嘴裏扒。她從來不說爽口不爽口。遇著我撿破爛沒回，屎尿都屙褲襠裏，等我回家給她換，給她洗。髒衣服屋裏清洗不方便，我就一抱摟到大河裏去抖。

一次給她抹下身，弄也弄不動，我歎了一口長氣，她就多心，說：

「我活著是個多餘的人，盡給你添麻煩，幾時一口氣不來，你的心寒就出頭了。」

我說：

「請你少在那兒彎徑鬼道地想些，少是夫妻老是伴兒，你服侍我幾十年，這會兒你病了，應該照護。」

「樹怕翻根倒，人怕老來窮。」

「這算不上窮。你沒見有好多我這樣的老頭子，從鄉下跑來撿破爛，撿一個吃一個，晚上就歪在人家牆根下過夜。他們還不是媽生的。我們夫妻雙全活到今天，就是福氣。我長期說，你老噠有我養活，這不是玩話。」

撞著新生他們過來，叫幫忙收收洗洗，弄頓把飯大夥吃。五英聽招呼，能吃苦，挑殘水餵豬，攢千把塊錢。新生見自家門面好，找丈人湊合，辦個小賣鋪。我說好，雖說是掙不著大錢，粘糖果子，慢慢往前粘，莫求急。

學軍不大離了，陳師傅說他眼活兒好，每月付百把塊錢工資，想把姨侄姑娘介紹給他。有人關心這是個好事，我叫他生活跟我吃，錢攢到，要辦正經事直往出拿。

有大半年時間，我屋裏病不好不歹。她要下床，我不准。候我拿起鉤子口袋出門，她就溜下地，想收撿收撿。但下地就爬不起來，直到我跟學軍回家，才弄她上床。要她病好，看來是死人的眼睛——今生不睖（能）的。我想夫妻一場，乾脆好生照護她兩天。撿破爛的多，白天橫直撿不到個什麼，要撿夜晚出門撿。

眼下最怕那個麻木（機動黃包車），說起來你興許曉得。它幾乎比行人還多，一輛跟一輛，有時幾輛並排，都想上前，我們這個小地方，也不分什麼車道人道，動不動把街阻斷。實在不叫樣子，交警隊出面整治。他們把問題根子追到農村人身上，說許多社會秩序都是農村人進城搞亂的。往回攆，攆得走？你要非農戶本本兒他買非農戶本本兒，你要待業證他有待業證，看情形要什麼手續他們都不會缺少，而且來得飛快。這哪裏是個辦法，比如撿破爛，照我看多數來自鄉下，你把人家攆走？不偷不搶，靠雙手掙錢，不違法。辦法行不通，就在麻木篷子上印單雙號，逢雙日雙號跑，逢單日單號跑。依舊擁擠，後來又劃甲乙丙丁。這倒稍微好些，但是每天八點鐘以前跟晚上六點鐘以後，交警下了班，甲乙丙丁一齊上街，轟隆轟隆，擠擠撞撞，熱鬧得很。交警看到只當沒看到。有什麼法？都要吃飯。有的全家生活就瞅住那個麻木。街上差不多天天有車撞人，車碰車的事故發生。我被麻木撞滾兩回，偏偏福德星好，沒傷著筋骨。這也是我白天害怕上街的主要原因。

夜裏出去撿破爛，這倒是個主意，不單自在些，垃圾都歸到鐵桶裏，只管找桶去撿。夜市攤子上扔的瓶子、罐子，沒清掃之前，早已被我裝進口袋裏了。壞處也有，許多垃圾道掏不著，院子的鐵門上了鎖，只能找沒有鐵門的進去。有回看見垃圾車停那兒上水，問師傅垃圾倒在什麼地方。他們說倒在靠香溪大橋下面河沙壩裏，等龍王老爺漲大水搬它下長江。曉得去處，我打起電筒往河壩裏去，破爛好撿些，比以往要多賣個塊把兩塊。就是聞臭，變泥鰍還怕糊眼睛！

撿破爛的也上電視，我看到有個老夥計撿到一條魚，回家破開吃，發現肚子裏裝有金項鏈兒。當時我笑編電視的真會編。可後來證實，這樣的事情不是沒得，王駝子就掏個金戒指。西頭的張寡婦掏到一條紙煙，打開裏頭還塞五千塊錢。據說都是在政府裏頭，住官老爺的單元樓裏掏到的。往後我留心，凡是住「長」字型大小的單元樓，掏破爛的是多些，有時還能看見他們打架。說個造孽的話，有時我腦殼也中邪，掏著掏著，想它猛然滾出一個金蛤蟆。

工資和賣破爛的錢，差不多一半用到給我屋裏買藥。一天學軍下班回來，說看見什麼文件，建國前參加工作的工資漲到六七百，說我應該享受離休待遇；又說他奶奶的藥費可找單位報銷一半，預備寫報告找上頭扯皮。

我心想，你爸爸戳過爺爺的「爛瘡疤」，如今你又來戳。屎不臭，挑起來臭，爺爺建國前是個什麼人物？只曉得嘴一張！我沒得好聲氣跟他說：

「請你少往歪路上想些，按道理，不勞就不得，可我還照月領取三百塊，這得感謝人民政府。好多工人拿不上工資，還要倒交，難道沒看見？還好意思開口說藥費，馬鑼掉進天坑裏：響（想）嘚（得）起來！」

有幾回，我在走廊上理破爛，塑膠歸塑膠裝，紙盒做紙盒捆。聽到我屋裏跟學軍倆背：說向書記招工我阻羅，高書記讓她到食堂裏去我不准羅。我不這麼做的話，新房有住的，藥費也能找公家報銷，為這她撿了我一輩子的嘴。她說的在道理，不過是個半邊之詞；另一面呢，廠裏比我們困難大的戶多得很，這些她沒看見！

　　我屋裏在床上整躺四年，更到七十歲死了。棺木有，她死前說要回徐家臺，我叫新生把屋裏收拾收拾，接他媽回去。

　　打夜喪鼓，鑾熱鬧，第二天粉亮上山。老輩人說懷抱子，就將她安埋在我爹的墳前。看著落到土坑中的棺木，我想，這棺木旁邊，日後就是我的安身之處了。當時恨不得一腦栽下去，就便埋掉，以免二回再麻煩人家。

　　料完後事，我一連睡好幾天，不想飯吃，不想水喝；人清白，就是渾身無力。心中思量該不是我屋裏要接我過去？我第一次真正體味到做人沒得多大意思，頭天晚上還說了話，第二天就鑽土。是病苦了她，磨得作孽，去了享福些。他們說兩口子哪個死前頭，那個有福氣，這話在道理。他這一走，什麼都不管，扔下我一個人在後頭，屋裏空了，心裏也空了。前思後想，跟我幾十年，比上不足，比下有餘，她對得起我，我對得起她。

　　有天我扯個渾（做夢），好像是我們原先堆菜籽的老屋，有我爹我爺跟我屋裏在裏頭坐，他們穿的還是從前的長布衫子，問到水磨上的事情，我屋裏一點兒一點兒數著說。我站在門外，橫直叉不過那道門檻，腳下像長了釘子；想她住嘴，還有屁的說頭，可她依然不住嘴說。到後我爹罵我敗家子，我想辨白，嘴張不開，心裏如同塞砣棉花；猛地一掙，喊出聲，醒過來渾身是汗。

勉強能夠下地，那天覺得嘴裏無味，想掏點酸菜，喝兩口酒。到中午學軍忽然回來說，廠裏要搞公房出售。我坐不住了，拄著拐棍去找胡經理，問道底是個什麼情形。

原來全縣都在搞公房出售，廠裏新樓三室一廳的，少說要兩萬，舊房也是萬把起碼。胡經理像看穿我的心思，勸我莫急，拿不出活錢，建設銀行有低息貸款。這次是政策性售房，過這個廟就沒得這個廟了。

我想假若不把房屋買下，幾時兩腿一伸（死去），學軍就沒有地方扎根。便催學軍趕快去辦貸款，我一頭急錢，一頭還在往寬處想：賣房的現金集中起來，更新設備，收購糧食油料，興許還能將公司起死回生。事實不是這麼回事，賣房的錢讓縣房改辦一砣捲走。你看，廠裏那點兒積累用來解決「兩個子」，這是多麼大的失策！提起車子更是叫人寒心，朱經理弄他的兄弟來開，過年送人上榛子嶺，凌上打滑，翻下深溝，落個車毀人亡，幾悲慘啊！

房子辦過手續，心中安逸些，便促著將學軍他們推攏。蠻簡單，買點兒菜，叫五英、新生過來弄，把陳師傅跟小蓮請到，喝杯淡酒，作算把婚結了。

學軍漸漸學點把技術，陳師傅一月開上兩百。小蓮從鄉下來，拎個筐子到集市上販青果，青果罷了販小菜。

大約年把，家中生活一直靠我拿錢吃，自小蓮生下柱柱，我就分開過了。各住好些，隨我吃乾吃稀。別看我七老八十，負擔蠻重，當然是自討的。除生活，還要還一百貸款，廠裏人情隨叫隨到。

小蓮一早去販瓜果，把柱柱穿好丟床上。學軍上班。柱柱醒來，我用襻襟背上集市找他媽餵奶，然後又襻到背上去街道撿破爛。望著他們忙不過來，柱柱的尿片都收來洗，堆那兒扎眼睛。都說我這個太爺當的稱職。

日子一風順兒地過，那天我去財會室領工資，看情形不大對頭，好多人在忙。聽他們說什麼清倉查庫，資產評估。我以為耳朵聽錯，如今是什麼時候，還搞清算？清算哪個？問會計小林，小林眼睛睜多大，跟我說：

「您還不曉得呀？公司讓人家一百五十萬元買斷啦！」

「那麼取工資……？」

「找縣勞動保險局。」

當時我也弄不清怎麼叫買斷，回家問學軍，才明白原來是沙市來的一位余老闆將公司合整地買去。預備更換新設備，繼續做糧油加工生意。

這就叫人犯糊塗，從我手裏把廠弄過來，先公私合股，後轉為國營，辛辛苦苦盤幾十年，陡然一個懶豆腐價錢賣給外地人。一百五十萬做甚兒？抵得上個地皮錢？也不是粑粑果果，這麼隨便？即使能讓私人開廠，當初就讓我老徐搞嘛，說個不謙虛的話，我搞也許還不至於弄到眼前這個樣子！

……

講到這兒，老人按住話，沉默起來。

◇　◇　◇

此前，我看見柱柱趴在走廊上，不時把太爺給他的那輛小汽車從門前開（推）來開去，嘴中馬達聲聲。這陣兒他拿著汽車進屋，鼻涕呼嚕呼嚕，嚷著要吃。老人依舊弄兩砣南瓜堵柱柱的嘴，再去掏爐子煮米做飯。看上去笨手笨腳，卻十分條理。

天已漸晚，屋內搶先暗了，須提前上燈。老人用電節約，拉開燈，找到罐子熬化豬油，順手又將燈關掉。我一時想到要走，起身告辭。老人怔了一下，語氣堅定：

「也不是外處兒，輕易不來，你的老人家同我厚道。不嫌弄的隔嘴，在這兒吃晚飯。」

躊躇中，我依舊回身坐下，這當兒，我們難免又來了陣「答記者問」。

飯菜拿上桌子，滿城的街燈亮了。問及學軍他們，原來學軍通過考試，在余老闆廠裏做工，今天上二班，半夜裏才得回來。正議著，小蓮到家。她說：

「賣菜的人多，集貿市場擠不下，天天為場子爭吵。工商所就劃號子，兩尺遠一個，腿子就叉不開，見天收費三塊。我劃的三百零五號，還有蠻多人在等。」

老人叫小蓮不燒火，過來就便吃；調頭喚柱柱，柱柱手裏抓住小汽車，歪在躺椅上面睡著了。

吃過飯，不等我告辭，老人說：

「這會兒不留你噠，我要上班。」

他從門角裏拿拐棍、鉤子、口袋；電筒籠個套子，像短槍一樣掛在脖子根上。臨出門吩咐小蓮吃飽莫收，拿罩子筐著，等學軍回來混一頓。

我們一同路過余老闆的工廠，老人拿拐棍指著機聲轟鳴的車間，說：

「辛辛苦苦幾十年，陡然賣給私人，憑的什麼！」

說完調頭把我望著，似乎要從我臉上找到答案。在路燈微弱的光照下，瞧老人那悻然的樣子，自愧回答不出他所提出的疑問，心中略略兒有些惶。本來，想從「初級」、「特色」上作番解釋，又恐一時很難說得清楚，再說這樣的東西賣在老人面前，那會顯得多麼的蒼白無力！

◇ ◇ ◇

回到家中，老人的講述同他的身影聚在腦殼裏久久不散。從磨坊主人到撿破爛老人，使我聯想到很多，試圖從中找到它們內在的必然聯繫，結果是一無所獲。忽然心萌一念，預備仿照《一個人的遭遇》把事情原委記錄下來，那麼還有許多人名經過須得認真向老人求教。恰在這時，一個極壞的消息劈面打來：老人親手將重孫毒死。這簡直令人難以置信，但事實又的確如此。

據說那天晚上颳風下雨，學軍勸爺爺不要出門。老人不聽，戴上斗篷，同往常一樣去撿破爛；不意中掏出半袋子大米。第二天淘米煮飯，柱柱嚷著要吃，一碗飯吃去大半，喊叫肚子疼。老人到車間喚學軍，將杜杜送往醫院，進搶救室幾分鐘，人就不行了。

經化驗追究，原來老人掏的大米裏頭拌有鼠藥！

可以想像，老人內心是何等慘痛！

當我再次見到他的時候，架不住叫人吃了一驚。那隻病腿引發痨傷使他一走一瘸；十分槨榑的破爛口袋，晃晃悠悠壓在那徹底躬下去的背上。他不光老得利害，臉上沒了紅光，一雙眼皮虛虛地眨著，以往的精氣神幾乎完全去盡。我替他拿下口袋，並不沉重，好在都是泡貨。陪老人走回家中，他用一種缺少中氣而又暗自哀傷的語調問我：

「你有事嗎？」

看情形，無論是廠子或家庭，我都不忍心打擾這位憔悴的老人了，便立即推翻願意，連忙說沒有。

「那麼我要睡覺了。」

誰也不會料及，這次見面竟成了我們的永別。

事故發生在夜間，清潔工首先發現，由於口袋同老人作了分離，誤以為兩堆渣滓。可是掃不動，一過細，原來是個人。

老廠長死在大街上啦！先撥一一〇，再叫學軍，學軍叫他爸。攏面查看，老人由麻木車碰撞而死，掛破的褲子掀起來看見半邊屁股；腦殼在地上磕破，流出一灘血。

「多一事不如少一事，只要跑得脫。如今這樣的事情太多！」

基於共同心願，靈柩停機房門前壩子上擱一夜，這是老人一生工作、勞累過的地方。似乎只有這樣才對得起他。老人在世，無論單位跟職工，他像一位老父親對待自己的兒女，全身心給予照護和關心。廠裏的每個角落，每部機器，幾乎都由他撫摸到了。雖說眼下廠子改了姓，但人們覺得老廠長的身影仍然在廠房間忙碌奔走。

糧油加工廠的新老人員，只要聞到信，包括剛來的佘老闆，左右街坊，都趕來陪老人度過最後一個夜晚。蔡家埡作為他老伴的後家，又因許多人在加工廠裏做過工；不僅人到人情到，還湊班鼓樂，同城中紅白理事會的一個班子，雙吹雙打鬧個通宵。

按習俗跟老人生前意願，自然要回徐家臺去同老伴合墳。黑壓壓的人群擁簇著棺木上山的情形，在想像中跟老人的一生攪和起來，幾乎同時活現在我的眼前；恍若聞到鼓樂中那淒厲如咽的嗩吶，似乎在訴說一個古老而平常的故事。其音漸遠漸弱，漸弱漸隱，到後便徹底消失到時空的深淵裏了……

扯灘的女人

山裏有這樣一類婦女，身子單薄，皮膚白淨，顏面骨上紅潤，似乎生下來就被塗上一層胭脂。她們走親戚或進城辦事，穿著漿洗得有顏有色的衣服同布鞋絲襪，坐、站規規矩矩，極不逗人注意。一旦回到莊稼地裏，那便是另外一番情形了；背、挑、薅、鋤……各門農事不僅在行，做起來且麻利手快，風就抓得到一把。人們稱她們是下田的老巴子（即老虎）。

金枝就屬於這一類人，但她如今不盤土疙瘩了，在街上擺早食攤子。

剛來那陣兒，金枝對城裏人的有些做法，如斤斤計較，人的關係，公共衛生等看不習慣。文化館跟文工團住的「亂插花」，還是上個世紀七〇年代修的老式樓房，長走廊，小單間。由於住戶是兩個單位，公共衛生成了兩不管。什麼果皮、煙頭、字紙……到處都是，走路帶得起渣滓。她從家裏扛來一把又長又粗的竹掃帚，專門用來打掃樓梯跟走廊。丈夫溫德柱在文化館工作，叫她有空多坐會兒，少管閒事。金枝瞅她一眼說：

「這也不費事，胳膊拐個彎就乾淨噠，說起來是國家幹部，都是假乾淨。」

於是，樓前院後便有人議論：是不是有新團長或新館長到任？溫德柱說不假，上頭調來一位專管衛生的金副館長。

金枝從凌晨四點起床忙攤子，生意做到十點過，餃子賣得完賣不完，攤子要收，預備忙午飯。他們本錢小，租不起門面，擺的臨時攤子。雖能少些開銷，但麻煩事多：下起雨來支棚收棚，鍋盆碗盞端上端下。當然，這方面溫德柱得抽空幫一手。待這些傢傢伙伙盤上樓，金枝氣也來下及喘一口，提過竹籃往菜市場奔去。

一進菜市大門，嘈雜聲便劈面蓋來：人們討價還價，雞喊鴨叫，秤砣秤盤相碰，同類呼喚……不絕於耳。金枝就在這匆忙人流中，割肉，秤蔥，選購所需蔬菜。當中，少不得看見提籃小賣家鄉人。親熱交談中，便問起包穀地讓山水沖淤沒有，今年的柿子稠不稠，還有夥的黃毛犍子輪到誰放，膘水迭是沒迭等等，不經意，城上大鐘敲響了十一點。她趕忙收起談話，挽起竹籃朝回趕。一時沒注意，半途兒裏被老鄉將一瓣老南瓜或幾個紅苕硬行塞進籃子裏，使她越走越重。待她爬上四樓，顏面骨上那塊胭脂紅倒是更加潤澤好看了。掏出鑰匙正欲開門，一聲「金媽媽」便飛進耳朵，娜娜第一個看見了她。

她聽見叫聲，立即抬起頭，換上滿臉微笑，拍著掌道：

「娜娜乖，再叫一聲。哎——我這裏有好多果果兒，梨子，柿子好甜。」

娜娜從竹籃裏拿起一個寶冠柿，金枝叫她喚輝輝去。娜娜五音不全地喚輝輝，還有四樓的媛媛，三樓的文文都來了。他們毫不客氣，到竹籃裏拿各自喜歡吃的果子。待都取到一份，金枝才將竹籃提進屋裏，接著淘米煮飯。

水池在走廊盡頭，她邊走邊揀米裏頭的秕穀，嘴裏說：「走，跟我淘米去，哥哥姐姐等會兒就要回來吃中飯。」身後，娃娃們嘰嘰哇哇跟成一路。

吃飯更熱鬧，這個吃這，那個吃那，若是其中一個吃了辣椒嚷著喝水，跟著都要水喝；飯粒湯水，桌上有，地上有。他們在自己家裏不老實吃飯，好像金枝弄的有味些，吃起來格外搶食。正鬧的熱火，輝輝蹲地上屙。華子同平平喜歡逗娃兒玩，這時卻捧著碗，做副怪樣子往門外跑去。金枝停下吃飯，先用笤帚掃，然後取拖把拖。衝華子、平平說：「小時候不是一樣的！這會兒曉得臭噠。」溫德柱也不做聲，只把眉頭皺起。

在樓上，娃娃兒們喜歡她，年輕人也喜歡她。文工團、文化館裏小伙子多半單身漢，他們不願吃食堂，自己開伙；今天你家，明天他家地輪流弄著吃，但做起飯來不是缺這就是缺那。金枝做早點，佐料自然配得齊整，見小伙子來要，「金嫂子」喊得巴口甜，十分捨得。一次她將幾斤蔥洗好，放在水池邊離水；說的在拿，沒說的也在拿，當她來切時，剩下的蔥已不足半斤。她轉身往菜市去，當時正值伏天，蔥價一斤四元，還搶不到手。溫德柱見她空手而歸，建議多摻些包菜什麼的。她卻說：「除非你的生意只做明兒一天的！」當晚爬五里山路回老家拔蔥，忙得大半夜沒睡。

她還將老家的葫豆醬，大罎子小罎子背進城裏。說打的醬沒得自己做的味道足，使筷子蘸了硬要人家嚐。小伙子們聽不得這一聲，炒菜、煮麵條都跑上門要，不長時間，醬罎子空了。她似乎覺得對不住大家，說：「只要你們喜歡吃，明年多做些。」

下午一點左右，華子、平平都要睡覺。金枝收罷碗筷，爐子上添上新煤，淘糯米蒸，再拿過一束分蔥來掐鬚子，掐著掐著，腦殼漸漸往下掉。這陣兒，須得到床上歪會兒，打個盹兒人才清白，幾乎成個習慣。溫德柱在一角陽光下靠住門框打瞌睡。

城上的大鐘報兩點，溫德柱瞌睡警醒，進屋去催學生；待他們走後，自己到辦公室晃一晃，點個卯便回來。金枝正洗蔥，接著切青椒，絞肉，剁生薑及大蒜末子，預備餃子餡兒。

寒露節過，天氣陡然轉涼。金枝提議晚上包餃子，早起消停些，溫德柱同意。攤子上幫忙，溫德柱怕單位上說閒話，下班在家裏做就少許多顧慮。金枝將鹽放糍粑中拌勻，溫德柱就拿杵子去打，待糍粑打粘，金枝那邊的麵已調好，折身把糍粑往一個矩形模子裏填（這麼切出來的糍粑才有棱角）。溫德柱鋸柴，鋸完柴，幫金枝搖機器壓餃子皮。金枝把鍋兒爐子架到腳跟前弄晚飯，忽而招呼機器上的麵皮，忽而拿起鏟子到鍋裏和幾下。夫妻倆像在屋裏跳花鼓舞。

有中學生的家庭晚飯較晏，一般九點多鐘才收碗。這個時候奉勸諸君不要到溫德柱家串裏門兒，去沒得地方坐，即使有地方坐著也不舒服。屋裏擺著簸箕、篩子、麵盆、餡盆，夫妻倆就坐在這些盆盆簸簸中間，一邊看電視，一邊包餃子。到電視不那麼吸引人時，金枝便說起閒話：哪家的館子開張，哪家的關門；沒辦執照的攤主被工商罰得駝子不直腰。還將一家月餅店的老闆同理髮的女子鬼混，讓巡邏隊逮住，公安局封店等等，都拿來背。這時，她把眼睛停在溫德柱包的餃子上頭，彷彿不大對勁，便轉過話題道：

「多放些餡兒，包大點兒。」

溫德柱一直嫌金枝包的餃子大，說過好多回，不曾起效，今天輪到自己親手做時，將餃子縮小了。聽到金枝說他，應道：

「包大了賺不到錢，今兒特意做個示範你看。」

「不消看得，你做的不行。做就好生做，不做一邊歇去。」金枝說時將手背揚了揚，擺出請開的姿式。

溫德柱見說不服她，起身離坐，說：「我是為家裏說話，生意上不能太老實。」

金枝說：「我不管，只要餃子賣得出。」

「賺頭兒呢？」

「你說沒賺，這吃的用的哪兒來？靠你幾個呆（板）工資會把人餓死！」

看情形話會越說越多，溫德柱悶悶地洗了手臉，上床安去。金枝沒料到溫德柱真地一邊歇去，獨自包了一陣兒，滿心的不服氣，便撿螺螄湊巴簍地說些陳穀子爛芝麻。弄得溫德柱即使躺在床上也睡不著，後來求饒說：

「女人──嘴住會兒好不好！十一點啦，讓我矇會兒行吧？」

金枝聽出男人說到最後，喉嚨似乎哽了一下，才把話按住。

其他方面，溫德柱說的對，金枝還是依從，但攤子上頭堅決不讓步，始終抱著「三分的利餓死人，一分的利脹死人」這個經做生意。左邊的右邊的攤子易主好幾個了，她一直堅持下來，人們都說她的餃子、糍粑吃得過。

寒來暑往，晃晃數年過去。金枝夫婦將初中的趕成高中，高中的趕成大學。樓上的單身漢大部分成家，「金嫂子」仍舊喊得那麼甜；佐料也要，那只是十分稀疏的事了。娜娜那一發的送進幼稚園，有的背上小書包。早晚喊著「金媽媽拜拜」；有什麼山果子，金枝照樣喚他們過來，但娃娃們已學成許多規矩。

金枝的頭髮雖然沒白，臉上卻添增許多長長短短的皺紋。到菜市上遇到老家的人，閒話中，自然又說及到人生的苦短。

「老巴子女人見老囉，只說是人一進城就要長白長胖，你是怎麼搞的？還是那個肌瘦樣兒，莫非飯沒吃飽，溫德柱在虐待你？」

金枝歎道：

「說給您聽，別的不怕，單是那個早床難得起。雞叫二遍就往起爬，中午上床打個盹兒，接著忙到夜裏十一點多才睡。沒還過陽，叫人怎麼長得好？有時中午剛歪著，有人喊門，沒賣完的小菜往你那寄，要麼找口水喝，都是些熟人，不起床不行。城裏睡覺趕不得老家自在，這兒在唱，那兒在跳；惱火那個麻將，有些人不知是哪兒來的那麼多工夫跟那麼多錢，一天到晚雙手在桌上抓，夜裏抓通宵，弄得隔壁三家不能安神。頭二年搞不慣，如今耳朵跟前打雷也睡得著。

「一天幾頓飯捆在身上，你不伸手沒得人伸手，把老溫催急了多派給你用電飯煲煮個飯。衣服幾天就是一大堆，靠到我洗。區區點點說起來看不上眼兒，摸摸一個時候。一天轉下來，往床上一倒，腳板片兒火燎火辣的疼。

「這麼屋裏忙到攤子上，生意好，苦得有想頭，遇上攤子跟前不攏來人，站那兒好著急！熱天裏爐子跟前烤得褲子汗濕，冬天又吹得你清鼻涕流。我是個賤人，冬天怕冷，夏天怕熱，一頭就占不住。心想歇一天，工商管理費跟稅錢是硬的，掂來掂去，堅持熬。

「有學生的家庭總是沒得好過的日程。我同老溫兩個人苦，搞的羊尾巴苫不住羊屁股。樓上樓下有幾個學生在外頭讀書，有寄三百、四百的不等。我華子寫信說兩百塊錢吃不飽，後來又說他給食堂幫忙，食堂裏供一頓早飯，叫莫掛念他。我想，人家的娃兒能安心讀書，我的娃兒眼睛瞅書上，心裏在想飯錢。後來我強著寄二百五。老溫不准，說讓娃們餓餓肚子好，曉得甘難辛苦。我說當老子的沒得用，只會說這個話。」

金枝說著說著便流起淚來。

老家的人眼圈也紅了，勸道：

「從前香溪河上扯船，最怕的是扯灘。如今這個娃娃兒『灘』也難得扯，都是一本經。我們這娘老子都在農村，指靠餵兩頭豬供兒們讀書。如今賣豬也划不來，但是不那麼零錢撥累錢，有什麼法呢！莫支著急，盤一個出來就好嗟。」

「盤出來又怎麼樣？現在都是自己找事。我們占不住膀臂，老溫是個耿直傢伙。看，我小的又腳踏肩膀地上了高中。如今供養一個學生，開口不是幾千，而是幾萬！聽到這個我腿子就趴。回轉幾年我就不怕，背輕拿重來得兩下，如今歲數一去，心裏想得到的，卻是辦不到了。」

城上的大鐘敲響十一點，她猛然想起今天平平考試，溫德杜要下鄉，都要求中飯早點兒。告別老家的人，挽著菜籃急走。剛才一點傷時歎老情緒，給熱鬧、緊張、紛繁的現實生活沖得無影無蹤。精力須得集中起來，放到堆至眼前的諸多事情上去……

花大媽撿生

彷彿就在自己家中，一次進來的是兩個人——女兒跟丈夫。女兒走在前頭，丈夫在後，但仍舊看得出來，是丈夫引著女兒來找母親的。女兒六七歲樣子，長得蠻秀氣，身穿小紅襖，頭上紮著兩根羊角小辮兒，遠遠地就雙臂張開，朝過撲來。這突如其來的母女相會她並不覺得意外，是渴望已久跟預料當中的事情。她不住地默念著「艾花」——這名字在心中暗喚了大半輩子，這次她終於呼喊出來。接著以同樣的姿式將女兒攬進自己懷抱，什麼也不顧及，急切而又忙亂地衝女兒親呀吻呀摟呀抱呀，把平時對女兒的想像同思念，通通融入到忘情的愛撫裏去了。接觸中，感覺女兒是那麼溫柔可愛，臉皮兒像緞面似的細嫩和光滑，且散發出一股淡淡的、無法用言語表述的那種「人親骨頭香」的芬芳，這芬芳一直浸潤到她的內心深處……猛然間，丈夫要從她懷裏把女兒奪走。她一面護住女兒不放，一面向丈夫求情，然而這一切皆成徒勞。丈夫顯得特別的兇殘，氣力出奇的大，把女兒跟她拖離了地面，無助中，只感到雙腳往門檻上一勾，女兒脫手不見了……

女兒脫手，正是花大媽的夢醒。她的腳背在門檻上「勾」了一下，似乎還在隱隱作痛。溫習適才情形，原屬夢境，一聲歎息，淚水打眼角處漫到臉上。記憶變得如同一隻無形的鉤子，將往事從時空的深淵裏打撈上來。她思前想後，越想越悲慘，越想越傷心，到情感難於收拾，竟忍不住好一陣泣咽！

花大媽老家住在竹園坡，十六歲那年，就將懷抱向自己的意中人兒給敞開了。事情湊巧，一敞肚子裏便長了「東西」，要說這秘密也算保守得嚴，直到肚裏東西降生下來，除開下種的那個還未有第二人知曉。她將小寶寶藏在牛圈架子上頭的包穀葉中，到第七天因她不在，黃牛更著頸項到架子上拽草吃，不幸把寶寶拽了下去。一條弱小生命就這樣不聲不響地在牛蹄下面給糟蹋掉了。小母親哭得死去活來，悲憤之下找把薄刀，照牛腿一頓亂砍。事情經此而傳播開去。族裏出現這樣的醜事，來年的清明會上照例要活埋人的。男方那邊眼見事情敗露，便主動認了，上門賠禮道歉，請求擇期娶人。女方的父親是本地一位土財主，嫌男方家貧，拒絕這門親事；為保自己「臉面」，執意要將「這樣的賤貨」埋掉，以正族規。這可憐母親因年歲太輕，還不想死，趁人不備，連夜逃往城裏去了。開始老鴇母想拉她進婊子行，她不幹，卻被一位好心的信婆婆給搭救。信婆婆見姑娘生得周正，便作主給她一個姓徐的侄子配了媳婦。丈夫是本分人，小搬運裏做工，日子比上不足，比下有餘，倒也平安，只是一宗不如意：沒得生育。小倆口床上下了不少功夫，且各自吃些秘藥，但無論怎麼配合跟努力，觀音菩薩就是不給他們送子。到她三十八歲那年，厄運再次降臨：丈夫上午還往木船上裝了半天藥材，下午腦溢血，沒留下半句話便默默死去……時光如駛，一晃三十年過去，如今這位老寡婦已經是六十八歲的高齡了。

夢境、現實、往事交相混雜，將花大媽陷進悲傷的泥沼裏，一時半刻還拔不出來。她心中計算，倘若艾花活著，已經有了五十歲，興許當了奶奶。但女兒保留在心底印象，既不是幻想中的老艾花，也不是夢裏穿著小紅襖的小艾花，依然是繈褓中的那個艾花！那模樣永遠也忘記不了，紅粉粉的臉蛋，呼吸起來鼻翼一閃一閃，特別是那張小嘴，含著送過去的乳頭，連嘣直嘣……想到這裏，花大媽雙手習慣地攏了攏胸前那對白淨而又光滑的仍不失為美的大奶，長吁短歎，隨手扯起枕頭袱子將眼角搌乾。

她回頭朝窗戶望去，適時窗紙微明，天漸亮了。一輛手推車打門前走過，膠輪碾著下水道的蓋板，發出有節奏的震動。憑直覺，車是王麻子的豆腐車。這幾乎成了個起床的信號，時間總是把握的那麼準，王麻子推車未出百步，後頭花大媽的房門便打開了。正至她穿衣下床的當口兒，突然傳來一種怪音。聲音說怪也不怪，說熟悉且又陌生，它好像來自很遠地方，似乎又近在眼前。起初誤為幻覺，緊接著跟來一聲，又跟來一聲。她來不及穿好，靸著鞋緊走幾步，開門一看，奇跡出現了：不知是誰用棉布捲個嬰兒，形狀像隻大蠶繭，斜斜地靠門框放著。嬰兒還在加勁啼哭，向母親發出呼喊，又彷彿是在抗議。這情形把她的心給弄疼了，不容遲疑，「我的尕啊」一聲驚呼，彎腰將布捲拾起，緊緊地抱在懷中。

縣城靠小河有條丁字拐的老街，老街背後有條斜街，就好比老街是弓，斜街是弦一樣，活活隔出個三角區來，人們便把那兒叫作「三尖角」。三尖角清一色的柱頭瓦屋，牆壁上下皆由木板裝成，照木頭上的紋路來看，房屋有些年歲。莫看屋老街舊，什麼溫州的皮貨、石獅的服裝、江西的瓷器、湖南的鐵爐，還有廣東染頭髮的、河南拔牙齒的、重慶賣川菜的等等一些「洋貨」，通通在那兒落腳，致使這老街異常繁榮。

花大媽住在正三尖角。自她來到城裏，無論丈夫在世或下世，沒吃過閒飯。就靠十六歲以前跟母親學來的針線，給人家漿洗補褳，挑花繡朵過日子。她繡的花蠻標致，看上去如同真傢伙。繡荷花，荷葉碧綠碩大，似有微風在吹，使葉上的露珠快要滾到池塘裏去。倘若有人要繡月月紅、端陽花，怕一時拿不準，跑到花前樹下過細瞧，或掐一二朵回來，照著樣子繡。王昭君紀念館還專門給她修間繡花房，裏頭掛滿了她的手藝：有枕頭、圍裙、襪墊子、兔兒帽、小衣兒跟包單袱子等等。遇上重要外賓，館裏用小車將她接去，坐在繡花房裏繡給外賓看。這麼繡出名，所以人們乾脆叫她「花大媽」。時代在變化，如今繡其他花樣的不多，花大媽便專繡荷包、圍裙、襪墊子等一些小物件。繡好以後，往小櫥櫃裏擺整齊，坐自家門口，帶繡帶賣。

這麼消停的買賣眼下是做不成了，自從艾花進門以後，平添出許多事來，把個花大媽平靜如水的生活給全部弄亂。艾花要吃，她慌忙跑商店買了奶瓶跟奶粉，這是首先要辦的第一要件。接著扯布自己動手縫製小衣服小褲子和一條襻襟，特意將「艾花」這個名字用紅絲線繡到襻襟的眉頭上，讓大家好看。

說來也怪，艾花脫離母體來到花大媽的懷抱，不鬧不哭且十分省事。一天到晚睡了吃，吃了睡，即使餓了也不啼哭，只是吭吭嘰嘰，小臉龐左右活動著，表示要吃。每遇這樣情形，花大媽便丟下手中一切，以商量的溫和語氣道：「我的艾花我的尕，你餓了我曉得，稍等一會兒好嗎？等一會兒就給你弄來。」她一邊這麼說著，一邊將奶粉沖好，很快地送到艾花嘴裏叫吃。待艾花吃飽，她用雙手把她端在懷裏，輕輕搖晃著，一老一少便「喔喔」地說起話來：「我的艾花好乖喲，喔，是吧？我最歡喜艾花，艾蒿遍地長得有，開的花有黃的、白的、紅的、還有紫色的，所以我就給你取了這個名字，我說的對吧？喔——」

艾花轉動黑眼珠兒，眼皮子一眨一眨，非常可愛。她彷彿認出花大媽，明白話中好意，「喔喔」地說個不斷，這情形叫花大媽樂意開心極了。

花大媽得到艾花如同得到一件活的寶貝，眼見忙得像顆轉珠子，成天卻喜孜孜的，彷彿年輕十歲還不得止。事實也的確這樣，花大媽打年輕以來，沒有經歷過兒多母苦的遭遇，雖說年近古稀，頭髮還只白了幾根，面皮也沒有她實際年齡那麼蒼老；眼角上的魚尾紋是有，而她那善良的眼睛同目光，給人的印象是一臉的慈祥。小河邊她刨有一塊園子，早晨下河摘菜，或者是上街購點小物，她便使襻襟將艾花縛在背上，一邊走，一邊彎過手去，在艾花身上輕輕拍打，口中哄道：

娃娃乖，背上街
娃娃笑，背上廟
娃娃哭，背上屋
我的艾花乖

我就把她背上街
喔喔…………

這當中碰到街坊鄰居，便打住腳，少不得要親熱幾句，會說話的就說：「花大媽，你是個大善人，丟的娃子別人不撿你撿，只有你才耐得起這個煩。不過好事做噠好事在，老天爺都看在眼裏，保佑你活一百歲。」說話人順便把手伸過來，扳著襻襟還跟艾花倆嘮幾句：「艾花你說是吧？喔，你長大不能背良心，要養活花大媽，報她的恩。啊，你養活她呀，好！」

艾花「喔喔」應著，把說話人跟花大媽都樂得直笑。

當然，花大媽有時也會碰到不會「嚼牙巴骨」的，這些人聲氣大不過，一照面便直通通地說：

「花大媽，八十歲噠還弄個奶娃子背起，何苦吵。沒聽說雞子孵得鴨兒大，撲通撲通跳下河，母雞空空上乾坡？如今親生兒女就得不到濟，莫說你這！」

花大媽性情溫和，知道說話的人是愛護她的，她卻不領這個情，但又不好當著屈人家的面兒，只得給自己的行為尋點理由罷，便說：

「大小是條命，我看到心裏疼。」

「這命要錢盤咧。」

「有錢我也盤，無錢我也盤，慢慢盤。」

說這話時，花大媽口氣大約硬了點，使對方一下子有些不自然，不便把話繼續下去，知趣兒地走開。

夜間艾花喜歡看電燈，花大媽趁這陣兒跟艾花倆數落起那些不會說話的人來：

「——他們說得不到濟，我說得得到濟。我的艾花不會變成鴨子跳下水。你說對吧？難得盤不難得盤，也不需要他們拿錢，管的寬。喔。真是管的寬。」

照護奶娃麻煩這是不消說的，花大媽給艾花換屎片，洗尿布，防止胳肢窩、胯丫挨「折」，須經常擦洗和撲粉。除開這些，夜裏還要吃，至少兩頓。她預先將奶瓶奶粉和開水一應擱置床當頭，發覺艾花在吭，小腳片兒不停地亂彈，知道她餓，立即起身去弄。奶粉沖在一隻瓷盅裏，調得不乾不稀，往奶瓶裏灌，待到冷熱適度，然後才把給艾花吃。吃飽後，艾花白天把瞌睡睡醒，不及時睡去，花大媽便陪著她玩，陪著她說。有時受種母性驅使，側過身子，把乳頭送上去，讓艾花咬住空嘣。艾花吃奶，習慣用手將另一個乳頭抓住，生怕別人會奪走似的。花大媽看著有趣兒，罵她「不老實」，隔會兒翻轉身，換個奶她嘣。這當中，倘若艾花一時尋找不到另個乳頭，胸脯上亂摸，花大媽趕快幫她找到，到後一動不動，盡艾花嘣。艾花嘣的雖說是個空乳頭，而花大媽的神經系統卻整個被啟動起來了。她感到無比的幸福、快樂和興奮，時間彷彿一下倒退到五十多年前的那七個日日夜夜：——潔白的乳汁通過乳頭，一滴一滴輸送到一個新的生命的血液裏去，每至此刻，當母親的那份榮耀同欣慰，綜合到一種價值感，似乎變得特別的高大，雙腳像騰了空。然而，那罪惡的黃牛……埋掉艾花以後的數月裏，奶水沒有娃兒吃，乳房脹得生疼，悄悄跑到艾花小墳前，將乳汁一把一把擠出來，灑在泥土上；那泥土就像是艾花的嘴巴，很快便吸收進去。此後，奶水回了，盼幾十年，終於沒有再來。她心裏說，我有罪，不該將艾花藏至牛圈架子上，假若不這樣，小生命也不至葬送。這一切皆是自己造的孽，報應，是報應。不，老天爺的肚量蠻寬，不會跟凡人計較，要原諒我的。看，他們已經派人把艾花給我送回來了，這就是老天爺對我的寬大。想到這裏，她讓艾花貼著自己的大奶，怕飛了似的，緊緊摟住，又用嘴唇去嘬那張小臉，發出「叭叭」的聲音。

……艾花在花大媽的懷抱裏，喝牛奶，吃粉子糊粥，後來吃雞蛋跟大米飯，這麼一天兩天，一年兩年的漸漸長大了。

一大早，花大媽便把攤子出了出來，西街有戶人家接媳婦，要幅鴛鴦戲水的床罩，活兒須趕一下，故老早就開始工作。花大媽坐門前繡，艾花端個板凳兒過來，挨她坐下，瞪著黑溜溜眼珠看繡花。太陽升起來，陽光滑過大街對面電線桿的橫擔，照在娘倆臉上、身上；手中的床罩跟櫥櫃裏的襪墊、荷包也被陽光照到。花大媽繡的花本當蠻好看，再經柔和的晨光一鍍，五顏六色的花樣更加鮮豔奪目。

儘管生活在城中，艾花不亂跑，像隻小貓依在花大媽身邊。倘手腳一時無地方處置，眼見花大媽耳邊吊綹頭髮，忙進屋找來梳子，替她梳理整齊。假若花大媽針頭上的絲線用盡，不消叫，搶著穿針。穿好針線，彷彿覺得繡的花草中也含有她一份勞動，故顯得格外高興。她常常暗地裏催促著花大媽快些繡，繡完絲線好穿針；若是絲線打結或抽針時被拉斷，有穿針機會，花大媽煩惱，她卻快樂。光穿針還不過癮，簸箕裏拿塊布，伏在板凳上畫太陽花，然後穿針引線，自己動手繡。

花大媽見艾花繡的像爬蟲，不說沒繡成器，反一味誇獎。這情形禁不住使她回憶到自己小的時候，繡的也是這副樣子，糟蹋花線母親不僅沒吵，還一邊表揚，一邊教導怎麼下針，怎麼走線，怎麼盤花……唉，時間過得真快，眨個眼睛艾花變成自己，自己扮演起母親！想著這些心事，手裏活兒住了，目光停留在艾花身上。

艾花發覺花大媽神情呆呆的，不知會發生什麼事，趕忙問：

「怎麼？我繡的不好嗎？」

花大媽說：

「繡的蠻好，一直這麼繡下去，長大後肯定比我繡的更標致，更好看。」

「那麼你教我繡。」

「好的。艾花，將後我眼睛不看見，繡不成花了怎麼辦？」

「你坐著，我來繡。」

「行。我照護攤子，賣的錢交你。」

花大媽虛著一雙慈祥的老眼，笑笑地盯住艾花，看怎麼回答。艾花沒有打等：

「不，你是大人，錢歸你管。」

聽到這兒，花大媽將活兒丟進簸箕裏，摟過艾花就親，親得艾花格格地笑。

櫥櫃跟前來人，艾花立即跑過去，按人家指的樣碼取貨，到後收錢。零錢好說，遇到整的，這時就得麻煩花大媽起身幫忙。顧客離去，艾花著手將櫥櫃裏撈亂的東西重新進行整理：花線一條一條五色相雜掛好，顏色不可放重，襪墊兒、荷包是照大小順序排列的——跟她擺放灶臺上油鹽醬醋茶的瓶子那樣，矮的放前頭，高的站後頭——排得整整齊齊。花大媽一旁繡花，不輕易插手，盡艾花擺弄；有時把頭一偏，目光從眼鏡上方瞟過來，嘴角邊掛起笑容。

一次一位農村婦女身個蠻大，想買圍裙嫌小，挑了半天沒挑上，艾花眼見生意做不成，黑著臉，不耐煩。花大媽候客人走了，喚艾花到跟前過細說：

「今後有人來，不管買你的東西，不買你的東西，都要和和氣氣，不准黑臉。還要學會喊人，大爹大媽，哥哥姐姐的，嘴放甜些。走時叫人家『您慢走』，記住了嗎？」

艾花說「記住了」。前不久有個姑娘賣雞蛋，花大媽為了試探艾花，專門把姑娘叫過來，使艾花上前打交道。艾花見一籃白花花的雞蛋，專挑大的拿。花大媽趕緊制止：

「艾花，不能挑，隨便拿，前頭把大的挑走，剩下小的後頭就不好賣，明白嗎？什麼事情首先要替人家想一想，比方說，你賣雞蛋，我這樣挑，你會怎麼想呢？不能只顧自己。」

賣雞蛋的姑娘蠻感動，後來跟艾花交上好朋友，專門從家中給艾花捎來柿子、板栗、花生。

老少兩個在家中相依相伴，出門也是如影隨形。下河摘菜，艾花將籃子頂頭上前面跑，要花大媽追。花大媽受童心驅使，擺開八字步追，追了幾步停下來，假裝認輸，喚艾花等著她。

到菜園，花大媽摘豇豆，艾花蹲河邊玩水。一隻百靈鳥站光光大石上啼叫，尾巴一翹一翹，像故意顯示。艾花拍手嚇它，不走，就澆水，眼見水珠快落到身上，它卻撲地飛到另一處石頭上去了。摘完菜，艾花跑過去奪住籃子硬要提。花大媽猶豫，怕傷她力氣，但另一面又不大願意冷落她這份熱情，便想個折衷辦法：掰根葵花稈，打竹籃繫子裏穿過去，前頭由艾花上肩，後頭花大媽使手握住，這麼唉呀呵的抬起往回走。打街上過，許多人看見老少這種合作方式十分有趣兒，紛紛報以友好微笑。有的竟從對街斜過來，撫摸著艾花的頭，一邊走一邊說：

「艾花好勤快，好能幹，長得又好。從前我們這兒出個美人王昭君，我看你今後長大，一定是個『賽昭君』！」

說話的在誇獎小的，同時也忘不了奉承幾句老的：

「花大媽，好心有好報。您從血盆裏把她撿來，拃把長餵到這麼大，吃些苦，受些罪，不過把眼前一看，還是劃得來。有人說您雞子孵鴨子，得不到濟，照我看您已經得到濟，再待個幾年，您就要享她的福了。」

聽人家這麼說，花大媽心中甜滋滋的，但嘴上卻故意偏著說：

「享福，想懶豆腐（一種菜豆腐）還得找你借黃豆咧。」

……生活只要順心，日程也就好混。翻年以後，又過個六月，艾花整滿七歲，很快就要讀書當學生了。白天裏，花大媽牽著艾花上街去買學習用具：文具盒、鉛筆、削筆刀；一隻書包最漂亮，天藍色的，面上繪有兩隻小白兔坐一起念書的圖案。辦妥，將文具放進書包，艾花一併背著。在此之前，花大媽給艾花買套石榴紅的童裝，專門使絲線在大翻衣領上繡對艾蒿花；姑娘的臉龐在花朵映襯下，顯得更加秀麗。

晚上，她們似乎都有些激動，睡不著覺。艾花躺得高高的，把頭放到花大媽枕上，嘴拄耳朵的輕輕說：

「媽媽，我上學，你在門前繡花，莫下河，摘菜等我放學一路去。」

花大媽應道：

「好，我聽你的。可你也要好好聽著，學校裏聽老師的話，用心學習；放學回家順著街邊走，怕車子撞，聽到嗎？」

艾花說「聽到了」。接著花大媽答應講個故事，這下可把艾花給弄樂了，緊緊偎在花大媽懷裏，催著要聽。花大媽就開始講：

「從前有兩母子，兒子他爹死得早，指靠當媽的紡線過生活。兒子讀書蠻用功，本地考上秀才，後來又考到京城去讀書。這麼母子分別好多年，媽想兒子，兒子念媽；兒子要回家，當媽的不容許，叫兒子安心讀書。兒子在媽的教育下，發奮讀書，後來當官，為公家，為老姓做了許多好事。」

艾花聽到這兒，打緊問：

「他後來回家沒有？」

「回家了，那是好多年以後。他聽說媽在屋裏病得蠻重，日夜往回趕，候他到家，他媽已經死了。」

「沒見到他媽？」

「沒有。」

「真的沒有？」

「他媽死了，見不到了。」

突然，艾花哇地一聲，伏在花大媽懷中哭起來。花大媽心裏一下也柔和得要命，淚水滋滿眼眶；但她抑制住情感蔓延，哄艾花住聲。當艾花明白適才終歸只是一個故事時，捧住花大媽的臉，相對一笑。花大媽見艾花已經打悲痛中跳出，又有意探道：

「艾花，照剛才故事裏講的，你是願意京城裏讀書呢，還是回家照顧媽媽？」

艾花脫口答道：「回家照顧媽媽！」

花大媽緊緊攬住艾花，然後鬆開，輕輕將她的答案給否定了，說：

「照顧媽媽故然不錯，但人要有志向，求更大的出息，應該去京城讀書，跟那『兒子』一樣，為大家辦事。」

「我不到京城讀書，不學那『兒子』，我要跟媽媽在一起……」艾花作怪，雙腳亂彈，身子不住扭動。

花大媽摟住她，哄道：「好……不說了，睡覺，睡個好覺，媽媽明天送你上學。」

這麼母女倆便緘住口，相互抱成一體，走進各自夢鄉。

次日，艾花被花大媽打扮得漂漂亮亮，送往學校正式入了學，一宗大事總算落到實處。但情形又格外湊巧，第一天太平，第二天太平，第三第四到第七天，艾花突然失蹤，這將如何了得！

事情晚上才被發覺。花大媽把飯做熟，坐門前繡花，等艾花回來一同吃。左右鄰居的孩子放學歸來，只是不見艾花，花大媽心中發毛，直奔學校找人。跨進校園，四周空空蕩蕩，艾花坐的那間教室已經上鎖，她頓時著慌。中午，艾花同往天沒什麼異樣，回家洗手，吃飯；吃飯當中跟花大媽說到她的同桌不會握筆，五根指頭撮著筆管，寫的字大，超過格子。除此，還幫忙到櫥櫃前賣去一隻繡花荷包。這一切花大媽皆記得清清楚楚，但給她印象最深的，還是艾花說了聲「再見」要走，她站門前用目光送她，一直送到在人叢裏消失——瞬間，她突然發現艾花那身石榴紅的衣服和頭上紮的兩隻羊角小辮兒，與她當初在夢中會見的那個艾花有著驚人的相似，頃刻一個古怪的、不祥的念頭打腦海裏浮現出來。但她以清醒的意識，立即將「念頭」驅逐出境，使自己得到解脫。然而，這個時候，那古怪念頭又重新冒出來了，把花大媽腿子駭得一軟，跌坐在教室前的臺階上。

好幾位老師走過來，其中一位是艾花的班主任，告訴花大媽：艾花下午沒來上課，以為她生病，正預備晚上家訪。花大媽聽後心中更亂，儘管如此，她仍舊不忘把事情結果往好的一面設想，一時惦記著艾花興許在家裏等她，急急地邁著八字步朝回趕。回家一看，只不過是設想而已，惶恐中，她記起街道上的陳主任，一見面，忍不住失聲哭起來了。

陳主任不相信，說：

「這怎麼可能呢？為艾花的戶口我跑破腳指頭，新舊幾年才辦好，恰恰這會兒出事？先莫哭，也不要亂想，說不定在同學家，或者是街道上貪玩。走，我們倆到派出所去，請他們幫忙找找，既是出事，也算報個案。」

花大媽還是第一次上派出所，進門跟見到陳主任一樣，半句話沒說先哭。她一邊哭，一邊從懷裏掏出個紙捲兒訴道：

「艾花六月十五進的我的門，看，這是當時揣在她懷裏的生辰八字：辛未的屬羊，半夜子時生，今年整七歲。我一口飯一口水，一把屎一把尿把她帶大，從沒拆過伴兒；一年中我的心有三百六十五天擱在她的身上，這麼不聲不氣地陡然離開我，叫我怎麼活哇！中午回家吃飯同我說話，走時還打招呼——我到學校裏問，老師說……」

派出所沒有陳主任態度好，對花大媽的訴說不耐煩，劈頭倒說她一頓：

「以為派出所是給你一個設的，是吧？光一個戶口，陳主任跑的沒有一百次也有九十九次。嚴格說姑娘的戶口是不能上的，不符合國家人口政策。打胎引產的那麼多，都撿起來養，世界上擠得下？」

花大媽聽他們越說越不像樣子，有氣也不敢出，只是央求對方說：

「您沒見我的艾花長得幾好，幾乖，說什麼我也捨不得她。我求您們幫我查，幫我找，我給您們磕頭。找不到我的艾花，我還有什麼活頭？不如死去……」

「好……，您既然這麼說，行，你找，我們也找，都找，好吧，事情就這麼說。」

打派出所出來，夜幕降臨，街道一切皆變得模模糊糊，這情境更增添花大媽對艾花的掛念。她又急又慌，頭如斗大，渾身像失去重量，走起路來躥天倒地，兩腳只是出於習慣，漫無目的往前邁著，跟蛇行一樣，沿街繞成一條曲線。此時她什麼也不想了，一心只想把艾花早點找到，於是便衝著大街呼喊起來。

王麻子收罷豆腐攤子，推著架子車過來，頂頭讓花大媽碰見。花大媽一下像找到個知己，趕緊問「王師傅，您看見我的艾花沒有？」王麻子說沒有，她似乎有些絕望，一時語無倫次訴道：「我的艾花中午吃飯——學校裏沒得——走時跟我打招呼……王師傅，家有幾兩銀，隔壁屋裏有戥秤。您曉得，繡花的幾個錢都安在我艾花身上，這會兒……人財兩空，叫我怎麼活哇……」

王麻子楞了半晌，憤憤然說：「我說話不打瞞腔，外地做生意的有些不是東西，他們就是在這兒躲計劃生育的；只曉得生，生噠又不要，是兒子撿起，姑娘兒就丟，心腸硬。說個罵人的話，他媽那會兒肯定弄的是個鐵匠種！花大媽，莫哭，時間不長，要派出所到我們三尖角街上查。不定他們把人藏起來，或者是已經弄走。眼見人家把娃娃餵大，自己養省事，賣給別人得錢，他們什麼勾當都做得出來。」

好多人過來關心，一會兒圍成個圈，有人勸道：

「花大媽，俗語說，撿的娃娃兒不心疼，算噠，有個錢，您自個兒吃好點兒，穿熱乎點兒，人一輩子就那麼回事，您看我說的……」

花大媽似乎不大聽勸，只顧哭訴：

「艾花六月十五進的我的門，看，這是她的生辰八字，辛未的屬羊……我從血盆裏把她撿起，一口飯一口水……叫我怎麼活哇……」

一天兩天，七天，半個月過去，仍然不聞艾花蹤影。夜間，空曠的街道上，經常聽到花大媽對艾花的呼喊。她那蒼涼的老腔悲慘而又沙啞，每一聲呼喚的尾音皆接近痛哭的邊緣；有時喉嚨實在扼制不住，就「我的艾花，我的尕呀」來一陣嚎啕大哭。

回到家中，冷清跟淒涼充滿小屋，一盞孤燈陪伴著她。這些日子她的眼淚沒乾過，看見艾花的衣物流把淚，看見艾花吃飯的勺子流把淚。平時艾花生活的情景這陣兒也一古腦兒湧進她的記憶，遇著一轉身，看見自己移動的影子，以為是艾花向過走來，正預備張口，影子驟然消失。她忽兒覺得，艾花就在家裏，一切事故皆沒發生，只不過噩夢一場。當她頭腦清白，意識到艾花離家已成實在，悲痛跟傷心又一起襲上心頭。偶爾也想到死，但一時又不情願死去。她斷定艾花遲早要回來，相見的場面已設想好，首先母女倆抱頭痛哭，接著各自訴說這段時間的遭遇，然後……

那天晚上，花大媽讓疲勞給征服，恍恍惚惚，外面走進兩個——艾花跟丈夫。艾花穿的石榴紅的衣服，頭上紮著兩隻羊角小辮兒，朝過撲來。她一把將女兒抱住，親呀哭呀說呀笑呀……丈夫猛然要把艾花帶走。她說艾花不能走，這裏就是她的家。丈夫橫蠻無理，拉住艾花手臂狠命爭奪。艾花被拉得亂喊亂叫，她不忍心，手一鬆，女兒跟丈夫不見了……朦朧中驚醒過來，目光在屋裏搜尋，丈夫和女兒雖然遠去，女兒的哭喊卻一直停留在耳邊，且越來越大，越聽越明。她趕緊披衣下床，開門一看，奇跡出現了：不知是誰用棉布捲個嬰兒，跟頭回一樣，斜斜地靠門框放著。花大媽沒有遲疑，照樣是「我的孨啊」一聲驚呼，拾起布捲兒，緊緊地抱在懷中……

胭脂紅的晚霞

清・同治版《興山縣・廟宇志》的記載：「泰山廟在縣北五里蔡家埡。」廟是不在了，場子還在，地名叫「廟埡」。廟埡反背一個胳膊拐的土彎子，那裏住著一戶人家，主人叫王大媽。王大媽門前有段斜坡，斜坡根下一口水井，跟水井橫過，約杵把路，坐落著四戶人家。

外頭打麻影子王大媽就起了床，趕早打懶豆腐（豆漿不過濾，摻上青菜，煮熟即成），候天大亮，懶豆腐也香了。她一手裏提著小木桶，一手裏端著一葫蘆瓢兒懶豆腐，順斜坡來到井邊，丟下小木桶，徑直朝小院子走去。

王大媽七十多的年紀，牙齒不損一顆，眼睛耳朵尖爽，走路、做事蠻矯健。穿衣服沒得甚麼講究，卻總是洗得乾淨；不管出坡、上灶，腰裏繫一條毛藍布圍裙；頭上包隻「沙撮」袱子，月白色的。她手裏的懶豆腐冒出輕飄的白氣，打平坦、濕潤、兩旁開滿扣子大的晚菊花的小路上走過，香了一路。

第一瓢懶豆腐送給五保戶瘸子大爹。瘸子大爹改大寨田那會兒，放炮砸壞了一隻腿，村裏送他到鄉政府福利院，告死的不挪窩兒，喜歡屋裏自在。王大媽打懶豆腐，醃的芋頭稈兒、蘿蔔甚麼的，順路就給他捎點兒。瘸子大爹接過懶豆腐，清癯的臉上，包括那一蓬鬍子在內都充滿感動，連連地給王大媽作揖，拄著拐棍一直將王大媽送到門外。

王大媽回過身，用憐憫的目光朝瘸子大爹望會兒，說：

「看到您的腿就想起我的那個死鬼子，當一輩子隊長，古蹟沒造一個，只得罪些人。五九年餓死人，學大寨吃不飽飯，穿的沒的吊的多……至今好多人還在當著我的面埋怨他。他活到，我給人家說好話，死噠我還在跟人家說好話：我說那會兒是那個大政策，他算個屁，難怪他。不過他說不脫，他是一隊之長，包括您的腿，他有責任。」

瘸子大爹趕緊說：

「這個話您莫經常說，鬧成這樣，我並沒怪他，怪人要知理。」

「就是因為您不怪他，所以我心裏一直抱愧，我時常睡半夜裏想，假使泰山廟還在，我天天到廟裏燒香，替他在菩薩面前悔過，求得他那邊有個安逸，我心裏也有個好過！」

第二瓢懶豆腐送楊大嬸。楊大嬸年輕王大媽一大截，同老伴楊大叔帶個孫娃子過生活，兒子跟媳婦兒在外頭打工。楊大嬸微胖的臉上升起紅暈，笑著說：

「只有您過細，恁麼大歲數，忙得過不得，倒過來殷勤我們，不過意。」

王大媽嗔道：

「見你說的！填得到個牙齒縫，跟前塊住的，是個意思。種田的時候，難為你們帶起牛工幫我的忙，情大還不起，明兒薅草差人工，來幫你弄兩天。莫嫌手腳笨，多個人多把薅鋤，比雞子扒的快些。」

「我這也沒得回禮的，叫您端個空瓢兒回去。」楊大嬸這麼說著，忽然一靈動，奪王大媽手裏的葫蘆瓢兒，要盛上些豆豉給她帶回去。王大媽說「曬的有」，往旁邊一閃，錯過身子就走。

第三瓢懶豆腐端給羅大爺。

羅大爺是我的岳父。岳父八十掛零，身子骨倒還硬扎，單是個腰疼的毛病。前天下了一場霜，綠油油的紅苕葉子一夜間像開水燙過，黑蔫蔫的。再往前就是「小雪」，地裏的紅苕不搶起來就會爛掉。小舅子兩口兒跟楊大嬸的兒子媳婦兒一樣，把個女兒甩屋裏，跑在廣東打工。眼皮子上的事情不做又不行，腰疼奈不何，只好搬個凳子，坐田裏挖。王大媽見他趕早下地，不作驚動，推門進去，將懶豆腐空進一隻耳子鍋裏，折身帶好門，去端第四瓢懶豆腐。

第四瓢懶豆腐端給她的乾兒子羅忠德。羅忠德是我的二舅子，搞集體派到大隊炭廠裏挖炭，「馬門」（炭洞）裏打瞌睡，落下個咳嗽病。他同岳父分家多年，女兒們早已出嫁，眼下政策活，看見人家掙錢掙得歡連歡的，自己爬不動，慭得經常發脾氣。

他像個抵牛佬，瞅著王大媽端起懶豆腐過來，脾氣照例不改，煩道：

「到底甚麼事！一瓢兒懶豆腐端來端去，也不是甚麼稀罕物件兒。」

王大媽曉得乾兒子的德性，不理他，進屋空了懶豆腐出來，似嗔似怒地將他望著，隔會兒，臉龐上綻放出慈母般的微笑，反問道：

「你說甚麼事嘛，你媽總是邪（瘋）的，找不到事做，端起一瓢兒懶豆腐跑東家跑西家。

甚麼稀罕物件兒？從前餓肚子懶豆腐當飯，那才算稀罕物件兒，想端還沒得端的咧。」

羅忠德心是好心，話是好話，只是不是那麼說的。見乾媽吵他，嘟嚕一笑，換副聲腔說：

「我是說您恁麼大年紀，冷腳冷手的難得弄，打個懶豆腐這個一瓢，那個一瓢，自己沒得嗎？」

「你沒說到，還有半鍋。」王大媽使用小孩兒調皮的語氣立即予以反駁。羅忠德啞啞地笑。王大媽便放平口氣說：「泡一升黃豆，鬧個架子划得來。我從小磨上推的，比鋼磨上推的味長些，外帶掐把蒿子放裏頭，蠻香，你嚐。」

「不消嚐得，聞得到蒿子味兒。」羅忠德把鼻子往懶豆腐跟前湊，似乎給熱氣嗆了，嗑囉嗑囉地咳嗽起來。

王大媽心疼道：

「現前咳，一根煙袋捨不得丟。還沒到六十歲，咳得兩頭縮一堆，比我這個老婆子還安閪些。你爹八十幾趕早挖苕，捨不得上前幫兩鋤，聽到嗎？等我吃了早飯，也來幫忙挖。」

王大媽來端懶豆腐，提空桶；回去提桶水，端空瓢，連續的四趟，懶豆腐送結束，水缸裏也滿了。她餵頭年豬，兩隻旱鴨子和四隻筍殼雞，還有貓和狗。一律為它們辦好早食，自己呢？忙到小中界，早飯才弄到嘴裏來。

◇　◇　◇

長年在外頭盤娃子、奔口食，很少到岳父家去。正月間是跑不脫的，回家給老輩子上個墳，然後翻廟埡，前往岳父家拜年。到岳父家必須從王大媽門口經過，一到那兒，我就囑咐媳婦桃花莫做聲，悄悄地走。可剛下稻場坎，白狗開叫。白狗一叫，偏廈屋的那扇矮門子就開了，隨即王大媽便出現在面前，不容分說，把我們往屋裏攔。

我雖然拿腳往屋裏走，心中卻暗暗默道：「一人親百人親，既是羅忠德的乾媽，也是我們的長輩，為何不能大大方方給老人家拜個年呢？真是小氣！」此時的我，如同魯迅所描寫的那位車夫一樣，彷彿要榨出皮袍下面藏著的「小」來，臉上火辣辣發燒。當然，躲避也不為別的：王大媽太客氣。

偏廈裏破了格，裏頭支鋪，外頭打口灶，一個小火籠占一大方。火籠裏橫個櫟木疙瘩，邊上陪幾根劈柴，燃得正旺。火苗上方幾十吊黃油油的臘肉掛成一團，接受著火焰的熏烤。屋角裏堆著沒有掰米的包穀、紅苕和一磊老南瓜。隔牆邊靠架梯子，梯步並非木板，橫幾根棍，擔心王大媽滑倒。然而她倒像走青石臺階，穩穩健健地上了樓，少頃，掖著一木盤的紅柿下來，嘴裏說：「拜年拜年，果子上前，沒得好的，都是自個兒產的山果子。」話聲不了，折身到房裏，找苕糖、找包穀花、找花生、找瓦栗子……使葫蘆瓢、升子、碟子、盤子沿火籠坎子擺了一溜，叫我們吃。

「一來就鬧磨您。」我說。

王大媽把臉一正：「就是要鬧唄，過年不鬧甚會兒鬧？初一的大的外孫娃子來鬧一潮，初二的二丫頭、三丫頭引起娃子們來鬧一潮，一直鬧到初四，把我的腦殼就轉暈噠。」

「您的孫娃子他們——？」桃花問。

「跟起他爸爸媽上龔家灣給舅舅拜年去了。唉呀我歡喜說實話的，往娘屋裏走，家家（姥姥）在還有個趣兒，家家一死沒得個走場。你看，新年大節的，不是我把門開起，你們水就弄不到一口喝。」王大媽接著把臉轉向桃花：「你媽是個英雄，可惜死早噠，假若活到現在，該幾好。你們莫嫌棄，看到我只當看到你媽的，來玩我喜歡，我弄飯你們吃，餓不著肚子。」

「把話說遠噠，難為您心疼我們，記得。」說到這兒，桃花將話題一轉：「王伯伯死這麼多年，您也是七十幾的人了，跟他們一起住，享幾年福。」

「享懶豆腐。老輩子的古話：千有萬有，趕不得懷裏揣的有。我這大膘肉掛起，收的糧食吃不完，要幾硬正有幾硬正，不吃半個人的下賤飯。」王大媽說著，伸直臂膀，從肉吊到糧堆劃了個回環，接著又道：「本來，一個兒子分家不受說，但跟他們搞不成器：你吃稀的，有人要吃乾的，你吃爛的，他們要吃硬的，何必鬧得揪嘴嚼舌的。尋常有好看的電視，喊我，過去看，不想看，洗腳就睡，要幾自由有幾自由。唉，如今口說有碗飯吃，也苦：一個上大學，一個讀高中，兩口子扯得猴兒背筋。年前小的個孫娃子要錢買字典，他爸爸不給錢，爺兒倆別勁兒。字典是正用，應當買，我從中解交，趕街給他買一本。六十八塊錢，書好貴，有拃把厚。」

貓子愛熱處，狗子愛窄處，一隻老虎花的黃貓和白狗，彷彿對我們的談話發生興味，一高一矮地蹲在火籠坎子上，一邊烤火一邊恭恭敬敬地聽。王大媽指著白狗表揚道：

「這個傢伙蠻精靈，趕街給我做伴兒，把我送到，怕他街上跑失噠，我只消把腳一跺，一聲『回去』，它就乖乖地往轉跑。」

白狗似乎明白大家在說它，有些靦腆，離開火籠，照門縫一擠，鑽出去了。

「貓子的功勞也不小，家裏肉和糧食亂擺起，老鼠子不敢撈一顆。夜裏鑽我腳頭兒睡，給我焐腳。」說話間，王大媽起身燒灶裏火，弄飯我們吃。我們說不添麻煩，奪門要走，王大媽一步上前，伸手將矮門子扳得緊緊的，不放行。推辭半天，王大媽看看實在留不住，忙摘下一吊臘肉，高低要我們帶上。

「不要不要！」

王大媽像生了氣，把桃花叫住：「弄飯你們不准，我都讓了。一點肉本來你們不稀罕，可是我的個心意。桃花兒，認我這個媽，把肉接到，不認，你們個兒走，永世三年莫來！」

王大媽這下倒真是把我們給震懾住，只好遵命。桃花接肉時，掏出一張錢往王大媽圍裙荷包裏塞。王大媽手腳靈敏，掏出錢往桃花手裏塞，打架一般，推來攘去。王大媽這下真地生了氣，拿眼定定地瞅著桃花，說：

「你們是買肉來的？王大媽沒見過錢，我的臘肉不賣，是送給娃子們吃的！」

下面的話不好接了，我倒覺得給錢實在是俗氣，半天張不開口。往後我們學乖，到王大媽家之前，預先將蜜薑片、豆奶粉、餅乾什麼的買上一包；進門防止「打架」，並不說送她的話，告辭的時候只顧走，待老人家發覺，已經追趕不上了。

◇　◇　◇

王大媽趕街背的一隻花背籠，肘子上挽隻花竹籃。花竹籃是村裏一位老篾匠的手藝，拿回來首先燒開水燙，再用紅柿瓤子照裏頭一糊，曬乾後刷上桐油，水都裝得住。王大媽趕街不賣白菜蘿蔔，腳頭重，難得背。賣一色的小菜，如臘八豆豉、紅胡椒皮子、鮓胡椒麵兒、榨白菜等等。平時燒柴落下的火石子，放罈子裏一逼，發蜂窩煤鑾好，拿到街上四塊錢一斤。

桃花買菜時不時碰見她，我們也經常吃到她的菜，所以一年上頭儘管我本人極少跟她碰面，但情感上並不生疏。

我說：「把王大媽接我們家歇一夜。」

「還消你說，沒接一百回也有九十九回，脾氣生古。」桃花怨了幾句，接著敘起原委來。說王大媽有個外孫在化工廠工作，房子買在梅苑小區。外孫接家家，家家就去，結果玩一次，就把這條路疏了。王大媽說：

「進門就要換鞋子，我說腳板丫兒臭哄哄的，不換。不換他們也沒得法，就找兩隻塑膠袋子籠到我的腳上，像從前戲班子綴的兩朵炮花，醜死噠。踩不敢踩，走不敢走，跟雞子連腿的差不多，出氣就不敢大聲出。喝水用的一次性塑膠杯，開水進去聞到一股怪味兒，怕喝得。喝不喝，這個杯子反正要摔，好浪費。吃起飯來，碗有酒杯兒大，裝的飯夠一大口，像餵貓兒的，急死人。最不習慣的是解手，情像隻瓦盆，坐高頭解也解不出來。我問他們，屎呀尿的沖到甚麼場子？回答說沖進下水道，到污水廠進行處理。處理得乾淨？到後還不是流進大河裏，下河裏人接到喝！從前種田，生產隊派勞力上街撿糞，看見大糞、豬屎作算看到糧食。如今倒好，通通放水沖，好可惜……」

聽完桃花的敘述，只覺好笑，可怎麼也笑不出口。將王大媽的言行細想，似乎又有她合理的一面，那一面？琢磨來琢磨去，似乎也說不出個所以然來。

「難怪接不動的，不勉強她了。」我向桃花說：「再碰到王大媽，記住兩條：第一買早餐她吃，第二盡量買她的菜，使她好早點兒回家。」

◇　◇　◇

汶川大地震發生在西元二〇〇八年五月十二日，誰都不會忘記這一天。它不僅驚動了中國，同時也驚動了世界。

某天的下午我們接到一個通知：到政府廣場集合，為災區人民舉行賑災募捐活動：要求每人捐款一百，多的不限。

廣場上鼓起高大的彩虹門，別在高頭的菱角形標語一字兒彎了下來，兩旁的彩旗在微風中展動。虹門前擺一排桌子，覆層藍布，搭成簡易會臺。會臺左角放隻立櫃式的大紙盒，使紅紙糊就，上書「捐款箱」。

遠遠地便聽到有音樂飄來，人們從四處八下朝攏走，廣場上越聚越多。辦公室人員拿起麥克風喊話，指揮大家按單位排成縱隊，捐款時依次進行，亂來不得。民政部門的工作人員有七、八個，端坐在臺右，每人面前放隻筆和老師專用「備課本」。電視臺扛來四架攝像機，三角架穩穩地支著，焦距一律朝「捐款箱」對準。另有許多記者挎個黑包包，手裏握著錄音棒或照像機什麼的，在臺前晃來晃去。

候個時辰，未見動靜。五月的天氣，太陽有些熱力，部分同志便焦躁起來：並不明白如何耽遲著，叫嚷捐了款要走。主持會議的人不許，耐心解釋道：

「這是一項重大的政治活動，首先請領導講話，講完話由領導們先捐。後面按單位先到冊子上登記，登完記再捐款，捐款的過程跟蹤錄影，電視臺要做節目。希望個個上鏡頭，人人留下光輝形象，聽到了嗎？請大家堅持，堅持就是勝利。」

安靜一會兒，有人提議，趁候人這個時間，不如先把記登好，待會兒領導捐款時，好一路跟到捐，免得打亂仗。這個建議行，得到大家的回應，於是便紛紛往「備課本」跟前擠去。

這時有個熟悉的身影在眼前晃了一下，定神細瞧，王大媽背著背籠，手裏提著竹籃，正在廣場上撿幾個礦泉水瓶子。我趕忙奔過去叫了一聲。王大媽抬起頭，看見是我，放出一臉的微笑，問：

「你們在開大會？」

「不是開大會。」

「唱人打戲？」

「汶川發生大地震，政府號召大家組織起來，向災區人民捐款。」

一說到汶川大地震，王大媽馬上把臉變了，就像自家裏發生了巨大的災難，目光裏裝滿驚駭，就連說話也使人分明感覺到她內心的惶恐不安：

「汶川，都曉得吧？汶川大地震！尋常不愛看電視，這一向我天天看。那麼些人塌在下面，死的死，亡的亡，好慘好慘！老師一邊哭一邊刨學生，指頭上刨得血流。許多大人到處找自己的娃子，喊破聲氣沒得人答應，壓在底下不知是死是活。那些人都是媽生的，都是肉長的，活活地要了命，叫大人怎麼好想啊！活著的人也造孽，沒得屋住，沒得飯吃，找不到水喝。得虧那些解放軍，幫他們搭棚、送水、送糧食。唉，是十里八里，我們可以送點兒糧食跟小菜去，接濟下他們，打頭隔這麼遠！這個老天爺也是老糊塗的，要地震，那些空山老林裏震不得幾多，偏偏要找到有人戶的地方震，不討人恭敬！」

王大媽說得眼睛紅紅的，揚起哀戚的老臉，問我：「你們都捐過了嗎？」

我朝臺上指了指說：「還沒架式，正在登記。」

「管他的，千里送鵝毛，禮輕仁義重，不拘多和少，我也來湊個熱鬧。」

「您要捐款？」

王大媽撿起衣服的下擺，伸手從貼身褂子裏掏出個袱子，並沒有回答我，一邊展開袱子的四角，一邊朝捐款箱走了過去。我趕緊去告知攝像師，打開機器，把第一個捐款的老婆子給拍攝下來。可惜，攝影師們只顧談話，誰也沒有注意到王大媽。經我提醒，倒是過來一位，但來不及了，王大媽已經將袱子裏的錢全部抖進捐款箱，轉身離去。

抱著遺憾，還想找到王大媽，再說幾句親熱話。人叢裏瞄了一圈，待看到她時，那情形倒使人非常難過，不僅沒有消除我的遺憾，反倒添加了我內心的不滿：也許是王大媽的籃子跟背簍過於扎眼，不該貪戀地上的那幾個礦泉水瓶子，正遭受到一位員警同志的喝叱：「不要在這裏，走開，聽到嗎？走開！」王大媽加快腳步，走出廣場，在街道的一側消失了。

領導終於請來，講話、捐款、採訪、錄影，忙得不亦樂乎。工作人員打開箱子理財、對帳。有位記者把攝像機扛在肩上，對著桌上一紮一紮的錢堆拍特寫。活動宣告結束，疏散人群中傳出幾聲高叫：「同志們——請不要忘記，八點鐘的新聞，注意看光輝形象！」

回家的路上，已是薄暮時分。太陽沉入山的背後，餘光烘托出的胭脂紅的晚霞，由西向東，由濃到淡，均勻地鋪滿了半個天空；柔和的霞光籠罩下來，與街道、房屋、樹木、花草，互映互襯，共同描繪出一幅和諧而又美麗的晚景。

這時我想：王大媽到家了嗎？晚飯熟了沒有？吃過飯一定會到隔壁看電視。電視裏頭有汶川的事情，汶川的事情牽動著她的心。假若——像她說的那樣，泰山廟還在，也許到廟裏敬燭香，祈禱所有的靈魂在天國安息。

握不住的紅頭巾

一

不瞭解內情的人背後都有個一致的說法：黃四嫂人那麼強，怎麼嫁個男人是跰子？其實男人原先不跰，小伙子壯壯實實，十年前給煤老闆挖炭，洞子裏冒頂，命雖保住，可惜丟掉一隻腿。那會兒出事沒聽說賠十萬八萬，都是私了：住院的醫藥及手術費老闆出，另外把一萬塊錢，事情就算擺平。

突如其來的災難，在小秀幼小的心靈裏不啻發生了一次家庭地震。好腳好手的爸爸，胳肢裏陡然多出一根撐棍，人矮了一大截。爸爸跟媽媽倆各自擔當的角色互換了：田坡裏輕重農活原來由爸爸負擔的，現在落到媽媽肩上；家中原來由媽媽包攬的雜活兒，眼下大都由爸爸接了手。

時間是醫治傷痛的良藥，晃晃十年過去，老少三口從災難裏慢慢地熬了過來。不過最近又生出一件事情，彷彿平潭裏投進一顆石子，使這個貧弱家庭重新漾起層層漣漪。

起因是這樣：小秀高考考了個「三本」，收到喜報——通知書的那天，一家人十分歡喜。

黃四嫂正在剁豬草，活兒往旁邊一丟，盆裏洗手，抹布蹭乾，從小秀手裏接過通知書，反面正面看，笑容形容不出，反正是世界上最美的笑。跰子湊過來，眼睛睜得大大的，拿著通知書的手和胳肢下的撐棍一起微微顫動。樂過一陣，待到他們把學校收費的數目一看，三張臉上的笑容不約而同地消失，又不約而同地罩上了烏雲，單子上明明地寫著：學費一萬，食宿費……

夏天的夜幕早早地降下來了，黑濛濛的，只有後牆上的小木窗裏透進一線黯黯的微明。窗外是一片菜地，不遠處長著一棵銀杏樹。吹過一陣山風，樹葉發出窸窣的低語，增添著些微的涼意，但空氣照例叫人感到沉悶。

屋內的一張木床上，躺著一個男人和一個女人：黃四嫂在這頭歎氣，跰子在那頭歎氣。黃四嫂吃苦耐勞遠近聞名，再大的困難撐得住，單是有一宗特別脆弱——最怕小秀有個三長兩短。小秀為一件事高興，她就站旁邊笑；小秀害病，她就苦著臉，恨不得把病從小秀身上抓下來替她害。白天出現在小秀臉上的憂鬱的神色，像一塊玻璃渣子扎在黃四嫂的心上。從小秀入學的那一天起，多少年的願望啊，盼的就是這一天。無論爸爸這邊，媽媽這邊，扳起指頭往上數，人老數輩沒出過一個大學生，可在小秀身上實現了。然而，學費卻是那麼的貴！怎麼辦呢？再貴，書還是要讀，假若因錢的事耽誤了小秀的前程，那就是一個母親的失職。想到這裏，她便向腳頭的那一個發話：

「她爸，小秀的學費想個什麼門路？」

跰子將那只好腿屈起，側過身子說：「自己還在花錢吃藥，叫我怎麼開口？」

「出主意啊。」

「反正苦的都是你，我沒得發言權。」

「農村信用社有種小額貸款，找村主任申請，貸一萬，讓小秀先入學。」

「要抵押，這且不說，還得請人擔保。」

拿什麼做抵押？黃四嫂仔細想來，除跟人家伙耕牛有一千塊錢的股，家中確實找不出第二宗值錢的東西。俗話說，狗子咬的醜的，人捧的有的，像我們這樣的家庭，能躲的就躲，更不要說出面擔保。左想右想沒個眉目，對話難以繼續，便齊齊地斷在黑暗裏了。

鄉村的寧靜和清晨的涼爽，容易使多夢時節的年輕人睡不醒，陽光掛上窗子，小秀才起床。她的兩隻眼圈發紅，似乎熬了夜，看見爸爸立著一隻腿切菜，走過去說：

「爸爸，坐灶門口燒火，放那兒我來切。」

跰子固執，不讓小秀插手：「讀書苦，放假就爽性玩兩天。」

「再苦沒得你跟媽倆苦。」

小秀的堅持下，跰子放下刀，移到灶門口。他將撐棍靠牆立穩，從脖子上取下圍裙，遞給小秀說：「把圍裙穿起，上灶糊衣服，難得洗。」

說話間，黃四嫂從外面回來了。進門之前她的臉色是不好看的，見到小秀穿著圍裙，立即微笑道：

「倒像個弄飯的架式，放著，還是我來。」

黃四嫂比以往起得早，如今的村主任官雖說不大，也不好找人。今天運氣好，黃四嫂去時村主任正好在家。村主任個頭不高，一雙短腿，走路一踮一踮像鴨子散步。聽說黃四嫂申請貸款，村主任先是瞇著眼睛只顧瞅住黃四嫂笑，接著同情起來，答應幫忙辦，並主動提出做擔保人。黃四嫂十分感動：「難為主任關照，今後慢慢報恩。」說話間，村主任伸出猿臂，將黃四嫂往懷裏攬。黃四嫂未及反醒過來，主任的身子已貼上胸脯。黃四嫂拼力掙脫，欲奪門而出，背後聽得主任說：「我見過許多女人，弄弄你算你有福。」然後又放低聲音道：「聽話的就車過身來，我陪你到鎮上取款，好吧？小秀上學是大事！」黃四嫂沒有回頭，衝著門檻，一步跨了出去……

吃飯的時候，掰子問：「貸款的事有個譜兒嗎？」

黃四嫂順口扯個謊：「沒會到人。」

小秀停止嘴裏嚼飯，問：「媽，貸款做什麼？」

「給你湊學費呀。」

小秀轉過身，背對父母，但話是說給二位大人聽的：

「以前說過。考取一本就讀，考二本三本不讀，那麼些錢你們是出不起的。我早已打定主意，大學不上了。」

黃四嫂和掰子面面相覷，然後又一齊將小秀瞅著，問小秀剛才說的什麼。小秀沒有立即作答，將碗裏一口飯扒完，轉過身，默默往房中去了。

小秀的神態這麼突兀，使屋裏的空氣一下子不和諧起來。黃四嫂吃個半飽便放了碗，預備早飯後種熱白菜的，聽過小秀的話，沒心思下田了。

踂子悶悶地收拾碗筷，餵雞，餵豬。黃四嫂取過長把子薅鋤，將豬圈門前的一堆豬糞耙開，盡太陽曬。耙了幾鋤，心裏橫直過不得，小秀的事不落實，下一步棋不好走。她想跟女兒溝通，問女兒「不讀書」這個話是從何說起的。黃四嫂丟下活兒，剛欲進門，忙收住腳。她擔心問急了怕小秀不耐煩，回身重新拾起傢伙，繼續耙糞。

這時小秀倒走過來了，手裏攥把薅鋤，捱在媽媽身邊，一同勞動。小秀的面情是自然而開朗的，但也看得出，那種自然開朗是經過一番調整後的自然開朗。她一邊勞動一邊同媽媽找言搭語：

「先把糞耙碎再散開是吧？媽，你教我。」

「先散開再耙碎。生怕幾門農活學不會，當農民要有個好身體，吃得起苦。」黃四嫂這麼說著，用愛憐的目光盯著女兒勞動的身子看。

「你看我能不能當一個農民？」小秀直起腰，仰臉甩了一下散在臉上的長髮說。

「不能。」

「怎麼呢？」

「太嫩相。」

「我還要長的。」

黃四嫂笑女兒單純，慢慢把話往正題上引：

「早晨是怎麼的？」

「沒怎麼呀。」

「我跟你爸也沒說妨礙的話，好好的，怎麼突然說不讀書呢？是玩笑話還是……有什麼想法，跟媽照直說。」

「我說的是真話。」

「好你這個真話。」媽媽朝女兒努努嘴，見女兒低頭不語，接道：「大學畢業，掙碗輕省飯吃。福氣好，當上鄉幹部，白天坐車到鄉下來，晚上坐車回鎮上去，給村裏批點兒修渠的錢，或者是弄兩件救濟襖子——爸媽跟著你沾光。」

聽著聽著，小秀朝天笑起來了。

「媽媽說的實心話，你就知道笑。」黃四嫂看女兒笑的樣子，自己也忍不住抿嘴微笑。

日頭越升越高，陽光把一棟樓房的影子斜斜地投到地上，正好鋪展在母女倆的面前。

小秀說：「環姐姐唯讀個高中，修那麼大的樓房……」

「人家是沒考取。」

「假若上了大學，興許修不起樓房。」

媽媽將女兒嗔而有情地瞅著，怨道：「強嘴倒不消人教。」

二

中午的太陽落在身上火辣辣的，烤得人冒汗。農活都是趕早做，待到午熱，回屋躲蔭。黃四嫂預備兩個大口背籠，裝滿豬糞，像使促狹的，喊小秀起床，跟她一道背糞下田。防備糞末掉到頭上，黃四嫂從房裏找出紅頭巾，給小秀頂著。小秀還是第一次背糞，背籠在背上搖搖晃晃，像有些支持不住；腳下穿的球鞋，走路不知道放緩一些，無論上坡下坡，步子邁得又急又大；手中雖說拿的有丁子拐的杵子，可打不好杵，下田的路才走到一半，額上汗珠子從臉上往下掛，出氣直喘。

黃四嫂被小秀甩後一大截，她一邊追，一邊氣咻咻叫喊：「小秀，慢點兒，我教你打杵。」

小秀將背籠靠在路邊的石磡上歇著，望望天空，望望田野，心想：倘在學校，這陣兒正在做早操咧。她回頭見媽媽追上來了，笑道：

「趕不上我嗎？我比你的力氣大。」

黃四嫂一杵打著，喘口氣說：

「背糞有你這麼走路的嗎？這麼走來不得長；一步是一步的，儘管消停些。」

「這是習慣，我慢不下來。」

「是讀書舒服些還是背糞舒服些？小秀你說。」

「都不舒服，背糞苦，讀書也苦。」

「照我看讀書到底輕鬆些，誰見過坐教室裏出這麼大汗？」

小秀把目光投向田野，遠處有人背著白色的口袋，心裏裝滿疑問，便說：「媽，別人背化肥下田，好省事，我們背這麼多豬糞，費人工。」

黃四嫂嗔道：「人家背豬糞喊你。」意思是誰家沒背豬糞呢，只是沒讓你看見罷了。接下又說：「不管蔬菜、糧食，自己吃的都用家糞種；凡是拿到市場上賣的，統統使化肥種。」

「什麼意思？」

「什麼意思，家糞種的糧食好吃些。如今餵豬也是兩種餵法：糧食餵的年豬自己吃，買飼料餵的豬拉到市場上，賣給那些城裏人吃。」

「怎麼能這樣呢？」

「你問我我問誰去？眼下都是這麼弄的。」

小秀眨眨眼皮，勾著頭，順手到路邊掐了一節草莖，在指頭上撚著，一副想心思的樣子。

趼子煨了一大鍋洗澡水，飯也提前煮熟，只等母女倆洗完澡，上桌子就吃。洗澡用的大柏木盆，小秀洗過澡，一盆水端不動，喊媽媽幫忙。黃四嫂躬著腰，將一盆水端到門前陰溝裏潑掉，回頭衝小秀說：

「一盆水就端不起，還說比媽力氣大咧，勸你早點兒回心轉意，讀兩年書再說。」

小秀的長髮披在肩上，換的米黃色短袖衫，下身套的紅布裙，身段十分姣美；完完全全恢復到一個中學生模樣兒，跟白天背糞判若兩人。她說：

「只有媽，白天說的話，這會兒想起來反駁，真是記心好。」晚飯吃畢天已擦黑，𨑨子上床休息，母女倆坐稻場裏乘涼。小秀說：「媽，爸爸怎麼不出來乘涼？睡這麼早也不怕夜蚊子咬。」

媽媽歎道：「爸爸像陀螺轉了一天，我們兩隻腿就喊叫沒得法，莫說他一隻腿。」

「明天爸爸歇著些，我們從地裏回來，三個人捧到弄飯。」

「學會賣嘴。」

小秀湊過來，蹭了媽媽一下，努著嘴說：「我什麼時候賣過嘴？說話算數，從明天起，挑水、洗菜、切菜、剁豬草……」

「好啦好啦，我看到你實現。」

月亮從山凹裏慢慢露出臉來，清輝灑滿田野，村中傳來頑童們的打鬧聲；蟋蟀藏在附近草叢或石縫裏，不急不躁地吹著口哨；蝙蝠打瓦簷裏飛出來，在頭頂上撲騰撲騰捉飛蟲吃。

白天出汗多，開水不解渴，小秀使開水瓶到井裏灌涼水回來喝。回轉時，走路一拐一拐，媽媽看見忙問：是不是崴了腳頸子。小秀挨媽媽坐下，摸著腿說：「一雙膁腿巴兒好疼。」

「輕易沒負重，背糞掙的，把它蹺起來，我給你揉幾下。」

媽媽將女兒的雙腿抱在懷裏，輕輕地揉搓著。小秀護疼，要媽媽輕點兒。媽媽月光下嗔了女兒一眼，意思是十八歲了，還這麼嗲。接著媽媽一邊給女兒揉腿，一邊講了個故事。

「這個故事還是你外公在世講的。說從前有個兒子蠻孝心，進京趕考，橫直掛牽屋裏，擔心媽媽跟前沒得人使喚，有什麼閃失。想到這兒，折身往回走。那天媽媽正在屋裏紡線，看見兒子回來，也不說話，嘣的一下，把手中的麻線扯個兩半頭。兒子不解其意，問媽媽為甚兒要這麼做。媽媽說：線斷了，布就織不成了，這跟你半途而歸不是一個道理嗎？兒子聽了媽媽的話，感到慚愧，便告別媽媽，依然往京城裏趕，最後考取功名，當狀元。」

聽完故事，小秀嘟魯一笑，照媽媽的手背打了一下，說：

「你在擺治人。」

媽媽的用意被女兒道出來，卻故意反駁道：「這怎麼是擺治人呢？是教化人。聽明白就好，看有個人的情形符不符合媽說的這個故事。」

天上的雲彩一塊一塊的，月亮從這塊雲裏出來，忽而又從那塊雲裏進去，把地面弄得一會兒暗一會兒明。

小秀把雙腿從媽媽懷裏拿下來，倒瓶裏涼水喝，不想睡覺。媽媽便催起來了：

「早點兒睡，明兒天我們倆下田點熱白菜，到時候又喊不起來。」

三

近段時間，小秀又陸陸續續收到一些入學通知書，總共有十八封。眼見這個情形，黃四嫂和胖子都為小秀高興：有那麼多學校取她，說明自己的女兒確實有出息。好幾次，黃四嫂掰著房門縫兒，瞄小秀看通知的表情。回想道：「小秀不願讀書，興許是不喜歡先前那所大學，現在這麼多大學爭著要人，可盡你選個如意的。等小秀學校一定，再去跑貸款，為了小秀的前程，怎麼辦呢？」她大腦裏立即浮現出主任的身影，隨即主任講的那些話也在耳邊迴響起來，一時臉發紅，心發跳，思緒茫茫亂亂。

今年的雨水足，坡上坡下的包穀長的像竹林，結的包穀又粗又長，如同掛的水牛角。地裏濕氣和包穀的馨香混合在清晨的空氣裏，時濃時淡，聞著給人一種醺醺的醉意。

黃四嫂帶著小秀一早鑽進包穀地裏。她們把背到地裏的豬糞沿著包穀空行散開，撒上菜子，然後淺淺地挖一遍，讓糞和種子落到土壤中去。黃四嫂試探小秀怕不怕糞，要她使手抓糞往地裏拋。小秀倒是不嫌髒，只是抓糞像捉蟲的，慢且不說，又散不均勻。當母親的趕快和女兒調換工種，叫小秀撒種子。可是，種子在小秀手裏撒不出去，竟然同沙粒一樣從指縫中漏掉了。媽媽口裏說「不是吃菜的蟲」，一邊打小秀手裏接過種子，手臂一揚一揚地，種子呈扇形飛灑出去，落地時發出窸窣之聲，像下的小雨。

母女倆種菜，媽媽耐心地教，女兒笨手笨腳地學，時不時弄出些笑聲，由於莊稼把她們遮得嚴嚴實實，聽得見聲音在田野裏飄蕩，就是看不見人。

小秀敵不過母親的勞力，時不時躲懶，跑到一棵油桐樹下歇蔭。她把眼前的莊稼打量一遍，問：「媽，哪一塊包穀是我們吃的？哪一塊包穀是準備賣的？」

當母親的一邊鋤地一邊應道：「我們沒得包穀賣，都是自家吃的。劃田那會兒，我還沒到村裏來，更不用說你，所以只劃了你爸爸一個人的田。」

「塄坎上是誰家的土地？好大一坡核桃樹。」

「是環姐姐家的。」

一聽說環姐姐，小秀朝著坡上注目細看：樹都人把高了，長得挺茂盛，肥大的葉子在微風中搖得歡歡實實，看長勢明年即將掛果。環姐姐是村中出了名的小美人兒，不單人長得好看，而且能幹，有孝心，是小秀心目中的榜樣。村裏近幾年修了不少的小洋房，它們的主人大都是身強力壯的漢子。有的山西挖煤，有的到重慶修高速公路，為掙錢好多人帶了傷，有的甚至失去了生命——樓房凝聚著他們的血和汗。然而，環姐姐作為一個年輕的女子，不止是修樓房，還第一個購買了寬螢幕液晶大彩電，屋頂上裝著太陽能；家中的五畝土地退耕種上核桃樹，讓四十多歲的父母提前退了休，坐屋裏享福。

一對雉雞出現在核桃林裏，拖著長而美麗的大尾巴嘎嘎地叫，把小秀的心思攪亂了。她抬頭望望天空和移動的白雲，望望滿地綠油油的莊稼，想到自己的爸爸、自己的媽媽，心裏彷彿壓著一個重物，沉甸甸的。她忽而覺得自己好像處在一個遙遠的、不知名的地方，十分孤單，想媽媽來到身邊，便手扳樹枝朝莊稼地裏呼喊：

「媽——天熱，樹蔭下涼快，你快些來。」

四

老天爺彷彿長的有眼睛，自母女倆播下菜種，隔幾天灑點雨，隔幾天灑點雨。有了水分，加上地氣足，菜芽如同風扯手拽，十天半月就有了拃把深。小秀眼見自己的勞動轉眼變成收穫，一臉的高興。這是一個非常忙碌的時刻，一是不能讓菜芽長得太老，二是要趕在蟲害之前，這樣的菜才有賣相。

挨到太陽偏西，日頭柔和些，小秀隨同媽媽下地，把菜芽拔起來，使大口背籠背回家。跰子也騰出手幫忙，一家人六隻手，打夜工把菜芽理成一子一子的，拿棕葉紮緊。小秀再將成子的菜芽端到水井裏，洗淨根部的泥土，往兩隻大竹籃裏碼好，第二天一早趕車進城出售。搶上行情，新鮮菜芽五塊錢一斤；人們計算一下，兩斤菜芽錢可以打一斤菜油。忙了一向，除掉車費和中午吃速食麵花幾個錢，淨落八百塊。

那天小秀坐門外使搓板搓衣服，聽見爸爸媽媽吵嘴，趕緊起身到屋裏去。這時她看見——也是頭一次看見爸爸發火：他舉起撐棍朝板凳狠力一打，撐棍立馬斷成兩截，由於用力過猛，沒控制住身體平衡，跟著一「坐篼」倒在地上。小秀跑過去攙扶跰子，跰子的手勁特別大，一掌將小秀推出好遠。看地上，地上灑滿藥片，小秀懵了，尋找媽媽，朝房裏一瞧，媽媽在不停地抽泣。她遲疑片刻，走過去，挽住媽媽的胳肘問：

「媽，到底是怎麼回事？」

經這一問，媽媽似乎哭得更加傷心了，泣腸咽肚道：

「那隻殘腿發勞傷，疼得一夜哼到天亮，我給他買了兩百塊錢的止疼藥，他說不該買，就為這個事。」

「要治病，不弄藥怎麼行呢？」

「他說錢花在空空兒裏。」

小秀默會兒，略有醒悟似的說：「如今成立的有合作醫療，爸爸是不是覺得應該找合作醫療。」

說到這兒，媽媽的傷心忽而轉變為怨氣：「不提合作醫療還好想些，到那兒弄的藥止不住疼，止得住疼的藥要拿活錢，不在報銷範圍內。我看只是個名氣！」

跰子在外頭嚎啕起來了：

「我的小秀可憐啦，不該出生在我們份中，若是落在好過的人家，那該幾好哇。我的這隻腿有不有人要？要的話拿一萬塊錢來，我馬上剁掉把給他：我的心肝有人要也可以來取：心肺賣五千，肝子賣五千，外加一對眼睛……這麼幾湊，小秀的學費就差不多了——我可憐的小秀啊……」

嚎著嚎著，跰子攥緊兩隻拳頭，輪番捶打胸脯，並抬起那隻獨腳往地上亂磕，使屋裏生起一片煙塵。

小秀摟住跰子的肩膀往起揎，想使他坐起來，可力氣單了揎不動。黃四嫂過來拿住兩隻胳膊，費好大勁，將跰子扶到凳上坐著。淚水模糊了小秀的眼睛，她盡力克制住自己，打過熱水，擰毛巾為跰子洗臉，然後蹲到地上拾藥片。

跰子的怒氣並未消除，指著藥片說：

「把它退掉，兩百塊錢拿回來。」

黃四嫂拿起藥片向外走，小秀追出門制止道：

「媽，要你退你就退？放著盡爸爸吃。」

黃四嫂止住步，照自己腦門一巴掌：「看我這個人，硬是叫你爸爸給吵糊塗了。恨病吃藥，既是買了，就不興退。」

跰子見小秀開口，不好再反駁，調過臉，把氣吞了回去。

屋裏漸趨平靜，各自把淚水揩乾，生活又一如既往地向前進行。

昨夜起幾股大風，地裏包穀颳斷不少，黃四嫂背起大口背籠，出門時跟小秀說：

「我去地裏撿包穀，你陪爸爸坐會兒，弄晚飯。」

離開撐棍走不穩路，跰子叫小秀到柴堆上找根直溜點的木棒，取一截剁齊，用鐵絲綁在折斷的撐棍上，站起身，試著在屋當中走了一圈，看情形外觀雖說醜些，功能照例不減。接著臉上露出笑容，衝小秀說：

「沒得事，晚飯還是由我弄。幫著地裏撿包穀去，你媽蠻苦。」

小秀沒有吱聲，找了傢伙，默默往出走。跰子望著大口背籠在小秀嬌弱的肩背上晃動，心裏刀絞一般，一拳擊在病腿上，默道：「我的腿子不殘，如何輪得到小秀吃苦負重！」恰在這時，小秀回頭張望，看見爸爸的身子由一隻腿撐著，斜斜地倚在門框邊，大手正橫在眼睛上摸淚，一時好不心酸——那情形如同一幅雕像，一下刻進心底！她趕忙調轉頭，淚水重新往下掛，差點哭出了聲。

五

在農村，下雨就是星期天。這回一連下了五天雨，瘸子倒是真正得到了休息，成天坐在躺椅上，守著電視看NBA。

墒大不能下地，黃四嫂把早飯忙到大家肚裏以後，端出針線簸簸兒做針線。倘要算帳，如今做鞋穿不如買鞋穿。但黃四嫂情況特殊：丈夫一隻腳，買雙鞋只能穿一隻，浪費，只好自己做。

趁閒，小秀打理自己的書櫃。從小學到高中，十二年的教科書她都一本不漏地收藏著。這得感謝媽媽，讀小學時不知道收拾，是媽媽替她一本一本收藏起來的。小秀慢慢長大，受到媽媽的感染，這才學會愛好藏書。望著大摞大摞的書籍和作業本，小秀禁不住滋生出一點點感想，認為它既是自己成長歷程的一個記載，也是父母所花心血的一個物化的呈現。她把高中的英語課本清理出來，翻一翻，看一看，練習口語。這時正好被媽媽聽見，從外面發問：「小秀，你在同誰個說話？」小秀跳出房門，一邊嘰哩咕嘟地說洋話，一邊看媽媽做針線。

黃四嫂往一隻鞋墊上繡花，繡的似乎是一掛牽牛花，花色鮮豔，枝葉靈動。小秀奪過手裏看了看說：

「手藝真不錯，比我們的美術老師畫的還好看些。」

黃四嫂瞅了一眼小秀，嗔道：「叫你這麼挖苦媽的！」

「我說的是真話。」小秀動手在簸簸兒裏找塊白布片，要媽媽畫朵花，學著繡。

黃四嫂接過布片，隨意照上面畫了兩筆，交給小秀說：「如今不時興做這些笨手活兒了，不過學會了也不要飯它吃，今後總得成個家，補補連連少不得。」說這話時，朝小秀瞥了一眼。小秀似乎沒有聽見，只顧捏著花針，笨手笨腳地往白布上盤花。

天空灰沉沉的，未見烏雲翻滾，雨卻下得不停。濃霧罩來，光線變暗，霧氣收走，雨點更大了。亮晶晶的簷水掉進滴水窩兒裏，叮啵作響，像在彈奏一首古老的樂曲。小秀透過稻場上的空間，朝環姐姐的樓房望去，密密的雨絲在山牆的襯映下，彷彿根根絲線沒完沒了地落著。這時忽而聽到一陣歌聲——不是歌聲，似乎是一種哭訴，哀哀怨怨，斷斷續續。這種聲音容易把人引入到記憶的深淵裏去，從心底產生出對舊事的懷想。女兒側目聽了半天，聲音原來是媽媽嘴裏流淌出來的，忍不住怨道：

「媽，你這是什麼調子，一副哭腔，哼得人心裏亂亂的。」

「山裏人苦，唱歌都是這種調子。」

「到底是唱歌還是哼歌？你把歌詞吐明朗。」

「你好生聽著。」媽媽想了想，清清嗓子，另外填了別的歌詞，輕輕唱道：

有句古話說得好
奉勸少年要記牢
世上萬般皆下品
唯有讀書高
苦讀詩書前程好

「你又在教化人。」小秀嗔了一句，然後把繡的花遞給媽媽看。媽媽看了看說：

「我畫的月月紅，你卻繡成一個水爬蟲。」

「什麼？水爬蟲？」小秀歪到媽媽懷裏，母女倆笑成一團。

六

雨霧過去，天道放晴，太陽現了身。天陰攢下的髒衣服，小秀通通收起來，端到水井裏洗；待洗完衣服回來，不知為什麼，一時神色大變，似乎受到某種驚嚇。她把衣服晾到竿子上，心跳得厲害，站在衣服後面發呆。

媽媽在屋裏叫喚：「小秀，這裏還漏掉一雙襪子沒有洗咧。」

小秀聞聲過去，把媽媽往房裏推。媽媽以為女兒同她取鬧，吵道：「死丫頭，活兒堆齊眼睛，沒工夫跟你瘋。」

小秀一急，跺著腳說：「媽！我有個話要問你。」

媽媽這才穩住身子，認真把女兒瞧著：「什麼要緊話？神神秘秘的，快些說。」

小秀抬頭盯住媽媽的眼睛看，正欲開口，面頰緋紅，於是低下頭，臉掉旁邊。媽媽此時似乎意識到有很要緊的事了，放平語氣道：

「小秀，在媽面前有什麼怕醜的？把話說出來，我給你解。」

「他們說……」小秀費好大勁，從喉嚨裏剛剛擠出三個字，臉一調，重歸無語。

「兒子越長越大，女兒越長越小，這話沒說錯。遇事羞成這個樣子，看你今後怎麼行婆家。」

「媽——」小秀鼓足勇氣，把嘴湊到媽媽耳朵跟前：「他們說……環姐姐掙的錢不乾淨。」

黃四嫂頓時一怔：養女兒的最怕人家提及這類言語，何況這話是從自己女兒嘴裏出來，內心確實感到吃驚：「聽誰個說的？」

「水井裏洗衣服，好多人議論。」

「瞎說！」

「怎麼是瞎說呢？他們說是她母親自己講的：有人問環姐姐在外頭掙那麼多錢，幹的什麼工作。她母親說賣銀唄，若是早出門幾年，賣金還賺錢些。我以為環姐姐賣的金銀首飾，尖起耳朵聽，聽到末了，原來他們指的是那個『淫』。」

衝著這類傳聞，在女兒面前作何反映、取什麼態度、怎麼評判，當母親的是非常明白的。黃四嫂正著臉，口氣變得異常嚴厲：

「不要以訛傳訛，他們都是亂說。村裏人你是曉得的，見不得人家好過，喜歡害紅眼病。村裏蓋上那麼多樓房，有的還在城裏買房，買汽車，都是歪門邪道掙的錢嗎？一些人說話不要本錢。環姐姐是個能幹本分的姑娘，不會做那些事。小秀，二回不准再聽到你說環姐姐的壞話，記住！」

小秀低下頭：「看那些說話人的表情就沒懷好意，擠眉弄眼的，我也認為環姐姐不是那種人。」

七

八月底九月初，是一些家長們最忙亂的時月：入幼稚園、上小學的孩子，要給他們添置書包，買文具盒，縫新衣服；考取初中高中大學的學生，家長一面籌學費，一面買皮箱，家庭寬綽點兒的，把親朋好友接攏，擺酒席慶賀一番；沒考取學的或即將踏入社會外出打工的，孩子、大人心裏就更加煩亂。反正是幾家歡喜幾家愁。

夜幕按時按樣地降臨大地。入秋的夜晚，暑盡涼來，而躺在木床上的兩個人兒，心中卻是異常的焦躁。

黃四嫂說：「環姐姐她媽答應借我們一千。」

蹛子一口否道：「他們的錢我們不借。」

「我也曾這麼想過，但拂逆別人的好心總是不過意。」說到這兒，黃四嫂把話題稍稍撇了一下：「前兩天，環姐姐的閒話傳到小秀耳朵裏，小秀問我。」

「叫她莫信。」說著，蹛子把話重新扳了回來，「即使借，千把塊錢也無濟於事。」

「看來除貸款還是貸款。」

「小秀到底怎麼想的，也沒摸清。」

「依我看，不讀是說的氣話，沒有錢怎麼讀呢？把錢湊齊，一遝放面前，你看她讀不讀。」

「要貸就趕快貸，光說！預備找誰個做擔保？」

黃四嫂翻個身，沒有回答，與夜幕一起沉默下去了……

通知書上寫的九月十五日開學，九月十日黃四嫂就把一萬塊錢貸到了手。那天回家很晚，小秀已經睡了，蹛子還坐在門前等。天上沒有月亮，只有繁星在眨眼放光；秋蟲也收班歇息，停止了鳴叫。終於，黃四嫂從夜幕裏走近，蹛子追著她的背影走進屋裏說：

「飯菜熱過好幾道，一等不回，二等不回，怎麼捱到這麼晚回來？」

黃四嫂拿出手袱子包的錢，往箱子角角兒裏放好，出來跟跰子說話：「小秀呢？」

「睡了。」

「小聲點兒，莫把小秀吵醒。」

「怎麼捱到這個時候？」

黃四嫂看著飯菜也不撿筷子吃，目光呆呆的，聽跰子問話的口氣裏包含著點點急切和抱怨，禁不住回道：「誰個不願早些回家？貸款不止你一戶，多得很。這個手續，那個手續，原件複印件，擔保人簽字……」

「你吃飯，邊吃邊說。菜是不是涼了？要麼再熱一下。」

黃四嫂搖頭，把拾起的筷子重新放到桌上。

「我們的小秀終於能夠上大學了。」跰子移動撐棍，朝前走了一步說：「難為村主任，把他也耽誤了整整的一天。」

黃四嫂將臉背在燈光的陰影裏，衝跰子道：「等到這個時候，你也累了，休息去吧。急上幾個月，總算把事情辦妥，好好睡個安逸覺。」她目送跰子進房的背影，心裏酸酸的，苦苦的，噙在眼中的淚水險些滾了出來。

昨晚小秀雖說睡得早，可起床照例落在父母的後頭。跰子很高興，已經把早飯做熟。黃四嫂挑擔水進門，小秀洗罷臉問：

「媽，出門也不告我一聲，問爸爸，爸爸不好生說，害得我們夜晚等了好久。」

事情因提前同丈夫倆統一了口徑，不怕說走岔，黃四嫂便轉身到房中把一遝錢拿出來，跟小秀說：

「上學的日期轉眼就到，我去鎮上把平時攢的一點錢取回來，你帶起好入學，剩餘的我們後頭慢慢再……」

未等黃四嫂把話說完，小秀突然翻了臉：「曉得你們商量好的，一會兒貸款，一會兒攢錢，我不是三歲兩歲，請你們不要瞞我。」

聽了小秀的話，黃四嫂的臉一下變得煞白，嘴唇翕動，說不出話。

瘸子從灶門口站起來，衝小秀說：「小秀，只怪我們沒把話說清楚：原來是想貸，預備貸三萬，不好找擔保人，乾脆不貸；跟你媽商量，把我們自己攢的一點兒錢取出來，盡你先入學，生活費我們後頭再打主意。」

「早就告訴你們，大學我不上了，偏偏你們還要背著我忙。」

「小秀，不讀書怎麼行呢？」

「怎麼不行？好多同學沒有升學，可他們照樣要活。供我讀完高中，你們使了很大的力，義務盡到，我知足。現在我已經十八歲，該自食其力了。」

「十八年都走過來了，最後幾年我們能堅持，家裏暫時不缺你這個勞動力。」

「爸爸，那可不是個小數目，學費加生活費，七萬八萬，我們這種家庭根本承受不起。」

「大學畢業以後，找個好工作，即使該點兒帳，還起來快。」

爸爸的話小秀不知怎麼回答好了，如今，每年有五六百萬的大學畢業生，畢業就等於失業。當然，也有人找到跟自己專業對口的工作，拿高薪，但畢竟是少數啊。形勢的嚴峻和社會的複雜等各種情形，一時怎麼跟父母說得清楚呢？到後只好用了一個十分現實的說法回道：

「爸爸，假若家裏有個十萬八萬，倒不如就拿著這個錢創業謀生，比上幾年大學還頂用些，這是我說的實話。」

看樣子小秀的話沒有將爸爸說服，爸爸苦著臉道：「小秀，我知道你不肯上學的原因，就是嫌我們家太窮。現在你媽把錢弄回來了，你就體諒體諒我們當父母的一片心情吧，按通知書上說的日期去上學，好嗎？聽話。」說到末了兒，幾乎是在向小秀乞求了。

就在丈夫勸說小秀的當口兒，黃四嫂一陣天旋地轉，差點兒暈倒在地。慌亂中她盡力克制住自己，抓起大口背籠往背上一背，高一腳低一腳朝地裏走去。走至田中，她卻又不知道自己做什麼來著，往油桐樹下一坐，彷彿受了天大的委屈，捧著臉嚶嚶地哭起來了。

她哭小秀強嘴，哭小秀不聽話，哭小秀不爭氣，哭小秀不理解父母，哭……「女兒吃了什麼迷魂藥呢？只勸她讀書、學好，並沒逼她上殺場，偏偏就跟你對著。這麼些日子，說好話，打比方，講故事，使農活磨煉她，為了貸款，甚至還……」黃四嫂想不下去了，一切努力都是白費，胸口如同刀刺錐攮，難受極了。

天道突然打陰，聚集大片烏雲，遮住陽光，田野烏黑陡暗；接著雲天裂開一道金縫，響起炸雷，催來山風，刮得包穀林子刺啦刺啦直響，豆大的雨點跟著砸了下來。

「媽媽——媽媽——」

有人發出呼喚，呼喚被暴風雨撕扯得時強時弱。黃四嫂聽出來是小秀的聲音，但不想答應，不願任何人此時到來，只想單獨呆會兒，好好地哭一場。

包穀地裏一陣亂響，小秀奔過來，看見樹下的媽媽，撲過去叫了一聲。她把頭上的斗笠取下來給媽媽戴上，用手抹著被雨水打濕的、貼在媽媽臉上的頭髮，仔細端詳：

「媽，怎麼了？下雨就不知道回家嗎？坐這兒想些什麼？快說話呀。」

黃四嫂癡癡的，把臉吊在旁邊，不吱一聲。小秀捧住媽媽的臉，扳過來，促媽媽回答。

「小秀，」媽媽似乎變得有氣無力，欲言又止，低下頭去。

小秀發急，摟住媽媽的肩頭推搡，要哭的樣子。無奈之下，黃四嫂抬起頭，像不認識似的，盯著小秀的臉看，輕輕地說：

「上大學，多好啊，受人尊敬。」

在媽媽的注視下，小秀沒有接話，調過頭，沉默不語。

「你沒有小時候聽話，越長越倔，倔得你媽快認不出來了。」

媽媽的表情使小秀心酸。她很想安慰媽媽，答應媽媽的要求，可是，話到嘴邊，被舌頭封住。

暴風雨停止，雲層掰開細縫兒，漏下幾柱陽光。桐葉上滯留的雨珠掛不住，落進小秀頸脖裏，涼涼的，似乎給她一個驚醒。小秀心想：我若答應，不用說，會將爸媽拖累到一個更加悲苦的境地，也許一輩子都爬不出來。瘸腿爸爸痛苦的表情，媽媽多皺油黑的面龐，還有環姐姐家中的樓房……一起在腦海裏浮現、放大、鮮明。最後她狠了狠心，委婉回道：

「一看見環姐姐的爸媽我就想起你和爸……我現在不是小孩子了，跟環姐姐那樣，讓你們也……享幾天福。」

聽到說環姐姐，媽媽心裏產生顧忌，一層憂慮罩到臉上。她很想把心中的「顧忌」說出，使小秀明白點兒事，可不知道從何處說起，反倒越想越亂。媽媽目睹女兒嬌柔的身子，陡然聯想到昨天貸款時的情形，對女兒怨也不是，罵也不是，只怪自己做事唐突，一口苦水肚裏吞，禁不住暗暗歎道：「家窮了不行，人弱了不行，世道艱難啊。」彷彿覺得四周布滿魔鬼，正向母女倆伸出爪子。她害怕起來，一把摟住小秀，四目相對，淚花盈眶，都忍不住哭了……

八

黃四嫂夫婦似乎鑽了一個夏天的牛角尖——打主意把女兒盤上大學，結果最終忙了個「不上」。常言道：自己養的是慪不傷的。便自歎自解：「個個讀大學當幹部，莊稼由誰來耕種呢？當農民要人。一根草一顆露珠兒，小秀不是瞎跛癱啞，掙得到一碗飯吃。既然不上學，也就不必再為籌集學費而拉錢負債、求人擔保了，無債一身輕，退一步真是海闊天空！」

秋天的天氣總是令人流連、讚美，雲彩比夏天的潔白飄柔，天空比夏天的湛藍明淨；氣候不冷不熱，人畜皆歡。秋收開始了，黃四嫂同小秀將包穀從秸稈上扳下來，使大口背籠背回家中。趁太陽，跰子坐地上撕去包穀殼葉，攤在稻場裏曬。包穀有「小籽黃」和「白馬牙」，在陽光下坦金露銀，散發出新糧的幽香。

這當中，許多同學前來約小秀上大學，被小秀拒絕了；也有不少失學的同學邀小秀出門打工，同樣被小秀拒絕了。黃四嫂和跰子把女兒的言行看在眼裏，暗裏歡喜：看樣子小秀是要陪伴在父母身邊，安安心心地學習種田了。眼前種田自由，不交這稅那費，過上一兩年，招個上門女婿，有一男半女，爺爺奶奶照護，兩口子出門打工有伴兒，大人放心。當然，這都是爸媽的想法，其實，小秀是有心計的人，她有她的打算。前不久打聽到環姐姐的電話號碼，取得聯繫。聽環姐姐說好像工作在上海，有時在廣東，後來又說在北京，地點捉摸不定。小秀心想：不管北京上海，總要回家過年，過完年，你走我跟著走。主意打定，便專等環姐姐回來。

九

時間說慢也慢，說快也快，轉眼春節臨近，小秀千思萬盼的環姐姐終於回家了。那段時間小秀是快樂的，天天伴著環姐姐有說有笑，家裏吃飯就喊不回來。有一天不知何故，小秀情緒低落，顏色不好看。黃四嫂跟著臉上陰晴不定，想掏小秀的話，小秀悶著不答。當媽媽的性急，女兒面色一天不開，心裏一天撮著，捱至息燈睡覺，沒得旁人，黃四嫂再問，小秀才說：

「環姐姐答應保持聯繫，但不願帶我同她一道出門。我跟她說好話，求她，她叫我先自己闖，闖不出個路子，再去找她。」

聽著聽著，黃四嫂臉色變了，心裏咚咚直跳：原本就不想小秀跟環姐姐相好，不管環姐姐從事的什麼職業，無風不起浪，畢竟有些閒話。俗話說，跟著好人學好人，跟著歹人學歹人，怕帶壞。便好言勸道：「人家分明說的推辭話，你卻聽不出來。在家跟我學種田，哪兒都不准去。」

小秀道：「好些田？你也不是種不出來。年輕人不出門掙錢，困難一輩子。」

黃四嫂見小秀強嘴，好多言語往喉嚨裏湧，不知怎麼把女兒說服，恨不得把心肝掰給她看，到後用了一點威嚴的語氣說：

「小秀，我勸你懂事些，大人千辛萬苦地培養，好不容易考取大學，你強著不上，我跟你爸忍了，這陣兒又想起來出門打工。如今的世道這麼亂，小男碎女打什麼工，打蜈蚣。窮就窮，困就困，好歹圖個一家三口團圓。」

被環姐姐拒絕，小秀心裏本來就亂，經媽媽這麼一吵，傷心透了，也不與父母爭辯，躺房中悄悄流淚。

十

過完春節，人不留客天留客，降下一場春雪。田野、屋上、稻場裏都是白的，坡上的灌木林子並沒讓雪花遮住，白褐相間，像掛的棉花。天老爺的心情大家照領，遠行的腳步卻是阻隔不住，人們又匆匆上路了。

門前停了一輛山田牌農用車，這是村裏唯一的交通工具。車上有預備出售的豬、羊、雞、鴨等禽獸，還有竹籃、袋子盛著的各種蔬菜，還有趕路的人，都互不嫌棄地擠在一起，一時間雞喊鴨叫，好不熱鬧。

小秀將登車遠行了，這是她第一次離開父母外出謀生，路途茫茫，思緒紛亂。環姐姐已不辭而別，提前返程。小秀有些幽怨，但仔細想來，怨無來由：她並沒拒絕，只是要自己先闖，有什麼錯呢？人活著不經風雨，難得成器，內心又覺釋然。

黃四嫂和跰子經小秀說服，同意她出門，可十分勉強。小秀走在前面，背著個大包，手裏拎個小包，一跩一跩的。黃四嫂看在眼裏，橫直覺得小秀太嬌嫩，不如自己十八歲那會兒受事，把疼愛就時時掛在心上。環姐姐撇下小秀先走，黃四嫂感到慶幸而欣慰，可目睹小秀當前孤身一人，又十分不安起來，反倒怨環姐姐心狠。她緊趕幾步，與小秀並排朝前走，囑咐小秀出門要「三穩」：手穩，不亂拿人家的東西；口穩，說自己本而分之的話，當然，還有不亂吃，當今外頭有毒的食品多。說到最後一穩，黃四嫂把目光移到小秀臉上，打個等，加強語氣：「身穩，這是做姑娘最重要最重要的一宗，命裏帶貴帶賤關鍵在這兒，記住了嗎？」一說著說著，不知何故，禁不住渾身打個寒顫，臉紅了，眼睛也紅了。她把這次送小秀出門，彷彿看成是把自己剛剛孵出的一隻雛鳥，放飛到盡是雷電風浪的大海裏去；又似乎是將一隻離乳的羔羊送往滿是陷坑和虎狼的莽莽荒原，實在不忍心鬆手！老輩子教導，人生出世，養兒養女，盼的就是早早長成，成家立業，走出大山，闖蕩世界。不想而今落到自己頭上，竟然是如此擔憂，如此作難，如此害怕，如此難分！

雖是春雪，寒氣照例不減。黃四嫂從包裹取出紅頭巾遞給小秀，要她繫到頭上抵禦風寒。小秀拿著紅頭巾，可另一頭仍被媽媽牢牢地攥在手裏。小秀似乎用了一點力，媽媽手頭一鬆，紅頭巾便從掌心裏滑落出去了。就在這一刻，媽媽的心尖跟著往下一沉，默默念道：「菩薩保佑我的小秀平安，菩薩保佑我的小秀平安……」

車子開動了，小秀看見爸爸向自己喚了一聲，轉身撐著撐棍一瘸一瘸地往回走去。她喊了一聲爸爸和媽媽，淚水從凍涼的面頰上不住流淌。

媽媽站在那兒揮手，一直揮到汽車轉過山嘴，揮到紅頭巾從目光中消失……

梨花飄飄

趙老爹

俗話說：「一個老子養得活十個兒子，十個兒子養不活一個老子」，這話應到了趙老爹的頭上。趙老爹有三個兒子，老大、老么在家務農，老二在縣城某某局裏當局長。他們住的一個撮箕口的院子，正屋左邊住老大，右邊住老么，正屋是老房子，理所當然歸趙老爹住。院子前有棵二人合抱的大梨樹，大梨樹的前面是橫穿而過的鄉村公路。

分家的原由蠻簡單——三百塊錢。前不久縣文化館來了一撥人，搶救什麼非物質文化遺產，把趙老爹請到梨樹底下，給他們唱那些姐呀郎的老歌子；又是錄音又是錄影的搞了五六天，末了兒給趙老爹數了三百塊錢。在么媳婦看來錢應該上交，而趙老爹卻攢私房上腰包，為這就把他分了出來。其實分家的念頭起得早，三百塊錢只不過是個引子：「爹也不是哪一個人的爹，怎麼要巴到我們漫呢？」為堵老大和老二的嘴，趙老爹的畝把土地和一分菜園，都一田溝劃得清清白白。

分家的方案當時出臺的兩套：一套是趙老爹自立煙戶，柴米油鹽三弟兄平攤；第二套是每戶吃一個月，輪流轉。由趙老爹選。上次縣文工團進村演戲，說一個老媽有四個兒子，一個兒子養活三個月，交接時四個兒子攏場，過秤稱；如果在誰家折了秤，說明他虐待老人，都要找他說原因。老媽吊在秤鉤子上，像秤豬的，醜死噠。趙老爹想到這出戲，選擇方案一。

撿碗吃飯搞不成了，一天不管三頓兩頓，自己不鑽灶門口，飯不得到嘴裏來。趙老爹是個樂觀派，他說從前扯娃娃「灘」、餓肚子都熬過來了，如今柴米不愁，怕個什麼？怕就怕鍋裏沒得煮的！

村中不論老少，誰個看見趙老爹上過灶呢？老伴在世有老伴弄，老伴病逝三個媳婦都進了門，鍋鏟子沒落過他的手。他對著突然出現在眼前的油罐子、鹽罐子，像得了老年癡呆症，一動不動盯著，待回過神，首先想到園子裏找菜。磨磨蹭蹭往園子裏待會兒，一束菜芽在他僵硬笨重的老手上半天擇不出來。洋芋去皮的時候，渾身的力氣似乎集中在指頭上，捏得緊緊的，但洋芋還是時不時打手中跑掉；眼見大洋芋削成小洋芋，心裏疼，乾脆不削，連皮吃。這些活兒對他來說，不會比背著火糞爬上坡輕鬆，實在撐不住，停下鍋鏟，取過長煙袋，吃袋煙接著弄。開始掌握不住火功，招呼鍋裏忘記灶裏，招呼灶裏忘記鍋裏，手忙腳亂，時不時吃夾生飯和糊鍋巴。一頓飯下來，胸面前掛著菜湯，袖口上沾滿麵粉，鍋煙子不知怎麼糊到臉上；眼睛被柴煙子熏紅，清鼻涕吊出來，像個演雜劇的小丑。媳婦們見他那副模樣兒，說也不是，笑也不是。

大兒子大媳婦

大兒子大媳婦都是本分人，會種田，把家。三妯娌中，大媳婦生得富態些，面如滿月，口鼻端正，平和的目光裏對一切充滿善意。大媳婦是高山峁子上的姑娘，父親是位教過私塾的老先生，家教甚嚴；對女兒的啟蒙不用枯燥的說教，而是講古典她聽。說從前有個皇帝到民間微服私訪，途中又饑又渴，看見一個女子往田間送飯，乞求女子把飯讓給他吃。剩下的飯菜不多，丈夫沒吃飽，問根由，女子把路上的情形道出來。丈夫一時火冒八丈，將女子打了一頓。女子回轉時，吃飯的那人還站在路口上。他走上前問：耕田的是你什麼人？如何打你？女子說：是我丈夫。他說我不會事，過路的都是客，應該接到家裏招待，路上吃點兒麥米飯、苦菜湯，怠慢客人，打我。那人聽了，從身上解下金腰帶，遞給女子說：今後你假若遇到什麼困難，就拿著這根帶子到京城裏找我。「會事的女子解得到皇帝的金腰帶」這個古典就這麼深深扎進心底，那女子好比一面鏡子，照耀著大媳婦的言行，成了她一生效法的對象。

就拿出門打工來說吧，看到好多人下武漢、到廣東打工，老大腳上像長了毛，急得三合九轉。這時候「會事的女子」就從腦海裏浮現出來，幫助大媳婦出主意。大媳婦便勸老大：

「人家出門掙錢，一是人年輕，二是有文化；你歲數大，文化又不高，掙錢難。螃蟹橫爬，各有路徑，我們這兒離縣城近，兩口子多起幾個早床，種菜賣。莫看這是小錢，可是活錢，活錢一多就成了大錢。」

這麼幾說幾不說，說活了老大的心，答應在家種蔬菜。做事憑良心，大媳婦種菜不興使化肥，豬糞做底肥，大糞做追肥，種的菜格外好吃。她的菜只要一上街，爭不到手，慢慢地弄出名。現今村裏鋪上水泥路，不消他們跑，菜販子找上門。頭年去，二年來，老么打工蓋樓房，老大種菜同樣住新屋。

這回趙老爹分出來單獨過，村裏少不得發議論。議論來議論去，反正歪了獅子醜了相，說的不單指么媳婦，是趙家院子一家人。家務三事誰過說得清白？站在大媳婦這邊，家有老，千般好，不分也行：當今不缺吃，一個人燒灶火，十個人也是燒灶火，恰恰多嫌個老頭子！當然，分家有分家的好處，老年人想吃乾的弄乾的，想吃爛的煮爛的，自由些。可經過一段時間的檢驗，實際情形卻是很糟：老天拔地的，成天在忙一張嘴，白米做成黑飯，有個好的沒吃個好的，八十歲的老頭學劁豬，作踐人。於是大媳婦便找到丈夫商量：

「你明兒老噠，跟爹那樣把你分出來，怎麼過？」

丈夫說：「我算命的，會『走』你前頭，造孽的是你。」

「誰也沒吃長生不老的藥，都要從老人那兒過，爹那麼大歲數，一個人開伙，給人家看笑話。」

「如今都是這樣。」

「心想接他跟我們過。」

「弄生弄熟都是你，只要你耐得煩，何愁我不同意！不過有一宗，么媳婦那張嘴你曉得。」

「爹是他們分出來的，我們再接過來，照想生不起意見。即使有意見，也不能堵人家的嘴，只要把良心放中間，盡我們的本分，讓爹享幾年福。再說爹的畝把田不能盡它荒，上頭號召種核桃樹，買幾棵苗子栽上，裏頭再套種黃薑或者是金銀花，幾頭的受益。」

「你說的是正話，我這就去跟爹商量。」

二兒子二媳婦

趙老爹分家，老二一家都回來了，黑色的驕車停在大梨樹下頭。老二性格內向，人耿直，回家叫聲爹，再叫哥嫂，么兄弟么媳婦就不叫了，等待小的叫他。大媳婦跟丈夫倆議論：「老二變了，起先在家裏跳躍、活潑，多少有些話的，現在大磨就榨不出一句多餘的話，只怕書讀多噠是這個情形？回家就爽興玩兩天，看那模樣兒，一頭悶著，好像有什麼事壓頭。」

老大說：「管一個局的人可不是玩的，千根頭髮一個簪，大小事情都指靠他。不像我們種田，種子安進土裏，只望老天爺灑點兒雨。」

二媳婦一副高挑個兒，皮白如粉，嘴唇染得鮮紅放光，十個腳指甲也一律紅色；一對銀耳環有手鐲子大，頭動身移直晃蕩；走路像洋人，直起個腿，步子邁得又直又大。她回家沒有別的，高聲大嗓喚著么媳婦，把村裏打麻將的高手叫來，打兩盤。么媳婦恨不得使麻將熬水喝，頓時精神百倍，忙火火邀來幾個人，桌子往院壩中央一擺，很快便安靜下來，只聽見咕轆咕轆倒牌的聲音在院子裏作響。

老二的兒子一個聰明之相，會讀書，從小學到初中，班上年年考第一。單是自理能力差，穿不好衣服，繫不來鞋帶，雨傘撐不開；上廁所，屁股是媽媽揩的，一直揩到小學畢業。孩子回到農村，如同出圈的羊羔，活蹦亂跳：拉著姐姐——大媽的女兒往田野裏跑去：上山摘苦李子吃，秧田裏捉蜻蜓、抓鱔魚、捉螃蟹，滾個泥彈。

他們回家只負賴大媳婦。別人打牌，說話、喝茶，大媳婦不聲不響地上樓「斷鍘子」——取塊臘肉下來，燒皮，剁骨頭，預備辦伙食，但他們從不在家裏過夜，儘管大媳婦說鋪開在樓上，鋪蓋臥單都是沒下過水的，可仍堅持回去。倘若第二天還想玩，寧可又開車來。二媳婦說話不怕別人多心，把兒子摟在懷裏，替他擤著鼻涕說：「在鄉下時間一長，孩子容易學野。」既然這麼說，大家就不苦勸，放他們走。

爹分家，老二作為贍養人之一，當然要攏場。可他對眼前分家的兩套方案說不出個好歹。么媳婦錯吧，錯的理由找不出；說她對吧，似乎不近情理。在旁觀人看，倘若論及父母花的心血，在老二身上花的最大，那會兒供他上大學，家裏只差討飯。有投入就有回報，既然如此，老二不僅要贍養老人，還應該抬大頭才是。一想到這兒，老二把臉調到旁邊，幾乎連坐下去的勇氣也沒有了；心底倒埋怨起爹來：差錢用跟我們說嘛，三百塊錢上交，損好多麻煩！但他又暗暗慶幸爹的選擇，若是選上「輪流轉」的方案，問題就嚴重了。老二鬆口氣，無異議，表態表得非常堅決：「爹的每月十斤米、二十塊錢，按時如數上交，保證不拖欠。」說話說順勢，接著又找補兩句：「爹，待天氣暖和些，想散腳步兒，就到我們那兒……」正說到這兒，二媳婦朝他一瞥，只好將「歇兩夜」吞回肚裏。

一家人把老二送到梨樹下，趙老爹移到車門前說：

「聽說你們要把兒子送到、送到澳澳……去讀書？」

「澳大利亞。」

「決定噠？」

「決定噠。」

「讀的什麼天文地書，中國恁麼大個國家，成千上萬的老師就教不好嗎？跑到什麼澳大利亞，勸你們斟酌！」

二媳婦把頭從車門裏伸出來應道：「爹，和國際接軌，培養跨世紀人才，這是潮流、趨勢，說多了您不懂。」

么兒子么媳婦

老么小伙子長得帥，么媳婦生得美，十分般配。但性格都剛，一個性子毛，一個性子躁，時不時像公雞啄架，你啄我一下，我啄你一下，誰都不饒。打牌是兩口子的喜物，吃過早飯前後出門，女人在村西打，男人在村東打，晚上回家總帳。么媳婦命中帶外財，手氣好，贏的回數多，將手中的幾張皺巴巴的錢理了理，報出數目：今天贏二十六塊錢。老么歷來手氣差，幾個錢輸到人家的荷包裏了，空手回家。么媳婦就吵：「一個敗家相，孔夫子挎褡褳——前後都是書（輸），火氣不旺就莫上桌子。罰你弄飯，老娘吃回現成的。」老么捨了財，心裏煩悶，回敬道：「老子不弄，把我橫一眼直一眼。」兩個火一碰，抓打起來。再狠的女人打架打不過男人，老么不敢正經地打，手一軟，身上、臉上的爪印多出對手幾倍。「給老娘出門掙錢去，屋裏不差你。」男吵官司女吵敗，長時間磕磕碰碰，少不得出事，走一步，老么決計下廣東打工。一年半載，老么掙了些錢回來。那陣兒么媳婦稱職，把老么當的上大人，白裏夜裏服侍得舒舒服服。可好景不長，么媳婦從村裏聽到個有關自己男人的故事：說他們的工地離城市蠻遠，不通汽車，想洩點兒「火氣」，徒步要走七八里。臨陣倒猶豫起來，手伸進荷包裏，摸著錢想：這傢伙好難掙吶，接近下兩天的苦力，就那麼分把鐘，預備打轉身。這時候腿子堅決不答應，無奈中默道：「走這麼遠的路，這麼了事，的確對不起這雙腿，就遂你個願吧。」老么一點福氣在嘴上，講出來，人們便當笑話傳，一直傳到么媳婦的耳朵裏。家中不自在了，吵鬧重新開始。么媳婦說：「拿起錢在外頭嫖，惱我的火，老娘也在屋裏偷（人），搞個平手。」老么聽么媳婦這麼說，打死不出門，天天像餓老巴子（老虎）守死牛，把媳婦守著。么媳婦轉念：如今離錢走不穩路，兩口子為這些說不出口的事鬧僵化，划不來，就勸丈夫：「有掙錢的門子，放心大膽去，說偷人是駭你的。」三句好話軟人心，老么想到外頭的痛快，捲起鋪蓋又出了門。

分家老么不在屋裏，在屋裏也是聾子的耳朵——擺設，么媳婦作主。爹被請走，丈夫外頭打工，兒子縣職高讀書，么媳婦要幾清閒有幾清閒。

時至月滿，那天么媳婦預備往老屋裏送口糧，看見老大接爹跟他們過，一陣躊躇，便退回來，心中嘀咕：這是做給什麼人看的？么媳婦分爹出來，大媳婦接爹過去，讓大家評論么媳婦忤逆，大媳婦孝順，爭名聲。名聲值幾個錢？口糧不送了，看你們逞能逞到幾時止！

么媳婦把心事掛到面子上，看見大媳婦臉調是那個調法，屁股扭是那個扭法，故意作態。大媳婦裝做沒看見，打了豆腐，照例給么媳婦端一缽子，豌豆莢出來，送點兒過去讓她嚐新，跟平時樣。

清明節前後，家家忙著點包穀。村裏勞力少，缺牛工，么媳婦著急：叫趙老爹幫忙掩種子，趙老爹耍小孩子脾氣，喊叫奈不何；心想請老大耕田又不好意思開口。這些都逃不過大媳婦的眼睛，便同老大說：「牛工帶人工，先幫么媳婦種，自己的放後頭，免得他們屋裏這個急，外頭的那個急，做不成事。」趙老爹見大家都在動，丟掉孩子氣，扛著鋤頭下田。

天道湊合，兩天都把田種完。洗犁那天，大媳婦喊么媳婦吃飯，么媳婦把趙老爹的口糧也順便提過來了。

趙家院子

趙老爹被接到城裏開全縣文化工作會議，散會後又由文化館派專車送回來。車往大梨樹下停穩，趙老爹下車，人們差點沒認出：面前戴朵大泡花，肩頭斜掛著寫有「非物質文化遺產代表性傳承人」字樣的紅緞子綬帶，臉上堆滿密密的笑褶子。除開這身打扮，荷包裏還揣個存摺，國家發給傳承人的生活補貼——八千塊！人們大感驚奇，議論道：

「姜太公遇周公——走老運。八千塊，硬紮紮的八千塊，據說年年有。這比趙老爹養十個兒子還得濟些。」

「從前唱黃歌子，不光挨批鬥，還懲口糧。如今倒過來，不但不制止，還把錢，世道真是變了。」

消息傳到么媳婦那兒，一陣驚喜，接著後悔起來：早曉得這麼回事，不該把爹分出去，不分家，這錢就歸我掌握，可惜世界上買不到後悔藥。不過么媳婦還是想試一試，看能不能挽救得回來，任何事，努了力不後悔。

趙老爹彷彿年輕十歲，那天他把一摞舊歌本放在院壩中的小桌上，哼哼唧唧地照著歌本唱歌。春陽暖融融的，雪白的梨花帶著香氣飄下來，落幾片在趙老爹的身上，落幾片到趙老爹入聲入調的歌聲裏。讀職高的孫子突然跑過來，一邊摘掉爺爺身上的梨花一邊親熱道：「爺爺，我和爸爸不在家，我媽孤單，請您過去給我們家瞧門。」

趙老爹說：「這不作難，你媽到哪兒去，告我一聲，我會把門瞧好的。」

孫子折身跑回去，趙老爹看著孫子的背影，嘴角上漾一絲笑意。

一會兒，么媳婦走出來，用的是少有的溫和語調：「爹，您喜歡吃肥肉，我煮幾坨肉丁，鑾爛，您過來吃。疙瘩壺裏的包穀酒還有。」

趙老爹並不推辭，如今只要有人請，照吃。喝著酒，聽么媳婦說：「分您出去，想的是您清靜些，吃鹹吃淡，早吃晚吃自由。您現在又跟大哥他們在一起，還是不自由，既然這樣，我想接您轉來，依還跟我們過。」

趙老爹待嘴裏處理完那坨肉丁。話來得齊頭：「今兒跟么媳婦，明兒跟大媳婦，後天又跟么媳婦，我也不是個皮球，一拋的來，一拋的去，盡人家好說。眼下就這麼住，要趕趕雞子、瞧會兒門什麼的就跟我說。」

酒肉算白吃，么媳婦這頭碰了鼻，又跑到大媳婦跟前纏：「爹有三個兒子，八千塊錢，三一三十一，分。」

大媳婦不好當面回絕，推滑船：「你讓他們三弟兄商量。」

「不，我們三妯娌說噠算，昨天我跟二嫂子通了電話，她同意我的意見。」

「你探探爹的口風，看他……」

「爹生養死葬靠我們，吃閒飯，沒得發言權。」

「這是你說的。」

「大嫂子，何必當個死眼子貨，只要你應口，這事就能定。」

「爹的錢反正我們不用。」

么媳婦似乎沉不住氣，話中便帶了刺：「爹同你們生活，用不用只有老天爺曉得。」

「摺子爹自己保管，有密碼。」

么媳婦嘿嘿冷笑：「密碼是防外人的，何愁你不清白！」

大媳婦臉色一正，衝么媳婦說：「都是幾十歲的人，說話要想到說，不要搶到說。」

么媳婦人臉一取，狗臉一掛：「我看你心思深得很，叫花子烤火，往懷裏扒。」

「我扒了什麼？」

「啞巴吃湯圓，自己心中有數。」

「爹是你分出來的，田是你劃出來的；叫爹跟我們有什麼錯？田是荒著好還是種著好？你說！這會兒看見爹來幾個錢，心裏毛。」

「往後米莫想我一顆，錢莫想我一分。」

「給不給是你的心意，別人管不著。」

聽見外面的爭吵，趙老爹從老屋裏出來：「兩妯娌莫爭，錢是傳承人的，專款專用，少打歪主意。」

么媳婦本已回到屋裏，見趙老爹開腔，反身指手劃腳道：「死嗟爛屋裏，無人抬。做些斷子絕孫的事！」

這時老大突然躥出門，衝過去指著么媳婦的鼻子問：「你說誰的？」

「誰答應就說誰。」

老大揮起手，預備一巴掌下去，大媳婦往中間一隔，抱住老大的腰，拼命往回推。老大被推得直踉蹌，還在朝身後說：「有錢莫拿錢稱勢，有兒莫拿兒稱勢。」

回到屋裏，大媳婦望著老大胸部大起大伏，氣得臉都變了色，勸道：「雞不和狗鬥，男不和女門，生閒氣。」

「你不慪？她的意思是我們沒得兒子！」

「這有什麼慪頭？我一個娃子懷得下，一句話懷不下？況且我的姑娘也不次等哪個。」

錢是狐狸精

趙家院子漸趨熱鬧，大梨樹底下經常停車、來人。如今不止是縣上的，上頭的專家和大學音樂系的學生，也大老遠跑來聽趙老爹唱歌。遇到大的節日，趙老爹被邀請出去，參加省級、國家級的演唱比賽。回來時，無論獎狀、獎金或其他物品，沒空過手。出過幾趟遠門，趙老爹從頭至腳徹底改觀：對襟褂子布紐扣，紅線條子燈籠褲，不愧服裝師設計，穿起既合身又抬人。他的一嘴被旱煙熏得的黑牙齒，不知用什麼藥水，洗得白亮亮的。山羊鬍子不見了，臉龐乾乾淨淨。他逢人就講：「火車、飛機、輪船我都坐過，住的賓館豎到半天雲裏，頓飯成席，好多山珍海味我叫不出名兒……這樣的日程，我還想把脖子更長點兒——多活兩年。」——不管怎麼說，趙老爹反正是出了名了。

前不久，文化館做塊「非物質文化遺產傳承基地」的招牌掛到村文化室大門上，請趙老爹當老師，帶學徒，教他們唱歌。這樣的差事趙老爹當然願意：自己唱一輩子歌，從前一直受貶，時不時哀歎一肚子歌子會帶到土裏去。眼下不用愁了，不光有人學，還有錄音錄影幫忙記，不會失傳了。

願意的事情做起來便十分盡職，趙老爹自願掏錢，從城裏買回一大遝記錄本和幾打記號筆，分發給徒弟。文化室原來做過學校，黑板現成的，趙老爹把當天要教的歌詞寫到黑板上，讓徒弟們往本子上抄，然後對著唱。上頭檢查工作，見趙老爹教得扎實，作為典型往省、市里推廣。村裏人和徒弟們，從電視裏看到了趙老爹授徒的畫面，都感到有光。

男勞力出門打工，徒弟大多年輕媳婦。她們要把男人撂下的肩挑背馱的重活承擔起來，服侍家禽家畜，務勞地裏的莊稼，還有家中一應雜事——都忙得個差不多，然後才聚集到文化室學藝。故趙老爹授徒不能定時，一般選擇雨天或晚上。

這些徒弟——媳婦們身上混合著泥土、青草和花露水的香氣。她們有文化，會唱流行歌曲，崇拜「四大天王」，對民間的歌謠瞧不起，認為土氣、低俗、不好聽。但事實又使她們迷茫：土氣的歌子反當成個寶貝，國家號召搶救，還給那麼多錢。瞎子見錢眼睜開，癱子見錢站起來，假如有朝一日自己當上個傳承人，也會得到錢的，像趙老爹一樣風光。

開始接觸姐呀郎的，她們覺得不雅觀，唱起來彆彆扭扭，臉生紅暈。待細細品味，歌詞中包含的情意含蓄、生動，並不比流行歌曲遜色。

崖上砍柴崖下梭
公公砍柴媳婦拖
過路君子莫笑我

丈夫年小奈不何
不靠公公靠哪個

趙老爹教唱時，結合內容敘述從前包辦婚姻的壞處，讓大家加深對歌謠的理解。

挨姐坐，對姐言
問姐愛我多少年
葛藤纏樹纏到老
芝麻開花開上尖
崖上刻字萬萬年

一首比一首漂亮，巧妙的比興手法，大膽的誇張，激發了徒弟們的想像，一時活躍起來。一位媳婦忘記在唱歌，大約是美妙的歌謠帶著她的思緒在情感海洋裏遨遊，瞅住歌本發呆，直到身旁的推了一把，才使她醒悟過來，大夥兒抬起來一笑。

當時接爹一起生活，原本就是盡義務，沒料想如今他自己有了錢，且找到正經事做。這便使大兒子大媳婦省心，兩口子專心種菜、收菜、賣菜，順風順水。

大媳婦的飯熟了，趙老爹沒回來，便遣了老大去叫。老大跑到文化室，沒得人，聽說徒弟把爹接到家中輔導去了。大媳婦心細，給老大買個手機，小靈通把給爹，只接不打，並教導他：鈴鐺一響，吃飯時間到，免得到處找人。可小靈通並不很靈，有時電話打通無人接。問起來，趙老爹說耳朵背，沒聽見，但臉色不自然。接著，無意中發現趙老爹摺子上的錢像化雪的：立秋那天取的八百，沒到處暑，又忙著取錢。吃的現成飯，穿的現成衣，錢花何處？大媳婦納悶，出門一打聽，頓時駭出一身冷汗。

趙老爹教的徒弟，都有打工的經歷，臉皮薄的薄厚的厚。她們的男人不在家，不養野老公的少，現在湊到一起，只要一個起了頭，其他的便跟著輪番對趙老爹展開攻勢：親個嘴兒五塊，在身上摸會兒捏會兒十塊，睡一盤一百。趙老爹民國時期人，從前的觀音娘娘、城隍、土地菩薩等，心中還裝了幾尊，四九年解放給打掉不少，老輩子傳教的「做事憑良心」勉強記得，後經過文革、改革，「良心」逐步模糊起來。現今荷包裏陡然來了這麼多錢，徒弟們稍微一攻，道德底線垮塌。當然，趙老爹老實不完，打聽到行情，學著跟徒弟講價：親嘴兩塊，摸會兒五塊，睡一盤五十，搞就搞，不搞拉倒。徒弟們非常現實，遲得不如早得，早得不如現得，資源閒著是閒著，依師傅說的，活現金，一手兩交。

大媳婦穩沉，聽到趙老爹這些花事，心中不由得發慌。她想起前幾天，么媳婦穿得很露，裸著大胯和肚臍，老屋裏尋找一擔破糞桶，當下又不是挑大糞的時候。再說當媳婦的這麼一身打扮在公公面前晃蕩，以前沒見過。她暗暗歎道：「家庭在走向混亂！怎麼辦呢？」「會事的女子」哪裏去了，幫她一把吧，巧媳婦碰到了新問題。

棒打鴛鴦鳥

那天，大兒子大媳婦關著門在屋裏討論。

老大說：「文化室的門鎖起來，不教嗟。」

大媳婦說：「上頭掛的招牌，不讓教，違犯國家政策。」

老大說：「指名道姓把那些徒弟撇一頓，鄙她們的臉。」

大媳婦說：「屎不臭挑起來臭，想把事情鬧大。」

老大說：「把老二叫回來，開個家庭會，讓國家幹部教育他。」

老二被叫回來，跟哥嫂問個大概，拿盒茶葉往老屋裏去。一袋煙工夫，屋裏傳來爭吵，老大想進屋解交，迎頭碰著老二出來，氣沖沖往梨樹下走。大媳婦曉得弄僵，追到小車跟前，未及開口，老二說：「爹喝了迷魂湯，好話聽不進，莫費口舌，依我看，什麼鑰匙開什麼鎖，請嫂子費個心，周圍有相當的，給他說一個。」

這倒是個提醒，大媳婦想：婆婆下世十多年了，公公孤單了十多年，眼下公公雖說有把年紀，身子骨還算硬朗，我們怎麼就沒考慮到這一層呢？給他找個伴兒，有個說話的場子，冬天焐腳，夏天擦背，遇著傷風咳嗽，照護起來比我們下人方便。

如今打單身的多，幾乎沒淘什麼力，鄰村相到一個。女的五十有五，高中文化，以前任過大隊婦女幹部，也是一位山歌手。經人一提，女的有口風，答應走一趟。

投吉利，大媳婦請人看個日期。那天又是殺雞又是煮臘肉，置辦酒宴。接來兩個村幹部作陪客，通知老二，老二抽不開身。傍午時分，客人到來，大家眼睛一亮：女的確實不錯，臉上白乾白淨，風韻猶存。「挨姐坐，把姐拍，姐兒開口要八百。一個八百不嫖你，再添八百說個妻，天晴下雨在屋裏。」趙老爹這麼默誦著，打內心感謝大媳婦張羅，眼前的人兒，十分如意。人逢喜事精神爽，聽說嬌客會唱歌，趙老爹禁不住唱道：

雨後初晴河水渾
心想過河怕水深
丟個石頭試深淺
唱首山歌試姐心
看姐接音不接音

這邊的歌聲一落，那邊的不示弱，立即回了一首過來：

哥是天上一條龍
姐是地上一花叢
龍不翻身不下雨

雨不灑花花不紅
姻緣自在天地中

歌聲中酒菜拿上桌，大媳婦喊么媳婦過來陪客，正欲張口，只見么媳婦披頭散髮，赤著雙腳跑過來，形同妖怪，進門就鬧：

「這是個什麼團幫會？經過哪些人同意的？老么、老二沒攏場，不上算！幾個錢，自己的兒子捨不得把，弄個世人外姓來花，肥水不流外人田。我勸你們少給下人攬些負擔，誰個起頭誰個了，我是不認這門親。七老八十嗟找個什麼婆婆兒，偏生不怕醜……」

大隊幹部見鬧的不叫話，起身相勸，么媳婦不聽，反越鬧越凶。請來的嬌客是有臉面的人，目睹這般情形，起身出門，大媳婦拉也拉不回來，望到她走。

好好的一段姻緣，被么媳婦大鬧天宮，都慪得唉聲歎氣。

趙老爹許是那女的入了眼兒，成天像死半頭沒埋的，飯不思，茶不飲，白天走路歪歪倒，往那兒一坐瞌睡來，情形如同害相思。趙家院子上空籠罩一層愁雲慘霧。

悶悶地過了十天半月，趙老爹突然失蹤。那天老屋裏沒得動靜，吃飯喊不應人，打電話，電話關機。大兒子大媳婦分頭到文化室、徒弟們家中去找，全村問遍，不見趙老爹的影子。老大打電話問老二，爹是否進城，老二說沒。大兒子大媳婦急得坐立不安，對門么媳婦屋裏飛來

《梁山伯與祝英台》的歌聲。這時大媳婦突然想到個去處，是不是去了鄰村那個女的家裏？老大往那兒奔，走到一看，果不然，趙老爹眉開眼笑，正在同女的對歌，神情同家裏判若兩人。

「你來做甚兒？」趙老爹一見老大就問。

「接您回去。」

「我不回去。」

「電話也不開，昨天找了大半夜。」

「怕我犯『逃』字？給你們說，孝心我的，二回就不要干擾我，我在這兒蠻好。」

老大回家把情況向大媳婦一說，大媳婦也就放心，說：「老年人有老年人的樂趣，落在自家有人鬧，那邊只要對他好，男到女家、女到男家都一樣。不過講好還得拿個手續（結婚證），穩當些。」

雁陣橫空，天氣轉涼，大媳婦收拾一包衣服，烙幾個高粱漿粑粑，預備讓老大給爹送過去。夜裏陡然下起大雨，風把窗紙吹破，嗚啦啦發響。這時他們聽到一種斷斷續續的聲音，如同鬼哭狼嚎，使人背心溝溝發麻。聽著聽著，聲音好像來到門口，兩口子起床，開門使電筒一照，原來是趙老爹。他滿臉血跡，衣服濕透，趴在地上彷彿一堆濕布。

「她、她的兩個兒子，打我、攆我……五千塊錢被、被他……他們摳、摳了包……我的摺子在……在箱子角角兒裏，快、快些給我……拿……拿來。」

趙老爹說完便昏過去了。

老大冒雨在村裏喊輛小四輪兒，送趙老爹到醫院。趙老爹看樣子快不行了，躺在坐位上像個死人，靠老大攀著。

車子按喇叭，催大媳婦找摺子，哪裏找得到，箱子早已被人翻亂。

車子開走了，趙家院子擁來不少人，在雨夜裏亂成一團……

尾聲

時光荏苒，春秋幾度，轉眼又是清明時節。二月間清明青河邊，三月間清明青半山，地氣回升，田野開始著綠。趙家院子門前的大梨樹，在明麗的陽光下，繁花如雪，滿樹生香；和風陣陣，吹落的花瓣在空中打著旋，落到屋上，落在院子裏，可再也落不到趙老爹的身上和他的歌聲裏了。

那次趙老爹挨了打，錢被摳包，摺子被偷，一條老命也被閻王老爺拿走了。他躺在屋後的坡上，墳上芳草萋萋，正好俯視趙家院子。

么媳婦又在嘮叨人了：兒子讀完職高，眼高手低，就不到業，躺在家裏只吃不做。老么出門修鐵路，不慎左腿砸折，鋸掉一截；這陣兒為躲避嘮叨，撐著雙棍往梨樹下走去。老二與腐敗沾了邊，經濟上扯出窟窿，判刑三年。二媳婦落井下石，拋棄老二，另尋新歡。兒子在澳大利亞沒搞出名堂，學業未完便打道回府，眼見家破，流浪在祖國的懷抱。大兒子大媳婦還算順遂，夫妻和睦，旱田都栽上核桃樹，享受國家錢、糧補貼，坐那兒吃米。女兒大學畢業，在上海一家外企工作，年薪十萬；談個對象，預備年底成家……

趙家院子在變，趙家的人在變，似乎只有大梨樹沒變：像位笨拙的老人，不急不躁，不吵不鬧，合著四季的更替，開花、結果，靜靜地見證著世道的變遷。

劉老么和他的手藝

一

城裏有兩個剃頭匠，東頭一個，西頭一個；東頭的一個叫劉老么，西頭的一個叫吳聾子。遇著長江三峽築壩，江水攘進來，逼得這座宋代始建的老城要搬遷。搬又只搬縣直機關，居民搬不動，一律安置到坡上的簡易房子裏打住。待老城舊址上築壩，壩上再建新鎮，然後接居民回城「官復原位」。吳聾子住進新式樓房，將剃頭的工具一包，不剃頭了。他把樓下的門面房出租，橫草不拿，豎草不沾，坐那兒吃租金，享清福。

劉老么農民身份，不在移民之列，享受不到吳聾子的那個待遇，在新城背後旮旯裏搭個偏棚，繼續剃頭。棚子使水泥磚砌牆，蓋幾片水泥瓦，一人搭一摸手高；兩扇木頭門朝外開著，呈撇八字。棚內面積約六個平方米，牆上嵌面大方鏡，一把老式的漆成乳白色的生鐵椅子放在正中，剛好車得過身；倘若刮鬍子放下靠背，加個踏板一蹺，轉動起來，還得打顧客腿子上跨。棚子雖然小得可憐，為搭它劉老么很出點「血」：新修的街道管理很嚴，劉老么拿七百塊錢將市面上最好的紙煙買一條，託人跟城管的說情，這麼才安下身來。不過，好在當門有條防洪溝，上面鋪的四米多長的預製板，任何人不得侵佔。當然，劉老么放隻爐子燒水，坐高頭吃飯、乘涼是不礙事的。

劉老么不熬夜，早睡早起是他的習慣。天粉粉亮爬起來，什麼不做，打開煙荷包動手捲煙。他捲的旱煙非常漂亮，粗細跟紙煙差不多，長短只紙煙的三分之一，栽進紅銅的短煙袋裏，點燃，然後雙手一背，跟防洪溝扯直往出走。劉老么身坯高大，步子邁得閒散穩沉，吹順風，嘴裏吧嗒出來的藍煙就會在他的身前消散，遇到逆風，藍煙便越過他寬闊的肩膀往身後飄來；旱煙的香味隨著他移動的身影，在清晨的空氣裏一路漫到香溪河邊。河水不像以前流淌喧囂了，綠綠的靜在那裏，水面浮著成片的渣子，一群水斑鳩落上頭歇腳。

做早點生意的比劉老么起得更早，包子饅頭在蒸籠裏冒著大氣，炸油貨的正在扯著油條下鍋炸。這時有人朝著他喊：「劉老么來過早，白騰騰的包子饅頭鉚你吃，枸杞子白酒鉚你喝，鹵的雞蛋、豆乾兒望著你笑。」

劉老么滿臉笑意，走過去說：「五個包子，兩塊鹵豆乾兒，帶走的，燒酒我打的有。」

「曉得您家的酒使鼓子裝的，不眼起我這點兒事，可老輩子有句話，富貴不能隨身。」

劉老么喝酒出名。有人說一天三頓不離酒，劉老么喝酒，不講頓數。酒廠裏曉得他的德性，送酒不用聽子不用壺，要送就是一鼓子——一百斤；不說錢的話，等下次送酒，取錢帶空鼓子回去。

一盅燒酒將幾個包子送下肚，顧客陸續到來，一天的生意開始。

到這兒剃頭多半是進城辦事的農民，也有殺豬、賣魚和各類雜貨的坐商。劉老么是門裏出身，正像一副對聯說的：雖說毫末事業，卻是頂上功夫。如今理髮，吹、染、焗燙的多，拿得起剃頭刀子的極少。劉老么一雙手掌大而厚實，看到笨重，使起刀子來卻異常靈活。一個光頭，唰唰唰，袋把紙煙功夫便剃了下來。剃刀上沾滿頭髮，不用抹，手腕子只一撇，啪，不遠不近，正好落到椅子跟前。他說，僅這點兒「搖腕子」功夫，師傅逼著他練了半年。

剃頭沒得話說，容易產生悶倦，劉老么會說到一個故事。故事從師傅那裏得來，講過多少遍，確實也記不清了。說從前有個縣長愛好射箭，經常把犯人面前綁根扁擔，當他的箭靶。縣長箭法很準，箭箭射中扁擔，傷不著人，可犯人照例嚇得發抖，膽小的會昏死過去。一次縣長到剃頭鋪剃頭，剃頭匠也顯個本事：剃兩下頭髮，手腕子一揚，剃刀拋到空中，等剃刀即將落到頭上時，迅速接往，剃兩下頭髮，手腕子一揚，又是一拋……把個縣長嚇得黃豆大的汗珠打額上直滾。從這兒以後，縣長再也不拿犯人當箭靶了。

劉老么頭剃得好，價格便宜。人家收一塊，他收五角，後來人家漲到五塊，他收兩塊，總要便宜一半。五七年縣裏抓的第一個大右派，八十高齡，剃頭單找劉老么。他見劉老么手藝好，親筆寫下五個歐體：平民理髮店。請裝裱店做塊三尺長八寸寬的牌子，給劉老么掛到店門上。這塊牌子給劉老么很增了一點兒光。劉老么為感恩，剃頭不收大右派的錢，但每次都跟打架一樣，不但工錢照把，還跟劉老么說：「依行就市，別人漲八塊，你收四塊可以吧？都要吃飯，莫老實。」

這且不說，看到街上的乞討者或是被忤逆的老人，頭髮蓄得像棕包，又髒又臭。劉老么就將他們叫過來，使電推子，如同收割機開進雜草叢生的荒原，突突突，三下五除二給推個精光，免費服務。大家評論劉老么心蠻慈，好事做噠好事在。劉老么淡淡應道：「都是父母所生，並沒費我個什麼，舉手之勞，何而不為？」

生意做得半天好的，趕街辦事的鄉下人大都上坡回家，晚半天剃頭的稀疏。劉老么今生有兩個愛好：一個物質的，一個精神的；物質方面的喜歡喝燒酒，精神方面的喜歡下象棋。待到手腳一閒，身心自然轉入到精神層面——下象棋。象棋擺在店子門前，棋盤直接畫到一張小方桌上，棋子有公章那麼大，隸體字，純黃楊木雕成。說到這副棋的來歷，劉老么捨得本錢，上世紀六〇年代末，背炸藥進神農架，用上交集體的一個月的副業款子——四十五塊錢從一位伐木工人手裏買得（伐木工人自己刻製）。他如獲至寶，隔年打桐油油一次，三十二顆棋子金黃錚亮，走到哪兒帶到哪兒。

街上的閒人多不過，老少都有。他們和吳聾子一樣，靠進城做買賣的人養活，一天到晚無所事事，愛下棋的便跑到劉老么那兒打發光陰。這些人玩也玩得積極，如同吃鴉片上癮，吃早飯就往攏走，有的買了包子提著，走攏就開戰。走棋也不甚文明，棋子落盤的啪啪聲，在溝旮旯裏響得格外清脆。隨著太陽往上升，人逐漸增多，將棋盤團團圍住。有站著的，蹲著的，躬著背雙手撐住膝蓋的，都亮著眼睛觀戰。多嘴的人到處不缺，總是說不改，雙方產生爭論，棋子落盤的聲音暫時就被這鬧嚷給壓下去了。

這裏頭有個娘娘腔，又窄又尖，飄在眾聲之上。它就是從吳聾子那個雷公嘴中爆發出來的。吳聾子戴副紫褐色寬邊眼鏡，使一張猴臉顯得更黑更小。他的棋藝不高，性子卻非常要強。吳聾子下不贏劉老么，劉老么同吳聾子對陣很輕鬆，跟別人說點棋外的話，動手捲袋把旱煙——心思不必全部放在棋上。吳聾子可是另外一番情形：眉頭緊鎖，猴臉上的青筋條條飽綻；三顆棋子在兩手的合作中不停地重來疊去，棋步越亂，手中棋子疊得越快；吃起子來使重莽氣，狠狠照著對方的棋子一砸。旁邊有人說話：「吳聾子，曉得您家力氣大，我們還想這副象棋多管兩年，請手下留個情。」到後吳聾子照例是輸，可輸得很不服氣，還想扳本，賴著不下。大家起哄：「吳聾子，輸家下，規矩不能壞，下盤努力吧，男子漢少搞那些下色事。」哄鬧中早有好幾雙手摟著吳聾子的胳膊窩兒，合力一提，像拎的一隻猴子，擱到旁邊。空出的凳子又有新的屁股挪了上去，人人想當棋王，淘汰故十分殘酷。

吳聾子、劉老么都沾孩子氣，兩人一起玩，玩起來又喜歡杠禍。他們在棋盤上是對頭，棋盤下也是不投機，說話對不上三句好的，接下就開始碰撞起來。

吳聾子：「天道晴得好。」

劉老么：「農村裏望點兒雨。」

吳聾子：「今天生意怎樣兒？」

劉老么：「難為關心，將就。」

吳聾子：「現在亂了套了。」

劉老么：「亂的哪一套？」

吳聾子：「原先河壩裏都刨的有塊園子，攢點兒糞便往園子裏送，如今搞得好，統統朝河裏沖。從前的河水你曉得，隨便喝，現在呢？臭得鑽鼻孔，喝水拿錢買。我反覆考究的，還是毛主席領導的那會兒好。」

劉老么有個壞脾氣，說其他不反對，一說到毛主席好，他八頭就是火，馬上來個迎頭痛擊：「好個屁！」「屁」字出口極重，使那些不瞭解他的人感到吃驚。這陣兒吳聾子舊話重提，劉老么賴得分辨，淡然道：「跟你說是對牛彈琴。」

吳聾子抬起猴臉，盯住劉老么問：「怎麼？難道我說的不是事實？」

「說他好，只代表你半頭，農民呢？只差餓死！」

「當農民，肚子搞不飽，好意思說。」

這句話似乎刺到劉老么的疼處，脖子上暴了青筋，腮邊的皮肉跳動，拿眼將吳聾子狠狠瞅著：「曉得兩根卵毛！你們十指不沾泥，每月二十八斤硬糧食，旱澇保收。我們吃洋芋紅苕你曉不曉得？國家下達的（糧食）任務重不過，還要賣忠字糧、備戰糧你曉不曉得？過年只有兩斤米兩斤肉你曉不曉得……」

一連串的質問把棋盤上的注意力吸引過來：「兩個老公雞，啄死一個就自在的。」

有人嘲笑吳聾子：「這曉不曉得，那曉不曉得，問他小媳婦的奶子有好大他曉不曉得。」

大夥兒抬起來一笑，吳聾子很有些不過意。他坐在凳子上堆頭兒本當就小，把頭一勾，眼看就要趴到地上去了。吳聾子靜了會兒，陡地往起一站，朝大家放出娘娘腔：「我腦殼上的頭髮好長你們曉不曉得？」

「鬍子卵毛三千丈。」

嬉笑聲中，吳聾子走進理髮店，往鐵椅子上坐下。

剃頭匠的手藝再高明，自己的頭不能剃，還得求別人。劉老么、吳聾子頭髮深了，你給我剃，我給你剃，二人互動。一會兒，兩隻老公雞把羽毛整理清爽了，鬍子刮得乾淨，下巴上露出青皮。

太陽斜下山邊，日光漸弱，下棋的散伙。吳聾子的小媳婦喊他吃飯。此刻，吳聾子挺直瘦小身材，雙手扣在背後，取閒庭信步姿式往回走去。

二

過完一個六月，劉老么負擔增加：孫子——小胖子發蒙讀書，這麼身邊便多出一個活物來。這個事劉老么抗拒了兩年，小胖子四歲時就交把他——進城上幼稚園。劉老么一票否決，主張孩子在家裏多吃幾天包穀糝兒，多貪幾天地氣，少湊熱鬧。兒子說不上幼稚園今後讀書就報不上名。劉老么說，我一個活蹦亂跳的孫娃子還愁找不到地方讀書？世界上出稀奇，到時候找我就是。劉老么既說出這個狠話，小胖子就在家裏多啃兩年包穀糝。一晃兩年過去，待到入學，果真是報不上名。劉老么兌不了現，自知食言，很是著急。天不生絕人之路，劉老么左思右想，陡然想到大右派。開口一說，人不攏面，大右派只一個電話解決問題，劉老么佩服得五體投地。

雖說添口人，給劉老么的負擔算不得重：小胖子早飯、中飯在學校裏吃，爺孫倆在一起只吃頓晚飯，再就是多洗件把衣服，夜晚招呼他睡覺。

低年級的學生一般都有家長接送，小胖子不需要，還是報名那天劉老么陪他走了一趟。路上劉老么給小胖子過細說：「順著防洪溝往出走，過一條街，上小河橋，抬頭就能看見你們的學校。放學不准亂跑，早點兒回家，走人行道。記住了嗎？爺爺要剃頭，沒得時間接你。」

別看小胖子是剛進城的孩子，蠻醒事兒，轉動著黑眼珠兒說：「我一上街，看見好多同學，我就跟著他們走，一直走到學校。」

待到小胖子放學回來，也是棋友們散場的時間。劉老么動手淘米煮飯，小胖子搬隻矮凳，伏一張失去靠背的平椅上做作業。倘是棋盤一時撤不掉，小胖子做完作業，待在一旁看他們爭論。

叫小胖子最不理解的是爺爺做飯的手藝：似乎永遠只會用電飯煲煮飯，只會做一個菜——煤爐上放口雙耳鐵鍋，煮兩片肉，不管青菜蘿蔔，一律揎鍋裏煮。在家裏，奶奶會做大、小米的飯，用桐葉包高粱漿粑粑，還有麥麵做的火燒粑粑，疙瘩湯、洋芋果……下飯的菜也有好幾樣。

劉老么抿口酒，衝小胖子吵道：「怎麼？嫌茶飯孬噠？從前我們洋芋紅苕還吃不飽咧，過年才有兩片肉吃。刁嘴就該你餓，餓狠噠狗屎就吃得幾堆。」

小胖子真的有些想念奶奶了，放下碗，指頭摳著牙齒，站一邊流淚。有幾次小胖子找爺爺要錢，劉老么問要錢做什麼。

小胖子：「想吃羊肉串兒。」

劉老么：「吃狗肉串兒！」

小胖子：「我要吃果凍。」

劉老么：「吃果凍肚子疼。」

小胖子：「他們都吃。」

劉老么：「你吃不得。」

碰過幾回釘子，小胖子不找爺爺要錢了，吃飯也不嫌口刁味兒了。劉老么見小胖子扒飯的那個餓食相，笑道：「餓噠聞到飯是香的，平時什麼羊肉串、果凍，那是眼睛餓。」

吃罷飯，劉老么將小胖子帶到水池邊，教他洗碗。小胖子不夠高，踮著腳洗。旁人見了說：「劉老么，說起來你負擔孫娃子，這麼看，孫娃子反倒服侍你。小胖子，莫洗，告你爺爺虐待童工。」小胖子眨巴著眼睛，望望爺爺，又望望說話的人，知道是在逗他，手裏照例不停地洗。

防洪溝兩邊是陡峭山崖，上頭牽著大架的油麻藤，綠油油的葉片把崖壁覆得嚴嚴實實。崖縫中生幾棵青檀樹，密匝匝的枝子橫在空中，好多鳥雀在高頭築巢。夜幕緩緩降落，鬮山雀子發出咕咕的叫聲，似乎在提醒同類不再吵鬧，鬮山歇息。劉老么和鬮山雀子不算同類，但也積極回應：棋盤凳子碼入店內，拿過推子、吹風、剃刀，用布袋裝好，關上店門，一手提布袋，一手牽起小胖子回房中歇息。

街上的房子租不起，劉老么寧願爬幾步坡，房子租在一家農戶裏。房主十分聰明，為了能多租幾戶，挨著正房的牆壁，前後左右，搭著各式各樣的小屋，原來的豬圈廁所也經過改造後出租；最小的四平米，最大的八平米，有的蓋油氈，有的蓋水泥瓦。粗略看上去，整個房屋如同攝影家的攝影包，大荷包周圍巴滿許多小荷包。

劉老么租的正是原先的廁所，大約四個平米，支個鋪，床面前剛好放得下一雙鞋。房子矮小不論，還能聞到幽幽的尿臊。劉老么對此毫無怨言，心裏說：「周瑜打黃蓋，一個願打，一個願挨。蠻好，省錢。」他躺在床上，將疲勞一天的身子攤直，渾身有說不出的舒服。小胖子這陣兒對什麼都不感興趣，一心只想瞌睡，如同一隻籠豬兒，往爺爺腿空裏一歪，便呼呼睡去。

劉老么照例早起，過早，喝酒，剃頭。有人一蹿一蹿往近走，老遠便認得出來，是吳聾子。他手裏燃著一根紙煙，屁股還沒往凳子上落定，衝大夥兒說：「如今真是亂了套了。都聽說了吧？城管的打人。」

下棋和看棋的都在用心思，沒人答話，只有劉老么手裏剃著頭，向他鼓勵道：「你講。」

吳聾子眼看有人注意到他，吸口煙，說：

「農村一個老頭兒賣豆芽，城管的過來收攤位費。老頭兒剛賣出三塊錢，城管的要收五塊。老頭說先交三塊，賣出錢來再補。城管的就說老頭兒是刁民，照臉摑了一巴掌，這還不上算，拽他到辦公室說清楚。老頭兒不從，他們就推呀搡地弄上車，等老頭兒回來，一筐子豆芽被人抓光了。老頭兒一氣二慪，往地上一倒，人事不醒，這會兒還在醫院裏搶救。」

棋盤這邊有人發話：「吳聾子的新聞聯播，你怎麼不當場為老頭兒說兩句公道話？光賣嘴！」

「我——」吳聾子打個等，「我一個平頭百姓，說的話抵放個屁。那麼多公安的在做甚兒？消乾飯！」

「人心不古！」

吳聾子循聲一望，這會兒才發覺坐在椅子上剃頭的是大右派，一時像找到知音，以求教的口氣探討道：

「老先生，您肚子裏裝的書多，斷得到事，你說這個社會到底還有不有整？」

「文恬武嬉，怎麼整？」

吳聾子說：「老先生出口成章，我們聽不懂，文恬武嬉怎麼講？」

「不管是弄文的弄武的都在圖享樂，不關心百姓疾苦。」

「現在真的是亂了套了，還是毛主席那會兒領導的好。」

這話似乎又觸到了劉老么的那根神經，一對怒目立即朝吳聾子橫過來：「口口聲聲念毛主席好，你給他念七七四十九天的復生咒，使他從水晶棺裏爬出來，好領導你過好日程。」

吳聾子揚起來，反駁道：「起先街上好自在，沒聽到說偷啊搶的。依我說，眼下這麼亂，都是你們農民進城搞亂的。」

「農民不種田，餓死帝王家。」

「你們沒種田，我們天天照樣吃白米。」

劉老么火氣上來：「你享的今天的福，念著過去的好，忘恩負義。農民不進城，你跟我一樣，照例剃腦殼；農民不進城，有你在這兒耍的清閒？農民不進城，有你說的小媳婦？」

吳聾子朝劉老么呆著，面色很不自然：「我……一沒偷，二、二沒有搶，享福該享。」

「這個福是誰個給你的？又是毛毛毛……」

「我沒說過這個話，我只是……我的意思……是……」吳聾子的語氣有些亂。

「吳聾子，」棋盤上有人喊道，「你不要身在福中不知福：天天當老爺，飯來張口，衣來伸手，要錢有錢，要人有人。晚上睡覺，自己老蒼蒼，懷裏抱個細皮白肉的嫩媳婦，要我說，你比神仙還快活。」

「我沒說我不快活，我總是覺得現今……現今……」吳聾子張口結舌。這時有人提醒說：「什麼現金、活錢，吳聾子上不上？不上我上的。」聽到喊叫，吳聾子丟下話頭，起身往棋盤跟前鑽去。

中午劉老么不做飯。沒得人剃頭，棋盤上一時半刻輪不到名下來，便從牆上取下早晨吃剩的鹵雞蛋或豆腐乾子，塑膠鼓子裏舀半盅子燒酒，生鐵椅子朝門口一車，坐高頭細嚼慢飲。倘若早餐沒有剩餘，一個燒包穀同樣可以送四兩燒酒下肚。

「劉老么，歸你上。」

劉老么抿下一口酒：「你們下，我還有兩口酒。」

「不上今天就沒得你的份兒了。」

「哦，我來。」劉老么走攏一看，是吳聾子，手背向外揎了揎，「手下敗將，讓別人上，莫耽擱時間。」

吳聾子一邊碼子一邊應道：「莫傲莫傲，棋有千變萬化。」

當頭炮，馬來照，進卒，出車。幾個回合，吳聾子額上的青筋綳緊起來，手中的三顆棋子重來疊去，得得發響。劉老么抿口酒，把盅子向吳聾子遞過去：「來，煙出文章酒出詩，刺激血液迴圈，腦筋活躍些，走兩步妙棋。」

吳聾子不沾酒，聞到劉老么的酒氣頭就發暈，料他不敢接盅子。可吳聾子突然來了膽，接過盅子抿了一口。劉老么鼓勵道：「大些來兩口，喝乾，我到鼓子裏舀去，別的我請不起，酒我供得上。」吳聾子今天像換了個人。蠻爽快，脖子一仰，乾了杯，半袋煙工夫，猴臉潮紅，出氣轉粗。

一個蒜頭鼻子的傢伙將吳聾子瞅了瞅，說：「吳聾子面帶春色，氣象不凡，看樣子要贏棋。」

「贏八！」劉老么否道：「有本事打一賭，聾子贏，剃頭不要錢，輸，明兒早晨接我過早，怎麼樣？」

蒜頭鼻子嘴唇動了動，沒擠出聲音。這時吳聾子啪的一聲，高炮打相，來個絕著。劉老么一口酒含在嘴裏沒吞，平端著酒盅，朝棋盤一陣呆看，耳邊只聽見娘娘腔在叫：「叫你不要傲你要傲，還是古話說的好，驕兵必敗。怎麼樣？曉得利厲害了吧？」

眾人一陣喝彩。蒜頭鼻子失悔道：「剛才該要打一賭的，可惜可惜，活活地跑了一個頭錢。」

日頭同以往一個樣子，懸在西山的埡口上頭，放出的光線黃裏透紅；附近的雲彩絢爛起來，燒紅半個天空，悅目而柔和。

小胖子今天的家庭作業是抄寫「八榮八恥」，一張十六開的白紙是老師專門發的，抄好後端到劉老么面前：「爺爺，老師教我們抄的八榮八恥，貼到牆上，大家好看。」

劉老么煮米做飯，依他的脾氣是沒得時間管這種淡事的，但想到小胖子的幾個字寫得馬馬虎虎——當然，這也是劉老么給操練出來的，開始拿筆那會兒，就要求小胖子橫要寫平，豎要寫直，不准歪裏斜跨，——便順手潽點米湯，刷到左門上，接過白紙往上貼。右門上貼的「五講四美三熱愛」，同屬小胖子的傑作，看著對稱。

「又在搞形式主義。」劉老么的目光在門板上停會兒，轉身招呼鍋裏。

「爺爺，你看我背。」小胖子把書往劉老么手裏塞。劉老么不得空，棄了書跟小胖子說：「你背，我聽著。」

小胖子開始背：「以熱愛祖國為榮，以危害祖國為恥；以……以……」本當背得熟，看見鍋裏煮的菜冒泡，思想開了差，一時背不下去了。這陣兒太陽的黃光穿過來，正好照在剛剛貼好的八榮八恥上，像放一部小電影。小胖子瞟了一眼，接著往下背：「以服務人民為榮，以……」待眼睛再去瞟時，爺爺彎腰炒菜的身子又直起來了，正好擋住視線。

「怎麼像破鋸子鋸木頭——咯咯等等的？重背！」劉老么把書往小胖子面前一推。小胖子接過書，背著劉老么頑皮一笑，坐凳子上大聲朗讀。

弄熟飯菜，劉老么舀上一盅子酒，爐子邊坐下來，問小胖子是先背書還是先吃飯。小胖子說先背書。劉老么接過書說：「把臉調過去，不准瞄門上貼的，要誠實。」

朝門上望，記得牢牢的跑掉；不望，小胖子倒一氣背下來了。接著還得請爺爺在書上簽字。劉老么拿起筆，穩穩地簽上「已背」，並落下日期。

太陽把光線收到天上，雲彩依舊明亮，大地卻陷入傍晚的暗影裏了。鄰居們開始收攤，把沒有賣完的貨物裝進筐子或口袋裏，往坡上租屋裏搬。路過門前，目睹一老一小坐爐子跟前喝酒吃飯，羨慕道：「我們忙熨帖噠才現生火作飯，你們就在吃，這爺孫倆好幸福喲。」

有人開玩笑：「吃什麼好嚐活兒？爺孫一般大，不要爭嘴打架。」

「放心，粗茶淡飯，打不起勁。」劉老么抿口酒，待過路的走遠，回頭跟小胖子說：

「以驕奢淫逸為恥這句話說給爺爺聽聽。」

「老師沒講。」

「老師沒講爺爺要你講。」

「講不好。」

「背了做什麼？」

「不曉得。」

劉老么喝完盅裏酒，又添了一些來。說：

「從前你太爺在世教育我們，仁義禮智信，五個字貫通萬事。不像如今，把簡單的事情說複雜，複雜的事情說空洞。什麼五講四美三熱愛？世事萬物，你五個講，四個美，三個熱愛概括得了嗎？比如講良心、講節約、講孝心、講持家……多得很。眼下又弄出一個八榮八恥，真是好笑，虧他們作得出來。驕奢淫逸，平頭百姓怎麼驕，怎麼奢？有你淫的？有你逸的？我的，我的孫娃子送到學校是讀書寫字的，背誦這些不乾不淨的句子起什麼作用？真是誤人子弟！」

爺爺似乎醉了，話特別多。小胖子聽不懂，不往心裏去，可老師囑咐的情形在大腦裏是十分清晰的：抄到紙上，貼到牆上，背誦下來。這一切照做，作業完成，心裏踏實；單是餓火還沒平息，只顧埋著頭，大口往嘴裏扒飯。

三

一到臘月間，鄉裏人都要進城辦年貨，順便出售幾隻家禽、卵蛋或其他土產，給街上添了熱鬧。做生意的恨不得天天過臘月。平民理髮店顧客盈門，等著理髮的人排隊說不上，反正是爭先恐後。防洪溝的蓋板上有人坐著，有人站著，有頑童追打著，棋盤跟前的人堆也在無意中膨大。

劉老么忙不開交，託人帶口信，把打工回家的兒子跟兒媳叫下山，幫忙搶幾天生意。劉老么的兒媳英蓮能幹、玲瓏，招呼爐子燒水，專司顧客洗頭一職。兒子奎娃踏劉老么的代，也是個大個子；搬隻凳子往門前一坐，讓理髮的孩子站到他的兩膝之間，拿著手推子照小腦袋推。

劉老么剃兩刀，時不時調臉朝這邊望，看見兒子蒲扇大的巴掌罩在孩子頭上，像捏的一枚小南瓜；那孩子齜牙咧嘴，似乎在忍受一種疼痛。他便走過去，照兒子手背輕輕一打，吵道：「不會跑的——一雙手重不過，滿勁滿力地捏著，把人家的腦殼捏破嗟還不知怎麼破的。」

奎娃挨了訓，咧開大嘴嘿嘿笑兩聲，臉上起一層淺紅。

這時候過來一支小隊伍，嘰嘰喳喳，有說有笑。大人背籠裏頭裝滿年貨，年輕人手裏拎著五顏六色的包裝盒，多為服裝、鞋襪類。他們走攏，嚷著要剃頭，口氣裏彷彿暗藏著某種特權。劉老么轉過身看，原來都是家鄉——劉家嶺上的人。接著目光一橫，朝周圍掃視一遍，說：「對不起，一會兒挨不到名下來，不耽誤時間，你們回去。我臘月二十八的回家，突擊兩天，反正不讓大家蓬起長頭髮過年。」

大家站了會兒，一看確實人多，跟來時一樣，一路有說有笑地往回走去。

小胖子放學了。他學會鬧中取靜，不管好多人，怎麼吵鬧，走到屋書包一放，搬個凳子到一邊做作業。遇到難題目，一根鉛筆咬在嘴裏，仰起下巴，望著對面陡坡上藍幽幽的油麻架發呆。實在想不出答案，跑過去向爺爺求教：

「爺爺，十個全覆蓋我答不出來。」

劉老么：「按老師教的答。」

小胖子：「老師要我們在報紙上找。」

劉老么：「十個全覆蓋是個什麼東西？」

小胖子：「反腐倡廉。」

「反腐倡廉？」劉老么正在刮一個人的鬍子，咧嘴一笑，鄙薄道：「老師怎麼想出這樣八不相干的題目來？五講四美，八榮八恥，這回又增加到十個全覆蓋，說就沒聽見說過，問你爸爸去。找報紙也歸你爸爸找。」

小胖子跑過去問他爸爸，他爸爸停下手中的推子，怔了一下，頭腦裏轉個圈兒：「十個全覆蓋——你說的——？我們修公路，劈出的陡坡坡，經理要我們用草皮全覆蓋，說的該不是這個吧？」

「反腐倡廉。」小胖子糾正道。

「你曉得反腐倡廉說的是什麼嗎？」

「曉得。好比說選班長，背後悄悄叫同學投我一票，老師說這就是腐敗。」

「可惜今天那位老先生沒來，他肯定曉得。」劉老么說的老先生是指大右派。

吳聾子從棋盤上下來，聽頭聽尾，插言：「十個全覆蓋，我理解就是大家都要反腐敗。依從前的提法，工、農、兵、學、商，就五個方面，現在漲到十個，我也弄不懂，只怕連九佬十八匠都要算上？」

「這麼看，不光劁豬佬要反腐倡廉，我當剃頭匠的也要反腐倡廉。」劉老么說完，大家發笑。

小胖子求答案心切，見大人越說越遠，呈現出取笑姿態，越發著急。後來跟爺爺說，要去找同學，一路小跑著去了。看樣子，這道題目今天不答出來，會一夜睡不著覺。

冬天太陽落山早，下棋的擤著清鼻涕離去，顧客也走光了，一時冷冷清清。英蓮拿起掃帚，將店內店外的頭髮掃攏，歸到一隻蛇皮口袋裏——攢那兒有人專門來收，變錢的盡量變錢。

奎娃收拾完棋盤，坐凳上，爹開兩隻長腿，扳著手腕子扭得啪啪響。他理髮用的手推子，喊叫手腕子疼。

劉老么今天享福——吃現成的。英蓮抽空早已將飯煮熟，打開從家裏帶來的年豬肉，排骨湯下白菜，老少四口圍著爐子吃。

劉老么喝一大口酒，噴到手腕上，反覆揉搓。小胖子問：「爺爺你的手怎麼啦？」劉老么說：「你爸爸這麼年輕，喊叫手腕子疼，爺爺不只手腕子疼，一雙腿也木杵杵的疼。酒是提傷的。」小胖子調頭看他的爸爸，他爸爸正抿下一口酒，齜著牙，模樣像咬口酸杏子，說：

「爹，小娃子的頭，理一個兩塊錢，太便宜噠。」

劉老么說：「可以，小娃子不刮鬍子修面，只消長頭髮剪成短頭髮，我寧願剃兩個兩塊的，不願剃一個四塊的。」

「四塊錢也便宜噠。你這還是幾時八年的價？人家都漲到十塊，你還在四塊！」

「我悶在心裏算的：五塊錢，少來一個；四塊錢，多剃一個，在裏頭。」

「這個帳不知你怎麼在算，剃一個五塊，十個五十；你收四塊，剃十個只有四十，哪多些？」

「別人都苕（蠢），就你聰明。如今的物價沒得個一定之規，有漲十塊的，剃五塊的也有，但人家有街面兒，屋裏寬敞亮堂。我一個老傢伙，處在這個背陰溝裏，若是漲到五塊，鬼就沒得上門的！」

「爹，明兒天我來漲價——五塊，願意剃的就剃，嫌貴噠就走，橫直忙不過來。」

「要不得，都是熟人熟事，話不把人家說。」

油麻架上的關山雀子在叫，雖然沒得夏秋的明朗，照例聽得到。劉老么催他們上坡，囑咐明天下山還稍微早點兒。

奎娃不慌不忙，掏出手機聯繫車子。小胖子被他媽媽摟在懷裏，小聲說著什麼，想帶他一路回家。小胖子對爸媽並不十分親熱，似乎沒被說動，猶疑一陣，搖頭。劉老么衝英蓮道：「放寒假，隨你們帶到哪裏玩，近幾天要考試，莫干擾他。」

一會兒，沿防洪溝開來一輛小四輪兒。小胖子站在爺爺身邊，望著爸媽上車，眼淚花花的。

車子走了，爺孫倆轉身關好店門，小的背書包，老的提工具袋，一前一後，往坡上的租屋裏睡覺。

四

「喂，我手下的那位敗將這兩天怎麼還沒來報到？你們給他說，再不來我罰他喝三盅酒。」劉老么手裏給人洗著頭，臉朝棋盤這邊說話。

蒜頭鼻子應道：「你還不曉得？吳聾子病了，據說病的不輕。」

有人開玩笑：「有錢難買老來瘦，吳聾子瘦得像根乾柴棒，害什麼病，要害除非害花柳病。」

「吃五穀生百病，誰個料得到？那麼漂亮的小媳婦，要精神的，假若貪點兒，下山快得很。」

那天劉老么淘米煮晚飯，一位街鄰跑過來，說吳聾子「走路」，請他過去剃「仙頭」。以前街上死了人，剃「仙頭」有吳聾子和劉老么兩個人，吳聾子「金盆洗手」，年輕人害怕，嫌不乾淨，通街的「仙頭」只好由劉老么一個人剃。

去時，人們正在將吳聾子扶著往凳上坐，面前擺三碟菜，三隻酒杯，與他餞行。劉老么大門外燒三張紙，攏去用熱水給吳聾子悶頭。吳聾子瘦得很，加之失去血氣，腦殼又小又癟，活像一隻何首烏。剃畢，照光頭抹上酒，然後把剃下來的頭髮包好，隨死者入殮。剃個「仙頭」一百塊錢，這是不能講價的。吳聾子的小媳婦付給劉老么一百塊錢，接著又拿個包裹過來：「他說的，送給你，做個遺念。」包裹裏是一套剃頭的工具，擦得白光淨亮，上的菜油。劉老么不好推辭，接包裹時正眼看了一下對方，不怪人誇，確實有幾份姿色；不過這陣兒顯得暮氣，散亂的目光中似乎又暗含一絲驚恐。

街上的堂屋沒得鄉下的大，死人後在當門牽張雨布，搭個棚，靈堂設街上。喪鼓打至半夜，忽然有人大鬧靈堂。

吳聾子的小媳婦有四個哥哥，個個都是能背幾百斤的紅臉大漢，帳房裏過禮，不知什麼引起，三句話不投機，便拍桌子打板凳地吵鬧起來。

「什麼？沒得繼承權？放你媽的響屁，不是合法夫妻也是事實夫妻。哪個敢動我妹妹一根毫毛，武松大鬧獅子樓，老子白刀子進紅刀子出，不信就試！」

說聲未了，揎翻禮櫃，嚷出大門。其中一個毛性子，不管三七二十一，一把火燒了「千歲草」（篾片上纏上紙花，編成籬笆狀，死者多少陽壽，千歲草就有多少根）。千歲草著火引燃後頭的棺罩，頓時火光熊熊。得虧人多，勸的勸架，搶的搶火，適時派出所趕到，好歹才將局勢控制住。棺罩被火焰吞得筋筋吊吊，遺像只剩下了半張臉，靈桌上下濕淋淋，一目殘破。喪鼓又咚咚地敲起來了，歌師唱道：

世事萬物皆難防，
靈堂陡然起紅光；
小鬼也把人間笑，
土葬險些變火葬。
……

五

一夜不眠，十夜不全。劉老么陪吳聾子熬個通宵，暈頭耷腦，好長時間不還原。白天，棋盤上聽不到「娘娘腔」叫喚，說話中少個抬杠的，劉老么很不習慣。可到了夜晚，電燈一熄，吳聾子彷彿就立在床面前，光著個青幽幽的頭，眼鏡框子格外大，鏡片後面像兩個窟窿，沒長眼珠子。睡著後就做夢，同吳聾子倆爭，你說毛的時代好，我說鄧的時代好，一句不饒。待一覺醒來，額頭上冒層虛汗。跟著是酒量大減，起先鼓子裏的酒幾天下去一大截，現在消得慢，能喝一斤的只能喝四兩了。酒廠裏推銷員對這位酒朋友的現狀深感遺憾。棋盤上也失去了往日的豪情，原來指靠燒酒助陣，酒量下降，棋路呆板，常勝將軍變成了人家手下敗將。最難叫人接受的——手腕子突然發抖，控不住手中的刀子，眨個眼睛，顧客頭上打了掌子（劃破頭皮）。看到掌子裏冒出的血珠兒，腦海裏浮現出師傅告誡他的話：「年輕打掌子是走鴻運，年老打掌子該歇手。」

劉老么老了，劉老么確實老了。

小胖子眼下已是一名初中生了。剛進城時，蜷在爺爺腿彎兒裏睡覺，漸漸地，腿腳伸到爺爺胳肢窩兒。人變大，床變窄，只愁擠不下。小胖子一上初中，吃住都在學校，輕了爺爺的負擔。小胖子在爺爺同老師的「夾教」下，學習成績與綜合素質全班數一數二，非常優秀。星期六，回到家中幫奶奶做些力所能及的雜事，星期天，使籃子帶些菜蔬到爺爺這裏來，小胖子成了爺爺和奶奶的一根連接線。

劉老么接過籃子，待小胖子喘口氣，從荷包裏掏出張寫有電話號碼的紙片兒，說：「到街上找個公用電話，跟你爸爸說個事。」

爺孫倆走到一家手機店，小胖子撥通電話，然後把話筒交給劉老么。劉老么接過話筒，喂了兩聲說：「奎娃嗎？我的身體突然下陡坎，做事趕往年差一大著，酒量飯量迭得很。你們都回來，回來我有話說。」通話中不知是激動呢還是中氣不足，聽聲氣有些打顫。

小胖子等爺爺放下話筒，抬頭看，爺爺眼角裏又紅又濕。

電話打過沒多久，奎娃兩口子趕回來了。兒子兒媳算得孝心，準備錢，進城預備送劉老么到醫院瞧病。

劉老么蠻固執：「快七十歲的人了，至今還不曉得醫院的大門朝哪方開的，不說這個話。」

奎娃說：「您莫慈錢，有合作醫療，繳不得好多。」

「就是一塊錢，也不捨得往醫院裏送。」

「那您把我們叫回來做甚兒呢？」

「總是有事嘛，聽我慢慢說好吧？」劉老么語氣變軟，接道，「有病無病我自己曉得，我這不是病，是人上了歲數。近段時間感覺渾身趴（無力），腳背無故生端地發腫，奈不何站了。」

「奈不何噠就回家休息，如今也不是沒得飯吃。」

「子孝父心寬，這話說得入耳，心裏比喝半碗蜂糖還甜些。」劉老么臉上漾起一絲笑意，轉而又說：「俗話說，天乾餓不死手藝人。剃頭雖說是個叫花子藝，失噠可惜，我想你把它接起。」

「你這養得活人啦？」

「養不活人，這幾十年你爹是苟活的。家裏柴米油鹽、種子肥料、人情往來，哪門不是我？小胖子從小學到初中，你們管了？屋裏丟給我跟你媽，你們掙的錢進自己的保險箱，捨不得往出拿，靠到我。當然，花我的錢沒意見，我的錢也是你們的錢，但帳要這麼算。」

奎娃嘿嘿笑道：「有山靠山，有靠頭才靠。爹，您剃得這麼便宜，一年到底能弄幾個錢？」

「我敢打保票，剃頭比你打工還強些。你聽著：一天只打剃十個頭，一年三百六十天，你算。另外還有『仙頭』錢，至少三千，其實不得止，這個是錢碓窩子裏放雞蛋——穩當當的等你拿。」

「給死人子剃頭，好下賤。」

「下賤？如今做什麼不下賤？首先要想到做好事，然後才說錢。」劉老么打個等，目光停留在奎娃的手上，歎道：「你們雖說掙兩個錢，好苦啊，看手上的膙子！你們一出門，我們的心成天懸起：電視上、報紙上聽到說哪裏坍方，哪裏瓦斯爆炸，頓時心裏一撮，趕快掛電話，直到聽見你們的聲音，心裏疙瘩才散。事非經過不知難，不到那一步，大人的心情你們體會不出。依我所想：你把門面顧住，風吹不著，雨灑不著。英蓮上街接點把小菜賣，小胖子星期天過來，大人孩子在一起，平平安安，我跟你媽放心。」

這麼好說歹說，總算把兒子說點頭，劉老么心中好生歡喜。他並沒即刻離去，陪兒子度了一段時間，眼看能脫手了，如同太子黨給自己的子女安排妥帖一個省部級職位——揣著那麼個好心情，高高興興地回他的老家——劉家嶺去了。

六

劉老么告別狹窄而又散發著尿臊氣的小屋，回到家裏堂屋是堂屋，灶屋是灶屋，房屋是房屋的，自己彷彿脫身雞籠；眼前晃動著老伴的身影，飯菜弄得熟熟的，酒杯斟得滿滿的，撿碗吃飯，似有隔世之感。如同做個長夢，夢中妖魔似地折騰一番，之後突然間回復到人的位置。

老家的一草一木對劉老么來說是熟悉而親切的。他沿著村道出村，翻越一道土塹，在一座小山腳下找到父母的墓地，呆呆地站在孤墳跟前想心事。

父母皆死於熱鬧同饑餓並行的年代。記得一幫傢伙哄上門沒收剃頭的工具，母親將工具包裹掖在懷裏，同他們講理：我兒子貼錢學藝，學藝賺錢，古來有之，憑什麼沒收？他們呼著「農業學大寨，打倒資本主義」的口號，拖母親出去批鬥。母親害怕了，雙手捧著包裹，彷彿是把心愛的孩子丟到水裏，顫抖著向他們遞了過去。

——挨到一九八一年，那是一個初秋的傍晚，幹部在高音喇叭裏喊話，通知村裏匠人去領回「文革」中被沒收的工具。大家眼見自己的工具鏽了，爛了，心疼得要命，聯想到以往挨批鬥、受屈辱的情形，如同火藥桶裏濺進火星，驟然爆發：一齊站在大隊部門前罵街。罵那些沒收他們工具的傢伙無良心，遭飛石砸。罵著罵著，裁縫把縫紉機砸了，木匠把鋸子撅了。看到自己的工具鏽成一包廢鐵，一氣之下，奮力擲向大隊部——毀了……就在這一年，劉老么到信用社貸了二十塊錢的款，重新添置了剃頭工具，進城剃頭。

他扳起指頭算，整整的三十年。三十年前，他和老伴正值中年，黑油油的頭髮，面皮光滑；如今卻頭髮花白，皺紋滿臉了。

回到老家，除帶回吳聾子送給他的剃頭工具，還藏著三萬塊錢。

人活一世，上為父母下為兒女，這是劉老么的人生信條。他想用這點私房錢，實現三大夙願：首先給父母立碑。第二置兩副枋子——雖說歸自己跟老伴享用，也算輕了兒子的負擔。第三，餘下的供孫娃子上大學，家無讀書子，官從何處來！

劉老么在實施三大夙願的過程中，物價的暴漲使他大為震驚。一層碑面，彎石砌墳，以前只需八百塊錢，現在漲至八千。再加運輸，請匠人立，沒得一萬四、五夠不到事。當下的枋子也是身價百倍，因長江防護林工程，封山育林，嚴禁砍伐，原來三百塊錢一副的枋子，轟地漲到五千，倘要掛灰刷漆，兩副枋子又得一萬以上。

說實話，三萬塊錢還是上世紀八、九〇年代口攢肚落存的，當時錢值錢，照現在的物價計算，其實已認了倒利了。這有什麼法呢？你若猶疑，明天可能又是一個價，逼得出手。如此下來，第三個願望便落了空。

事情辦妥，劉老么覺得自己的人生價值基本實現，心中平靜如水，假使閻王爺立即「勾簿」，他也會坦然面對。然而，就在此時，一個極壞的消息傳進耳裏：奎娃獨撐門店不久，自行提價，從四塊一下提到十塊。生意寡淡，便將小店轉讓，上街租下吳聾子小媳婦的門面，增加洗頭、按摩、捶背等服務項目，招收服務小姐，做大生意。

開始以為是謠言，待消息得到證實，劉老么慪得只差吊頸。罵奎娃造孽，虧德，辱沒劉家的祖宗八代。請人捎信要奎娃回來。

奎娃不知什麼緊要事，一車趕回家，進門就被劉老么來了個迎風吃炒麵。

「我的『平民理髮店』的招牌呢？還我！恁麼大的事情不同我商量，就把我的老店讓給人家，只有你膽子大！」

奎娃笑道：「爹，店小，背街，金字招牌也求不到錢。」

「剃頭的手藝，針尖子上削鐵。一口氣吃個胖子，世界上有這樣的事嗎？人活世上要活得清白，憑勞動吃飯，人人說不起。不興掙那些不乾不淨的錢。難怪要大家學習八榮八恥、十個全覆蓋的，要學，不學不行。」

「我甚會兒掙了不乾不淨的錢啦？」

「你那什麼按啦摸啊捏的，叫什麼手藝？」

「爹，您放心，我一不搶二不貪，證照齊全，按時納稅，屬正當經營。街上不止我奎娃一個，好幾家。」

「我曉得。」

「既然曉得，還說什麼呢？」

「你……」

奎娃站起身，從皮夾裏掏出一遝錢，給劉老么數一千，又給他媽數一千。

劉老么心裏一怔：兒子甚會兒漂漂亮亮給過這麼多錢呢？沒見過！他沒伸手接錢，支吾道：「嗯——給你媽，我不要。」

「媽在屋裏苦一輩子，爹在屋裏苦半輩子，在外頭苦半輩子，田不種噠，好生享幾天福。」奎娃將錢放到桌上，他的電話響過好幾次了，似乎很忙，臨出門還在向他的父母鼓勵說：「儘管用，用完噠找我拿。」

兒子的背景在目光中消失，回頭到桌上，忽而把錢看看，忽而把吳聾子送給他的剃頭工具看看，驚歎也不是，哀歎也不是。劉老么不單對眼前諸多事情難以理解，就連自己的兒子也感到陌生。起先他一直把毛的時代喻作苦蕎粑粑，鄧的時代喻作一張甜餅，而現實的世道是個什麼滋味呢？苦也不苦，甜也不甜，有點像四川的怪味葫豆——五味雜陳！

老伴的飯菜端上桌，酒杯裏升起了酒，劉老么吩咐去小賣部買包怪味葫豆來。

「一人不飲酒，二人不賭博，你也喝點兒。」劉老么給老伴滿上一杯，「我倆這張嘴也只配吃飯了，兒子叫我們享幾天福就享幾天福，不當賤人，喝。」

老倆口抿酒，下怪味葫豆，好不得，劉老么突然仰天一笑說：「俗話說一輩人只能管一輩人，操心多噠不受老，盡他們搞去。來，喝！」

一杯酒下肚，劉老么突然哭起來了。不知他哭的吳聾子呢還是哭的平民理髮店，抑或哭的兒子不聽話。老伴忙起身找來洗臉袱子遞給他，嗔道：「少喝些，搞醉！」

鄉人軼事

叔侄打賭

蔡家埡出過兩位人物：蔡正強同蔡天爵。蔡正強自小勤奮好學，廣讀詩書，科舉拔了貢，官至縣訓導，人稱貢爺。清・同治版《興山縣誌》上記載的有。蔡天爵沒讀什麼書，算個粗人。不過，他不光有座同貢爺一樣大小的天井屋，並興建蔡家祠堂，還修築一條興山通往保康的馬路，這事縣誌上也注了一筆。單從仕途，蔡天爵趕不上蔡正強的名氣大，落到民間，蔡正強趕不上蔡天爵的口碑廣。

說起建祠堂，他們倆還打了一個賭。

蔡正強同蔡天爵雖說上下年紀，但按照「國士永宗正，天明世德長」的排行來論，貢爺還是蔡天爵的叔父。有回蔡天爵被貢爺請到家中去做客，三杯酒下肚，話題一下轉移到發嗣上來。蔡天爵心直口快道：

「叔子，莫怪老侄說話無瞞藏，您科進拔貢，做了官，名也有利也有。凡事不可離開一個根，依我看您應該為族裏做點事情。」

貢爺從蔡天爵嘴裏接過話說：

「老侄啊，我何嘗不想做？自蔡公文先到蔡家埡落腳，算起來有二百搭幾十年了。如今子孫繁衍，人丁興旺，可至今連祠堂就沒得一座，此不惹旁人說笑？另外，前不久來位風水先生，屋前院後地轉了兩轉，說蔡家埡正逢紫氣東來。為使地方顯榮，紫氣暢通，東山那座泰山廟要趕快攢個場子——建議搬到立場包，再在廟前修支『文筆』，一來鎮守地脈，二來啟示後人苦讀勤耕。這麼兩件事情，按我能力，滿派辦得一件，到底先辦哪件，猶豫不定。今天把老侄請來喝杯淡酒，快快給我出個主意。」

聽貢爺說完，蔡天爵將四個指頭往桌上一啄道：

「什麼主意不主意，叔子少跟我兜圈子，乾脆這樣說，兩人抬棵樹，我揀重頭，你招呼攢廟修文筆，祠堂我來建。」

貢爺一聽，正中下懷，連叫左右斟酒。

蔡天爵酒興上來，接著說：

「給後人造古蹟是正事，今天在這兒喝的酒，明年的這個時候，我們還是在這兒把酒喝！」

「君子一言，駟馬難追！」

事情議妥，雙方各自分頭籌辦、興工。長話短說，晃晃一年過去，蔡天爵「四合院」的大祠堂建成慶典，貢爺的文筆卻修個半頭不落。男子漢說話算數，到了這天，蔡天爵不請自來，趕到貢爺家中「把酒喝」。他似乎不是去喝酒，像唱把戲：頂張大方桌置天井正中，桌上再翻疊一張，使桌腿四腳朝天。他便坐到桌上，把一年前在這兒說的話，議的事，原原本本背上一遍，用這種特殊方式——翻桌含反悔及不「方正」之意——將貢爺好好戲謔一番。貢爺並不起氣，讓他「戲」畢，一邊親手搭凳子接他下地，一邊使人照例拿飯菜上桌子喝酒。

文筆立個半樁頭，並非貢爺說話不算數，其中原委一言難盡。香溪對岸昭君臺下有個陳家灣，說蔡家埡修文筆是想蘸陳家灣的墨（脈），事若辦成，陳家灣祖祖輩輩出叫花子，蔡家埡祖祖輩輩出文人。這將如何了得？姓陳的勢力大，搬動縣太爺，上山阻住不准修。貢爺不服氣，兩家就打官司。這宗未了，災禍又生。貢爺的老二蔡天章科進庠生，赴國子監求學，行至宜昌，到一家館子吃掛麵，不防碗中被人下了鬧藥，麵盡命盡。事情突然，一下就將貢爺給擊倒，眼見這頭的官司一時半時又不能取勝，文筆擱下也就永遠擱下了。

貢爺雖有苦衷，但對蔡天爵的「鬧」毫無責怪之心，曉得他是個「直腸子」，況且自己食言——畢竟沒有將古蹟造起，打內心反倒更加佩服這位老侄。

白手起家

蔡天爵的父母死得早。他身為老大，從小當家理治，沒得打杵子高就外出背腳，換幾個腳力錢糊口。起先跑短路，待到十五六歲，便開始隨大人背長腳。

從縣城逆香溪上行五里，有個地方叫「響灘」。來自神農架跟平水河的兩條支流在那兒匯合，形成一個長灘，終日碧水湧流，其勢浩大而故名。這裏是通往長江的黃金水道，大小木船穿梭來往，上行下往的百物山貨皆在此集散。興山有名的邱、吳、嚴、陳四大家族，個個在這兒設的有莊號。

嚴五老闆是嚴家山的人，經營鹽業、藥材跟石膏。嚴家山同蔡家埡田連田，界連界，且開有姻親。三生趕不得一熟，蔡天爵便一直給嚴五老闆背腳，走的路線多為榛子嶺至保康、歇馬一帶。把這裏川鹽、石膏、紅糖運過去，再將那邊的符表、香籤、麻線、色布背過來。一趟上下貨，個把月才得打回轉。蔡天爵雖說識字不多，但有經濟頭腦，會弄錢。掙的錢捨不得吃，捨不得喝，湊齊個整數，將本求利，跟嚴五老闆合股。這麼既當股東又當背腳子，癩子摳坐瘡——兩頭抓，日積月累，便逐漸發富起來。

有了錢，那麼就少不得置田買地，建祠堂修宅子。蔡天爵四十歲左右，上下羅屋三保，從回龍寺上青華觀，近八百畝土地已歸屬到他的手中。響灘的股份也有所壯大，從嚴五老闆那裏獨立出來，掛起「天爵記」的商號，主營齋貨。照一般人的想法，先苦後甜，該享幾年清福了。但他仍舊手腳不停，幹著老職業——背腳打杵，把齋貨送到各個寺觀廟宇裏去。許多人碰見他勸道：

「爵爺，何不把背子打杵丟火裏燒掉，一輩人只能管一輩人。當吃的吃，當穿的穿，人生在世，幾十年的光景，把個死字一想，划不來。」

他感謝對方的好意，應道：

「你說的何嘗不是實話，我也這麼思量過，總是想趁爬得動，趕緊做兩年。」

教子破財

蔡天爵有個兒子叫蔡明照，人們喊的「散財童子」。由於只顧外頭抓錢，沒注重屋裏「抓人」，兒子從小就給慣壞。蔡明照八九歲能在桌前看牌打「上七福」，十一二歲便學會「拿煙槍」。請先生教詩書，書本一拿喊叫腦殼疼，弄得先生只好讓他棄書而去。眼看這麼下去會壞事，商量著將他趕到坡裏同短工一起薅草、挖田，磨練磨練。指望他好生做吧？出門像個孫猴子，不是爬樹上盪秋千，就是鑽進溝裏扳螃蟹，活路沒學成器，反倒影響旁人正常生產。晚上收工，衣服褲子掛成幾個洞，一隻鞋子，一隻赤腳；找挖鋤，挖鋤也不知丟到什麼地方去了。無奈何，蔡天爵只好將他弄到身邊夾教，添套背子打杵，帶著上路背腳。唉，說到背腳，他的故事講不完。背紅糖吃紅糖，背糕餅吃糕餅，吃且不說，還摳些出來，沿路跟人家換臘肉吃，換燒酒喝。背燒酒更不消說，壇中的酒越背越淺，到站交貨，摻水做假。有回背鹽，袋中貨物早已被他換酒肉吃個差不多，一路怕被押的看破，弄包穀葉把口袋塞得鼓鼓脹脹。遇著要過河，他先言明怕水。押運的說不要緊，大夥扶住，只管過。待行至深水處，他喊叫發暈，假裝腳下放漂，連人帶鹽沒入河中。押運的叫苦不迭，丟了人去搶鹽包，鹽包沒搶得，倒惹來蔡明照一頓痛罵：「是鹽重要，還是人重要？老子的命再不值錢，抵包把鹽總不得止，黑良心的東西！」這自然是扯皮拉筋的事情，都知道他不好惹，便一個二個尋上門來，找蔡天爵賠貨。

老子跟著兒子慪零頭就慪不完，一天煩了，到房中取出一百吊錢往兒子面前一丟道：「拿街上花去，不花光不准回來見我。」蔡明照揣起錢往街上跑，從城東「大紅蒸」館子進去，打城西「醉仙閣」酒樓出來，喝得說話連不成句，走路兩腿打絞。眼見紅日西墜，身上的錢還沒有整光，找家鞭炮鋪，盡數買上鞭炮，雇人抬出城門，堆河壩裏一火劈哩叭啦亂炸，這才上坡回家了差。

蔡天爵在家等兒子回來，想看個落頭。待兒子走進家門，眼見手中沒拿一件農耕之具，沒添一口持家之針，倒是滿嘴的酒氣。這時候的蔡天爵，如同兜頭一盆冷水，心中涼透了，暗暗歎道：「我家祖宗三代靠勞動吃飯，家無橫財，不知怎麼就養出這麼一個敗家子，真是報應啊！」

修橋補路

興山屬窮僻小縣，交通閉塞，境內除一條香溪水路，皆為羊腸小徑。縣城至榛子嶺，是通往保康、南漳的「東大門」。這條路共計二百多里，翻山越嶺，崎嶇險惡，常有行人、騾馬墜崖事件發生。蔡天爵面對自己一手一腳創立起來的家業，沒個可靠合式人接手，將它繼承發展下去，這真是個悲哀！他將眼前的家資幻想成一片美麗綠葉，有條毛毛蟲爬上頭一啃一啃地吃，葉子啃成幾條筋，毛毛蟲掉到地上；到後蟲子變人，模模糊糊看不清，漸漸變得真切，竟是自己的兒子——蔡明照！興家猶如針挑土，敗家好比水洗沙。一份家業讓後人揮霍，不如將它安派到一個更加合理的位置上去。於是便想到給興山的東大門修建一條馬路，辦件實事。

興工數月，從城東耿家河上塘埡，這十幾里的鄉間土路被修建成寬五尺、八尺不等的石板路，像天梯一樣蜿蜒於雲山霧嶺之中。山民進城背貨，走親趕集，踩著爽腳爽水的寬敞馬路，個個稱好。縣太爺坐不住了，丟下朱筆，坐轎子順馬路走了一趟，對工程同發起人十分賞識。當即手諭：修築馬路，沿途鄉民須本著合作精神，共襄義舉，不得有阻。手諭在身當然是好，即使沒有這單張片紙，修橋補路屬好事，所到之處，倍受歡迎。蔡天爵是修路的主腦人，從來不指手劃腳，扛著一把鐵匠專門給他打造的九斤半的鋤頭，同鄉民一道挖路基、抬石頭，大家很受鼓舞。當然，也有不服馬超的傢伙，仗著地方勢力，為局部小利出面發難。說到這兒，還冒出一支小插曲。

事情是這樣，馬路修到教場壩，須打王興安田裏過，王興安不准。誰都知道王興安人多勢大，沾惹不得。蔡天爵裝個讓步樣子，指使眾人將兩頭的馬路修好，丟下那截不修。後來行人至此，突然斷道，人人唾罵，急不擇路，踏田而過。王興安自知失理，趕緊自己出錢補修了這截馬路，上蔡天爵的當，悶著吃個暗虧。

數年的艱苦勞作，興山至保康的馬路終於打通。為把事情弄個善始善終，蔡天爵將「天爵記」的齋鋪作價由嚴五老闆買進，其資購得木船一隻，在保康歇馬河興一義渡，並置下一份義田，永做渡船基業。（這條馬路在後來的抗日戰爭中立了大功，成為六戰區（興山）和五戰區（老河口）轉運軍需、調兵遣將的交通大動脈）

守孝三年

願望實現，蔡天爵早已年過花甲。他如同一位南征北討的將士，又像什麼事情未曾做過的普通農民，默默回到家鄉，再也不出遠門了。

蔡天爵落屋見兒子惡習依舊未改，眼不見，肚不煩，爽性不管好了。嘴上雖這麼說，落其實又下不得心。兒子一晃已是二十多歲的人了。原打算給他說門親事，但怕害了人家的姑娘。往開處想，世事萬物有陰陽，男才對女貌，有歪鍋必定有歪灶；不妨給他配房妻室，有一男半女，不看竹子看筍子。開春放的話，滿夏一頂花轎就將新人抬進了門，且來年添子。這生命的延續，使老人從迷濛中似乎重新看到一線希望，骨子裏也感覺自己是真正的老了。他觸景生情，聯想到人身根本，即刻意識到有件事情要辦。

蔡天爵的老屋場在青樹包，聽說那裏住人不發吉，陸陸續續搬了家，而今荒成一片廢墟。離廢墟不遠一座孤墳，蔡天爵的父母便安埋在那兒。六十五歲那年，蔡天爵囑咐家人，照護好孫子，喊上蔡明照，到青樹包用高粱稈子挨墳堆叉個窩棚。然後請來高明石匠，磨碑面兒，打彎石，一寸三鏨，精刻細雕，給父母立起一通三層的高碑。破土的那天，蔡天爵跪到墳前告道：

「父母在上，下人驚擾您們來了。兒今天請來神工匠師，把草屋換成瓦屋，您們住著安逸些。這麼多年，遭風寒雨漏，兒一直抽不出身來修整，兒是個粗心之人，沒盡到孝心，請您們在九泉之下給予寬諒。人們常說，上為雙親，下為子嗣。為人之道我沒做好，既沒孝敬雙親，也沒有教育好兒女。知錯就改，忤逆子給您們守三年的孝，將功補過。特此稟告。」

那可是真正的守孝，住窩棚，吃素食，披孝巾，晝夜陪伴在父母身邊。一到夜深人靜，蔡天爵自然而然回憶到父母在世的情形：那會兒的土匪多，什麼白蓮教，紅毛賊，都往山裏頭扎，隨便抓人、搶東西。苛雜又重，遇到荒年，跟人家借升升米、碗碗糧過生活。眼下飯有一口吃，不必東借西討了，然而父母都已過輩了。想起來心酸！人不能忘記根本，苦日子拿過來重新過一遍，體味父母的養育之恩。至今村裏還流傳著他「頓吃錢油」的故事咧。他吃油的方式很特別：用衣線拴個銅錢，平時就吊油壺裏面。煮菜時，把銅錢提起來，往鍋裏懸空，候銅錢上的清油掉下一滴，趕快將銅錢放回壺中，這麼一頓吃「一錢」油。到了臘月三十，壺裏還有不少，這會兒他顯得十分大方，把油通通空進鍋裏；和點麥麵糊子，摻幾匹蓬蒿，炸頓齋菜吃，算過年。

蔡天爵這樣做，跟越王勾踐臥薪嚐膽用意差不多，目的是想讓蔡明照曉得艱難辛苦，立志成家。想不到，蔡明照住了三天窩棚，趁蔡天爵上街去買香籤，將半壺清油下鍋，炸幾個麥麵坨坨，吃飽後跑得無影無蹤。「頓吃錢油」這個典故，從勤儉持家方面，運用到教子育人，在蔡家埡一帶至今仍發揮著良好的作用。

葉落歸根

常言說年歲不饒人，蔡天爵守完三年孝，頭髮鬍子白了一半。高大魁梧的身子骨略微見駝，但當年的威武仍看得出來。腳下穿雙油麻草鞋，一件老擱貨——粗布長衫上了身，腰中繫根麻繩，行走將長衫前後的下擺摟起來往麻繩裏一掖，月白色裏子露在外面，看上去像套的百折裙。蔡家埡老少尊敬他，請他進屋坐，喝口水，或者是遇飯請吃飯。他連連擺手，叫大家莫管他，要吃要喝不消請得，撇脫得很。蔡天爵村裏走動，雙手照例不空：一手拄拐棍，一隻肘拐子挽個大竹筐，看見路邊掉的畜糞跟包穀核子，一點一點揀起來，裝進竹筐裏帶回家。他喜歡進花屋（人們愛把貢爺的天井叫作花屋）裏歇腳，天井二面放有丈把長的懶板凳，坐也行睡也行。貢爺早已下世，其家境大不如前了，只說有個外牌子。子孫們成天牌桌上消磨時光，在輸贏數目高頭一個不讓。他感悟老輩子的名言：養兒強似我，要錢做什麼？養兒弱似我，要錢做什麼？這話不光我蔡天爵適用，看來都適用。他一邊又記起自己跟貢爺打賭情形，禁不住默在心中好笑。有時轉到立場包，對著半頭文筆跟泰山廟發呆，心想去把散落的瓦片接上頭，但奈不何，眼睜睜看到椽子爛！祠堂也是他經常拜望的地方，那裏極其安靜，除了一年一度的「清明會」，全族人攏面熱鬧三五天，平時院門緊閉，長期被一把大鐵鎖占著。有一天突然發覺大廳的中柱有白螞蟻在爬，一時驚歎不已，前後還不滿四十年！這事非同小可，趕忙找到族中幾位管事人商量：能否請個先生，祠堂裏設堂蒙學，凡蔡家的後孫，免費就讀，所需費用從公項田裏列支。屋要人撐，人要飯撐，院門打開，透透風，讓柴火煙子熏一熏，防止白螞蟻發展。這個願望總算實現，但沒過多久，他突然趴架，並未遭到病磨，雙眼一閉，跟貢爺做伴去了。死後遵照老人遺願，葬在祠堂坎下，他說好讓他聽到祠堂裏讀書。

子孫三代

蔡天爵死時，家產所剩無幾，僅僅是房屋周圍的二十多畝土地。若說蔡明照先前略略有點拘束的話，那麼他父親一去，好吃懶做就更加肆無忌憚了。鴉片癮大，不長時間，田畝被他「吃」去一半。有人記起他父親恩德，做好事跑政府一告，縣衙門將他抓到戒毒所坐了半年的禁閉。回到家中，鴉片是不吃了，一心只想吃點順口的。遇上新年大節，早早就把廚師請進門，買三四頭豬，四五隻羊來殺，然後架起八格的大蒸籠蒸扣碗子紅肉。酒使罈子打來，成天這麼醉而不醒，醒而不醉地提前把年過。那些好吃傢伙最喜歡給他拜年，正月初一便三五成群地吆喝到一起，進門放掛鞭——把知會拜年的已到。蔡明照愛熱鬧，連忙催客入席，桌子上鬧得一天到黑。他的別號蔡甯安，只因坐吃山空，後來人們將號名給他一改，叫成「蔡零乾」。

西元一九四九年社會變革，蔡明照早將一點祖業整得乾乾淨淨，開始拆門前風火牆的火磚變錢了。當時為滿足貧雇農的要求——分房屋，工作組劃他個破產地主，不槍斃，全家掃地出門。蔡明照的媳婦幾年前害痢疾死去，臨斷氣，擔怕兒子跟著他逃不出來，預先便託付給孩子的姑母照護。蔡明照弄成個光桿兒司令，被指定到青華觀腳下松林中間，叉窩棚安身。生活失去來源，手頭無半點東西可以變賣，食欲使他將勞動變成自覺行動。找來背子打杵，學父親樣子，下回龍寺背炭上街叫賣。

沒衣服穿，上身打赤膊，下身繫塊破麻布遮羞。賣炭得了錢，打三兩酒，買兩根麻花，吃下肚上坡。人們看不過，勸道：「蔡明照，何不少喝二兩酒，扯幾尺布縫條褲子，把下身遮住。」蔡明照不單不聽勸，反倒向勸他的人說到一個故事——說從前有個叫花子，把討來的紅苕放背籠裏背著，討的糕餅拿手上，邊走邊吃。有人問他吃的什麼？吃的是糕（高）。背籠裏攢的什麼？攢的是苕（愚蠢）。候叫花子走遠，大家對他的話進行琢磨，漸漸悟出這麼一層含義：有了錢就得吃喝，這樣的人才算高明；攢錢發家，都是蠢人做蠢事。——你看，他還會給自己的生活方式找到理論依據！他的身體相當康健，即便是冬天凍得渾身發紫，從未見他有過一聲咳嗽。如此自食其力過了幾年，一九五九年吃公共食堂，饑餓才將他的一條性命奪去。

那會兒孩子的姑母與侄子相依為命，家裏窮得舔灰，加上一頂地主的「帽子」，行動失去自由，當姐姐的心有力不足。蔡明照在世曾預言，自己日後溝死溝埋，路死路埋。死前可能考慮一下，窩棚裏死，不如到廢棄的炭洞中理想。主意已定，手腳觸地，艱難地向洞口爬去……

這當中，作為蔡天爵的子孫——蔡明照的兒子最划不來，處在那個時代，既不能有祖父那驚天動地的善舉，也不能像父親一樣貪圖享受。二十多年的人民公社生活，正如當地一句土話形容的那樣：披起蓑衣啃屄——吃沒吃個好的，穿沒穿個好的。待熬到一九八二年劃田到戶，自己卻爬不動了。

歷史畢竟在前進，蔡天爵兒子的兒子腳下又有了二男三女。他們血脈裏似乎流淌著曾祖父經商意識的遺傳基因，這「基因」正好同時代潮流合拍，於是通通向城裏走去。他們中間有理髮美容的，開服裝精品店的，駕小四輪跑客的，開卡車運礦的。辛苦勞動過後，各人兜裏自然又攢起「私房」來了。倘若這時有人要他們掏出這「私房」，同曾祖父那樣去修馬路、造古蹟，恐怕他們會用收取過路費的條件來同你談生意了。

釀小說8　PG0911

無字碑

作　　者　蔡長明
責任編輯　陳彥廷
圖文排版　張慧雯
封面設計　王嵩賀

出版策劃　釀出版
製作發行　秀威資訊科技股份有限公司
114 台北市內湖區瑞光路76巷65號1樓
電話：+886-2-2796-3638　傳真：+886-2-2796-1377
服務信箱：service@showwe.com.tw
http://www.showwe.com.tw
郵政劃撥　19563868　戶名：秀威資訊科技股份有限公司
展售門市　國家書店【松江門市】
104 台北市中山區松江路209號1樓
電話：+886-2-2518-0207　傳真：+886-2-2518-0778
網路訂購　秀威網路書店：http://www.bodbooks.com.tw
國家網路書店：http://www.govbooks.com.tw
法律顧問　毛國樑　律師
總 經 銷　聯合發行股份有限公司
231新北市新店區寶橋路235巷6弄6號4F
電話：+886-2-2917-8022　傳真：+886-2-2915-6275

出版日期　2013年02月　BOD一版
定　　價　410元

國家圖書館出版品預行編目

無字碑 / 蔡長明著. -- 一版. -- 臺北市 : 釀出版,
2013.02
面； 公分. --（釀小説 ; PG0911）
BOD版
ISBN 978-986-5871-09-3（平裝）

857.7 101027069

讀者回函卡

感謝您購買本書，為提升服務品質，請填妥以下資料，將讀者回函卡直接寄回或傳真本公司，收到您的寶貴意見後，我們會收藏記錄及檢討，謝謝！

如您需要了解本公司最新出版書目、購書優惠或企劃活動，歡迎您上網查詢或下載相關資料：http:// www.showwe.com.tw

您購買的書名：________________________________

出生日期：________年________月________日

學歷：□高中（含）以下　□大專　□研究所（含）以上

職業：□製造業　□金融業　□資訊業　□軍警　□傳播業　□自由業

□服務業　□公務員　□教職　□學生　□家管　□其它_____

購書地點：□網路書店　□實體書店　□書展　□郵購　□贈閱　□其他

您從何得知本書的消息？

□網路書店　□實體書店　□網路搜尋　□電子報　□書訊　□雜誌

□傳播媒體　□親友推薦　□網站推薦　□部落格　□其他__________

您對本書的評價：（請填代號　1.非常滿意　2.滿意　3.尚可　4.再改進）

封面設計____　版面編排____　內容____　文／譯筆____　價格____

讀完書後您覺得：

□很有收穫　□有收穫　□收穫不多　□沒收穫

對我們的建議：________________________________

____

____

____

請貼
郵票

11466
台北市內湖區瑞光路 76 巷 65 號 1 樓
秀威資訊科技股份有限公司 收
BOD 數位出版事業部

....

（請沿線對折寄回，謝謝！）

姓　　名：＿＿＿＿＿＿＿＿　年齡：＿＿＿＿　性別：□女　□男

郵遞區號：□□□□□

地　　址：＿＿＿＿＿＿＿＿＿＿＿＿＿＿＿＿＿＿＿＿

聯絡電話：(日)＿＿＿＿＿＿＿＿＿＿ (夜)＿＿＿＿＿＿＿＿＿＿

E-mail：＿＿＿＿＿＿＿＿＿＿＿＿＿＿＿＿＿＿＿＿